D1325975

Liebe Anu,
Lieber Florian,

Alles Liebe wünschen
wir Euch zur Hochzeit

und ein wunderschönes

Leben danach ! ♡

Bonita
Alain

Gerhard Mensching · Komm rüber

GERHARD MENSCHING

Komm rüber

EROTISCHE, KRIMINELLE,
SAGENHAFTE UND FUTURISTISCHE
ERZÄHLUNGEN
NEBST EINEM EINAKTER

HAFFMANS VERLAG

Nachweise der Erstveröffentlichungen
am Schluß dieses Bandes

Umschlagbild von
Edward Hopper

1. Auflage, Frühling 1994

Gesamtherstellung: Ebner Ulm
ISBN 3 251 00244 9

Inhalt

Komm rüber, Leser!

Komm rüber, Leser! Ja, du! Komm näher, wir tun dir nichts. Wir wollen dir nur etwas erzählen, was du nicht für möglich halten wirst.

So. – Nun hör mal zu! Wir drei hier ... gib zu, du kannst uns kaum unterscheiden. – Stimmt. – Nur unsere Krawatten, wenn du dir die mal anschaust, die sind bei jedem anders. Wir drei also, wir sind Brüder, Drillinge. Kann man doch sehn, oder? – Na also. – Das ist ja noch nicht so was Besonderes, aber jetzt kommt noch eins hinzu: Wir haben alle denselben Vornamen. Jeder von uns heißt Patrick. Komisch, wie? – Aber das stimmt nicht. Es heißt eigentlich nur einer Patrick. Aber wer Patrick heißt, das können wir dir nicht sagen. Das weiß von uns dreien nämlich auch keiner. Total bekloppt, was? Du meinst, wir wollen dich hier auf den Arm nehmen. Nee. Überhaupt nicht. Bleib da, hör mal zu! Also:

Unser Vater war ein sehr schräger Vogel. Hatte immer viel vor, aber selten hat was geklappt. Er ist meistens reingefallen mit seinen Dingern. Dabei waren die gar nicht mal so schlecht. Er hatte wirklich was los. Nur, er machte immer alles allein, weil er keinem anderen traute, übernahm sich, und da saß er schon wieder im Loch. War ein fähiger Kopf, unser Vater. Ja, das muß man sagen. Fähig und einsam. Bis wir kamen.

Und das war so: Als unsere Mutter schwanger war, da wurde sie jeden Tag dicker. Kennt man ja, aber sie wurde so dick, daß man glauben konnte, die wird gleich platzen. Eine Mordsbombe hat sie vor sich hergetragen. Da sind

7

bestimmt Zwillinge drin, dachte unser Vater. Und unsere Mutter durfte jetzt nicht mehr draußen rumlaufen, damit keiner auf den Gedanken kam, bei uns könnte es Zwillinge geben. Und keinen Arzt hat er an sie rangelassen und keine Hebamme. Er hat sich Bücher besorgt über Geburtshilfe. Die hat er gelesen, und dann hat er gesagt: Wer einen Tresor knacken kann, der kann auch ein Kind zur Welt bringen. Und als es dann soweit war, da hat er nicht schlecht gestaunt, daß da nicht zwei, sondern drei drin waren. Na, um so besser, hat er gedacht. Mit dreien geht es vielleicht einfacher. Da hat man immer einen in Reserve.

Er ist zum Standesamt gegangen und hat eine Geburt angemeldet. Einen Jungen mit Namen Patrick. Die beiden anderen hat er glatt unterschlagen. Na ja, das war eben der Trick. Zwei von uns wurden immer versteckt. Keiner hat je erfahren, daß wir eigentlich drei sind. War nicht immer einfach. Wenn einer draußen spielen durfte, wurden die anderen so lange gefesselt und geknebelt und in die Rumpelkammer gesteckt. Alle Nachbarn glaubten, wir hätten nur ein einziges Kind. Haben wir damals nur schwer verkraftet. Sieht so'n kleines Kind ja auch nicht ein, warum es nur jeden dritten Tag raus darf. Erst viel später ist uns dann aufgegangen, was für ein Genie unser Vater gewesen ist.

Auch in die Schule ging dann immer nur einer von uns. Jeden Tag ein anderer. Haben trotzdem alle was gelernt. Jeder von uns kann schreiben, lesen und rechnen – und wie! Und dann hat er uns schon früh auf Ladendiebstähle dressiert. Einer saß in der Rumpelkammer, einer war in der Schule, und einer klaute sich durch die Geschäfte durch. – Bloß nicht fassen lassen! Immer entwischen! Das war oberstes Gebot. Da war mal der Patrick erkannt worden von einem Ladenbesitzer. Gar kein Zweifel. Das war er gewesen. Den kennen wir doch. Und die Polizei kam zu uns. – Wo ist der Bursche? – Na, in der Schule natürlich. – Haha! Wer das glaubt. – Polizei in die Schule. Klassentür aufgerissen. Wo ist der Patrick? – Na, da sitzt er doch. – War der den ganzen Vormittag hier? – Aber gewiß. Das konnte der Lehrer bezeugen. – Na, da hatte sich der Händler wohl geirrt. – Entschuldigung.

Eiserne Disziplin. Die haben wir gelernt. Wir verdanken ihm was fürs Leben, unserm Vater, auch wenns oft schmerzlich war. Immer nach Plan operieren. Genau die Absprachen einhalten. Harte Schule, jawohl. Es ist viel leichter, das wollen wir dir mal sagen, du komischer Leser, es ist viel leichter, ein sogenannter anständiger Mensch zu werden als ein krimineller. Köpfchen braucht man dafür und eben – Disziplin, Ordnung. *Dumm* und kriminell, das ist ... ja, da verdient man es nicht besser, wenn man eingelocht wird. Dumm und *anständig*, da kommt man mit durch, aber man bringts zu nichts.

Also wir, wir haben unser Handwerk gelernt und unseren Eltern einen schönen Lebensabend gesichert. Auch wir selber sind dabei nicht zu kurz gekommen, das kann ich dir versichern.

Wehrdienst? – Geteilt durch drei, klar. Einer war in der Alibi-Kaserne. Die beiden anderen konnten abräumen gehen. Versteht sich, daß wir uns auch bei den Weibern ablösen. Jede neue Freundin wird nur gemeinsam, das heißt nacheinander, vernascht. Das ist nicht so einfach, wie du denkst. Wir müssen uns alle drei in puncto Geschmack einig sein. Nicht daß der eine ne Zicke anschleppt, die ein anderer nicht riechen kann. Und immer den anderen genau, aber haargenau erzählen, was man mit der gequatscht hat und wie weit man nun schon ist. Aufs Ganze gesehen aber ein prima Leben, da kann man gar nichts sagen.

So, Leser, jetzt sprechen nur wir beide mit dir. Der

Patrick da linksaußen, der hört jetzt nicht, was wir sagen. Paß auf: Wir sind heute alle drei hier rausgefahren, weil wir ein kleines Problem haben, das wir bereinigen müssen. Unser Linksaußen hat sich nämlich ein Weib zugelegt, an das er keinen von uns ranläßt. Will sie ganz für sich allein. Will sich selbständig machen mit seinem Anteil. Aussteigen. Irgendwo als braver Bürger leben. Wir beide sind uns einig, daß wir das nicht dulden werden. Und wenn unser Linksaußen das nicht einsieht ... Er wird es nicht einsehen. Aber auch wenn er es einsieht, bleibt er von jetzt an die schwache Stelle. – Können wir uns nicht leisten, verstehst du? Konsequenz: Wenn du gleich weggegangen bist, werden wir unser Brüderchen ganz ohne jede Diskussion schnell umlegen. Dann in den Kofferraum mit ihm und dann einbetoniert und ab in die Tiefsee. Zu zweit wird es sich bedeutend besser arbeiten lassen als zu dritt. – So, und jetzt solltest du dich auf die Socken machen, lieber Leser, damit wir fertig werden.

Warum willst du so plötzlich abhauen, Leser? Haben meine Brüderchen dich verscheucht? Haben sie was zu dir gesagt, was dir nicht gefallen hat? Ich will dich nicht aufhalten, aber einen Augenblick solltest du doch noch warten. Ich will dir was sagen. Die beiden hören das nicht. Wir haben nämlich Streit, mußt du wissen. Ziemlich ekligen Streit. Kurz gesagt: Ich habe ein Mädchen, das will ich für mich allein behalten. Und das wollen die beiden nicht, logischerweise. Kann ich verstehen, aber es ist mir egal. Ich weiß auch, was die jetzt vorhaben. Die sind ja so saublöd und glauben, ich hätte noch nichts gemerkt. Aber ich bin schon immer der Hellste von uns dreien gewesen. Ich weiß, was läuft. Wenn du weg bist, ziehen sie ihre Revolver und knallen mich ab wie ein Kaninchen. Denken sie. Aber was sie noch nicht wissen: Ich habe ihre Munition gegen Platzpatronen ausgetauscht. Sie ziehen, ich schreie: »Was wollt ihr denn?« – Pengpeng! – Ich liege im Gras. Und wenn sie mich aufheben wollen, dann ziehe ich, und dann liegen zwei andere hier herum. Ab damit in den Kofferraum – ist ja groß genug –, und dann in den Zement und dann in die Tiefsee. Dann haben wir alle unsere Ruhe und ich ne Menge Geld und dazu noch ein Mädchen, das die besten Puddinge kocht auf der ganzen Welt.

So, Leser, jetzt ist es wirklich besser, wenn du dich verdrückst.

Ava Rodanna

Ich bin die Rodanna! - Ich sage es, ich schwöre es, aber Sie werden es mir natürlich nicht glauben. Haben Sie mir übrigens Whisky mitgebracht? Das war eine meiner Bedingungen, Sie erinnern sich. - Ah, gut. Lassen Sie die Marke sehen! Mir unbekannt. Ich trinke sonst keinen Whisky mehr, kenne mich nicht mehr aus. 1925, als ich von Hollywood zurückkehrte, trank ich sehr viel. Die Marke, wie hieß die Marke? Vergessen. - Dieses Zeug hier . . . lassen Sie mich probieren . . . nein, schmeckt vollkommen anders. Na gut, Sie haben sich wenigstens bemüht. Ich werde versuchen, mich an die Vergangenheit zu erinnern. So schlecht schmeckt er nicht, Ihr Whisky, nein, ich kann ihn ertragen.

Und nun will ich Ihnen etwas sagen: Sie wollen ein Interview von mir für diese Zeitschriftennummer mit Erinnerungen an die Stummfilmzeit. Heute noch lebende Zeugen. Sie wollen mit dem Double von Ava Rodanna sprechen. Sie selbst soll ja tot sein, längst, längst tot. Ein Irrtum, das sagte ich Ihnen schon. Ich bin die Rodanna! - Schweigen Sie, hören Sie mir zu! - Wenn Sie darauf bestehen, nur mit dem Double zu sprechen, werde ich Ihnen - zum vereinbarten Honorar - von den zwei, drei Malen erzählen, wo ich sie persönlich erlebt habe. Von weitem, ganz von weitem. Viel wird es nicht werden, klar. Ein paar Eindrücke, Klatsch, bekanntes Zeug. Wenn Sie aber mein Honorar verdoppeln, erzähle ich Ihnen die Wahrheit, die Wahrheit über Ava Rodanna. - Beweise! Beweise! . . . Ich habe keine, natürlich habe ich keine. Glauben Sie, ich hätte sonst dreiundfünfzig Jahre lang darauf verzichtet, ich selber zu sein? Aber wenn Sie meine Geschichte gehört haben, werden Sie wissen, warum ich keine Beweise haben *kann*. Außerdem: Auch wenn Sie mir die ganze Sache nicht glauben, sie besitzt Unterhaltungswert. So etwas schätzen Sie doch in Ihren Heften mit den vielen nackten Mädchen. Unterhaltungswert. Ein Kuriosum bin ich doch wohl wenigstens. Das nehme ich für mich in Anspruch. - Natürlich, das können Sie nicht von sich aus entscheiden, ein Mann wie Sie - in abhängiger Stellung! Rufen Sie Ihre Redaktion an. Benutzen Sie mein Telefon. Kommt ein neuer Vertrag zustande, ist das Gespräch inklusive, bleibt es doch beim alten, muß ich Ihnen die Gebühr berechnen. Großzügigkeit kann ich mir nicht mehr leisten - seit dreiundfünfzig Jahren nicht mehr. Ah, da fällt mir etwas ein! Ich besitze noch zwei Aktfotos von mir. Ava Rodanna von vorn - Ava Rodanna von hinten. Das muß Sie doch eigentlich reizen. Na? Telefonieren Sie schon! Die Fotos gibt es gratis. Fotos von Silberthal, unveröffentlicht. Der ist Ihnen ein Begriff? - Aha.

Was habe ich Ihnen gesagt? Gut, daß Sie telefoniert haben! Nun kann ich erzählen. Nein danke! Keinen Whisky mehr. Sie werden nachher schreiben, ich hätte mich besoffen und Ihnen die Hucke vollgelogen.

Es war nach der Premiere von *Die Silberfüchsin*, Dezember 1928, ja. Ich habe fast alle meine Titel vergessen. Viel zu viele. Ich habe acht Jahre lang immer nur Filme gedreht, einen nach dem anderen, manchmal zwei oder drei gleichzeitig. Kaum noch angesehen habe ich sie mir. Für *Die Silberfüchsin* gab es eine Gala-Premiere. Auch Hindenburg sollte kommen. Ja, er sollte kommen, glaube ich. Ich weiß nicht, ob er wirklich gekommen ist, ich konnte es auch nicht mehr feststellen, denn der Vorhang rauscht zusammen, jetzt rauf in den Applaus hinein, und da tritt mir auf der Treppe eine Person in den Weg, drängt mich zur Seite, betritt die Bühne als erste, läßt sich bejubeln, als sei sie ich. Und keiner hat das gemerkt, alle steigen sie auf die Bühne, werden mit Buketts bepackt, während ich unten an der Treppe stehe, schreie, gestikuliere, aber das tun sie ja alle. Die Treppe rauf, ich muß die Treppe rauf! denke ich und will gehen, schwankend gehen vor Entsetzen, da packt mich von Straub, von Straub, der Produzent, am Arm, zieht mich zur Seite aus dem Saal hinaus, schließt die Tür und hält mir eine Standpauke. Frechgewordenes Double, so weit sei es gekommen, daß dieses Pack, das dankbar sein konnte, daß es überhaupt ... Ein Double beim Schlußapplaus! Wie ich heiße, wer ich bin? Keinen weiteren Vertrag mehr. Und so weiter. Ich konnte ihm nicht klarmachen, daß ich Ava Rodanna war ... bin ... natürlich bin! Es trugen beide das gleiche Abendkleid. Ich hatte es auch im Film getragen, und alle Garderobe, die ich trug, wurde vorsorglich gedoubelt, für den Fall, daß man ein Double brauchte, und meistens brauchte man auch eins, mindestens eins. Für die Sahnetorte des abgeblitzten Liebhabers, für den Sturz in den Swimmingpool, für unterbelichtete Aufnahmen, die nachgedreht wurden. Ich wußte damals noch nicht, wie viele Doubles sie beschäftigten. Ein paar waren es sicher, und deshalb konnte ich auch nicht sagen, wer sich da für mich ausgab. Herr von Straub wollte überhaupt nichts hören. Für ihn war der Fall klar. Er ließ einen Polizisten kommen, der mich bewachen sollte, bis die Stars und das Publikum das Theater verlassen hätten. Dem habe ich meine Wut wohl zehnmal vorgeheult, aber der stand da riesengroß neben der Tür, und ein ganz winziges Köpfchen hatte er und darauf einen Tschako, der zu klein für ihn war. Wenn er sich zu mir hinuntergebeugt hätte, wäre der wohl abgefallen. Deshalb stand er kerzengerade und stierte über mich weg. Nach einer halben Stunde ließ er mich schließlich durch einen Seitenausgang ins Freie.

Kein Geld! Ich hatte kein Geld! Jetzt erst merkte ich, daß ich mein silbernes Handtäschchen verloren hatte. Gestohlen! Die andere hatte es mir gestohlen. Aber dann dachte ich daran, daß Grete zu Hause war, und nahm eine Autodroschke. Als ich vor dem Gittertor meiner Villa am Wannsee ankam, regnete es in Strömen. Die Beleuchtung im Park abgeschaltet. Ich ließ den Chauffeur warten, mußte über den durchweichten Weg zur Haustür in hochstieligen Abendschuhen. Und alles finster. Nur aus dem Schlafzimmer im ersten Stock fiel Licht durch die Gardinen. Auf mein Klingeln erfolgte lange nichts, erst als ich heftig gegen die Scheibe schlug, kam Grete, die alte Bedienerin, herangeschlurrt. »Ich bins, na mach schon, ich bins«, sage ich, als sie die Tür nur einen vorsichtigen Spalt öffnet, und dränge sie zur Seite. Ich werfe meine Handschuhe vor den Garderobenspiegel, lasse die nasse Federboa fallen, will die Treppe zum Schlafzimmer hinaufsteigen, rufe zur Grete, die da immer noch angewurzelt an der Haustür steht, Hand an der Klinke, und mich anstarrt wie einen Geist, »Grete«, rufe ich, »bezahl die Taxe«, da kommt sie angewetzt mit ihren schiefen Beinen und »Halt, halt!« grapscht sie mich am Kleid und zerrt und ratsch! einen ganzen Fetzen raus. Na, da werde ich wild:

»Grete! Grete! Hast du den Verstand verloren?«

»Wer sind Sie? Was wollen Sie hier?«

»Schlafen, du Miststück! Das Kleid zieh ich dir vom Lohn ab.«

»Frau Rodanna ist oben im Bett. Ich hole die Polizei, wenn Sie nicht verschwinden.«

Da bin ich hinauf. Etwas schneller als die alte Grete war ich ja nun doch. Die glitt erst mal auf dem Treppenläufer aus, und die Messingstangen sausten die Stufen runter. Es war ein wahnsinniger Krach, und der Hausknecht würde bestimmt bald aufgewacht sein und nicht lange fackeln.

So sieht es also aus, wenn ich im Bett liege. Das mußte ich trotz der ganzen Aufregung denken, als ich die Schlafzimmertür geöffnet hatte und die Person in meinem Nachthemd unter der Leopardenfelldecke liegen sah. Sie hatte mein Tagebuch in der Hand und schrieb darin, wie ich jeden Abend, mit meinem silbernen Crayon, den mir Fürst Putjatin in New York zur Premiere von *The Night and the Rain* schenkte.

»Was soll das?« schrie ich. »Wer sind Sie?«

»Diese Frage kann ich Ihnen wohl mit größerem Recht stellen«, kam es vom Bett zurück, und ein nackter Arm streckte sich zum Telefonhörer. »Ich werde die Polizei rufen.«

Ich müßte ihr das Tagebuch entreißen, dachte ich. Sie hat hineingekritzelt. Eine leichte Sache, die Schrift mit meiner zu vergleichen. Ein Beweisstück für meine Identität. Aber gleichzeitig sagte ich mir, daß mir das an diesem Abend nicht weiterhalf. Außerdem hatte ich jeden Tag eine andere Handschrift. Es machte mir sogar Spaß, sie je nach meiner Stimmung zu verstellen. Ich hatte meine stolzen, meine verzagten, meine verliebten, meine wuterfüllten Tage. Oft blätterte ich nur in meinem Tagebuch und wußte ohne zu lesen, was dann und dann gewesen war. Man brauchte schon einen ordentlichen Prozeß und einen richtigen Graphologen, um zu beweisen, daß alle diese Schriften bis auf die letzte meine waren.

Inzwischen war die alte Grete herangehumpelt und fragte die Person im Bett, ob sie den Hausknecht rufen soll. Da kam mir ein Gedanke.

»Halt! Wenn diese Person ich sein will, muß sie wissen, wie der Hausknecht heißt. – Also!«

»Oskar«, tönte es böse aus dem Bett.

Die Prüfung war zu leicht gewesen. Jeder kannte Oskar. Jedes illustrierte Blatt brachte wenigstens zweimal im Jahr ein Bild von ihm und irgendeine schnell erfundene Anekdote. Gab es etwas, das nur ich und Grete wußten? Mir fiel nichts ein. Stellen Sie sich vor, ich stand da in wahnsinniger Angst. Gleich wird dich dieser Oskar, der nicht lange fackelt, rausschmeißen. Dann stehst du im Regen, und der Taxichauffeur haut schon wütend auf die Hupe, weil er immer noch auf sein Geld wartet. Laß dir was einfallen! Verdammt noch mal! Aber es kam nichts. Was hatte es zu essen gegeben, gestern, vorgestern? Ich aß zu selten zu Hause. Immer Dreharbeiten. Mahlzeiten in Kantinen, Restaurants. Mit wem ich im letzten Jahr in welcher Reihenfolge zusammengelebt hatte? Ein öffentliches Geheimnis. Wie die einzelnen Kuscheltiere hießen, die in Reih und Glied auf dem kleinen blauen Sofa saßen? Die Presse hatte sie längst vorgestellt.

»Warum sind Sie nicht auf der Premierenfeier?«

»Was geht Sie das an? Ich hatte Migräne und fuhr nach Hause. Verschwinden Sie jetzt!«

»Sie haben mein Täschchen gestohlen, meine Papiere, meinen Hausschlüssel.«

»Raus! Raus! Ich rufe die Polizei.«

Der weiße Arm schnellte wieder unter der Decke hervor. Da bin ich gegangen. Geheult habe ich, als ich die Treppe runter und durch die Halle ging, und da kam auch schon der Hausknecht mit seinem Schlagring hinter mir her, und kaum war ich draußen, da fiel die Tür ins Schloß, und das Licht oben im Schlafzimmer ging aus. Um dem Taxifahrer zu entgehen, kletterte ich über die Gartenmauer. Was hätten Sie nun getan, na? Polizei. Ach, lächerlich! Immer fällt einem als erstes die Polizei ein. Die hätten sich doch herrlich amüsiert. Eine verregnete Dame im zerrissenen Abendkleid, ohne Papiere, die behauptet, Ava Rodanna zu sein. Immerhin, sie hätten mich vielleicht dabehalten, im Trockenen. Das hätte mich schon verlocken können. Aber dann wäre alles verloren gewesen. Nein, es gab nur eins: Ich mußte zum Filmstudio. Ich mußte morgen früh vor der anderen da sein. Das war meine einzige Chance. Wenn ich die ganze Nacht hindurch lief, müßte ich es eigentlich schaffen. Es hat die ganze Zeit geregnet, und ich bin bald barfuß über das Pflaster gegangen, weil mir die Hacken von den Schuhen brachen. Und dann mußte ich immer wieder ausruhen, immer öfter ausruhen, und dann zum Himmel schauen und sehen, wie es langsam immer heller wurde, und immer noch Straßen und Straßen und Plätze und Straßen. Ich bin angekommen, ja, und ich erzählte auch die Geschichte, die ich mir unterwegs ausgedacht hatte. Autounfall. Kopfsteinpflaster im Regen, der Wagen nicht mehr zu halten, gegen eine Litfaßsäule. Zu Fuß gegangen. Pünktlicher Drehbeginn. Keine Starallüren. Da lachten sie nicht schlecht. Die Rodanna und zu Fuß! Haha! Die hätte in solchem Falle erst mal die Presse angerufen und Fotografen bestellt. Wo liegt denn der Wagen? Was? Wie? Wo? Det is doch wieder diese verrückte Zieje von jestern abend. Mal von Straub Bescheid sagen.

Es hatte keinen Zweck. Verloren. Die andere kam bald nach mir angerauscht – in meinem Horch. Von Straub begrüßt sie mit Handkuß, zeigt auf mich, und alle lachen sich tot. Ich mußte mir anhören, daß ich meinen Vertrag als Double endgültig verscherzt hatte. Die waren sich ganz sicher, wer ich war: ein A-Double. Wenn man die hier heute sieht, versteht man überhaupt nicht, wie die in die A-Klasse kam. Die ist doch höchstens C, nein D. Na ja, man wollte schließlich nicht so sein. Ich könne mich ja mal neu klassifizieren lassen für den Fall eines Falles vom Fall.

Im Besetzungsbüro für Doubles erfuhr ich zum ersten Mal, wie viele Doppelgängerinnen ich hatte. Eine wahnsinnige Zahl. Ich habe sie vergessen. Fünfzig waren es mindestens. Die meisten allerdings waren in Hollywood registriert. Was sollte das? Ich war doch zur Zeit gar nicht mehr in Hollywood. Aber die drehten trotzdem jede Menge Filme mit mir. Dafür brauchte man eben massenhaft Doubles. Lediglich die Großaufnahmen wurden in Berlin gemacht und dann über den Teich geschickt. Die UFA allein kann doch Ava Rodanna nicht bezahlen!

Ich mußte mich nackt ausziehen und wurde am ganzen Körper vermessen und mit einem Wachsmodell verglichen, das die authentische Rodanna, den Maßstab für alle Pseudo-Rodannas, vertrat, und da ergaben sich eben doch eine Reihe gravierender Mängel. Ich hätte nie gedacht, daß ein Nachtmarsch im Regen mich so von mir hätte entfremden können. Ich wurde als D-Double eingestuft. D 114, eine miserable Nummer. Ich konnte mir ausrechnen, daß ich damit niemals auch nur ganz von weitem vor irgendeine Kamera kommen würde. Da habe ich resigniert und mich ganz leise verzogen.

Nun seien Sie doch nicht so neugierig! Ich habe mir eben ganz schnell ein bißchen Geld verdient: für die S-Bahn, für eine Erbsensuppe bei Aschinger, ein Paar billige Schuhe bei Leiser, nein, bei Stiller, ein Kleid bei Wertheim. – Das fragt man nicht. Übergehen wir das. Ich will Ihnen erzählen, wie es weiterging.

Meine letzte Hoffnung setzte ich auf Rosovsky. Es war nicht ganz einfach, ihn zu überreden, aber ich schaffte es schließlich. Ein Kinobesitzer, längst vergessen, damals sehr wichtig. Er besaß mehrere Lichtspielhäuser und hatte den Tick, als Kartenverkäuferinnen, Platzanweiserinnen, Patisseriefräuleins möglichst Doubles verschiedener Stars einzustellen. Eine Rodanna hatte er bereits, nein, sogar zwei, wenn ich mich recht erinnere. Aber meine Qualitäten überzeugten ihn, und ich bekam die Stelle einer Toilettenfrau. Ich hatte viel einzustecken, das können Sie mir glauben. Einmal schlug mir ein korpulentes Weib ihre Brillantfinger ins Gesicht und knurrte: »Das ist für Ihren unverschämten Hintern!« Da unten, in der Kachelhölle, konnte man ungesehen mal eben etwas stellvertretende Rache üben. Besonders eklig waren mir die zärtlichen Damenhände im Dekolleté. Na, vergessen wirs, denn es dauerte nur sechs Wochen. Dann kam meine Stunde, auf die ich gewartet hatte: Gala-Premiere mit Ava Rodanna. – Ja, Sie vermuten richtig: Es war derselbe Lichtspielpalast, in dem ich damals meiner Existenz beraubt worden war.

Als der Hauptfilm lief, schlich ich mich nach oben. Ich wußte ja, wo die Mäntel der Stars hingen. Keiner paßte auf, und ich fand meinen Mantel, zog ihn an – die Törin hatte sogar den Hausschlüssel in der Tasche gelassen – und verschwand durch den Seitenausgang, nahm ein Taxi, fuhr zum Wannsee. Ich schloß die Tür auf, warf die Handschuhe vor den Garderobenspiegel und »Keine Feier – Migräne!« rief ich der alten Grete zu, die herangehumpelt kam. Dann ging ich ins Schlafzimmer, legte mich ins Bett und las im Tagebuch, was ich in der Zeit erlebt hatte, in der ich nicht die Rodanna war. Dieses Biest hatte genau wie ich dauernd die Handschrift gewechselt: mal steil, mal breit, mal nach rechts, mal nach links gekippt. Es war gar nicht leicht, die letzte echte Eintragung zu finden.

Spät in der Nacht hörte ich das Brummen eines Autos, Abschiedsworte und Türenschlagen, und nicht lange darauf klingelte es unten. Gleich war das schönste Geschrei im Gange. Schläge klatschten, Gegenstände stürzten um, und mit Krachen und Poltern zeterte es die Treppe herauf. In der Schlafzimmertür erschienen Grete und eine zerrissene Dame im Abendkleid. Eng umschlungen, zerfleischten sie sich die Gesichter.

»Da ist sie schon wieder! Es nimmt kein Ende und wird immer toller! Wenn sie noch einmal kommt, kündige ich.«

»Grete«, sagte ich, »gehen Sie. Ich werde schon allein mit der Person fertig.« – »Na«, sagte ich zu ihr, als wir allein waren, »da haben Sie Pech gehabt. Nur sechs Wochen hat es gedauert, Ihr ergaunertes Glück.«

»Drei Tage.«

»Wie? Das ist nicht möglich. *Die Silberfüchsin* hatte vor sechs Wochen Premiere.«

»Na und? Vor drei Tagen habe ich es geschafft, hier als Rodanna reinzukommen, und heute haben Sie es mir einfach nachgemacht, Sie mieses Double. Sie sind doch höchstens Klasse C. Ich bin A.«

Da mußte ich Grete wieder hereinrufen.

»Dies Weib behauptet, daß sie vor drei Tagen zum ersten Mal hier hereingekommen ist.«

»Das ist gelogen, gnädige Frau. Das ist reineweg gelogen. Vor sechs Wochen, ja, vor sechs Wochen hat sie damit angefangen, und dann sind es sechs oder sieben Mal gewesen. Immer wieder hat sie es versucht, und jedesmal haben wir sie rausgeschmissen, das wissen Sie doch. Und wenn das nicht bald ein Ende hat . . .«

Ich habe sie auf die Straße geschickt und der Grete versprochen, daß ich morgen sofort zwei Leibwächter einstellen würde, damit so etwas nie wieder vorfallen würde. Es war ganz klar: Obwohl mein Fall damals streng geheimgehalten worden war – niemals las ich etwas darüber in der Presse –, hatten etliche Doubles davon Wind bekommen, und jede hatte mal ihr Glück versucht. Ich würde sehr auf der Hut sein müssen, sagte ich mir, und das war ich dann auch in Zukunft.

Jetzt wollen Sie natürlich noch wissen, wann und wie ich gestorben bin. Das ist leider sehr schnell erzählt. Sie können sich vorstellen, daß ich jetzt allen Doubles gegenüber sehr mißtrauisch war. Wo immer es ging, spielte ich meine Rollen selber. Sogar gefährliche Einstellungen übernahm ich, auch wenn von Straub noch so sehr die Stirn runzelte. Ich verstand überhaupt nicht, warum ich eine Achterbahnfahrt nicht selber machen sollte. Dabei fuhr ich damals so gern Achterbahn. Von Straub blieb eisern. »Nein, Kindchen, nein!« Und dann sah ich zu, wie eins von diesen tückischen A-Doubles einstieg und mir sogar noch zuwinkte. Hätte ich mich damals doch durchgesetzt! Ich war einen Augenblick lang zu weich, zu nachgiebig. Ich glaubte, von Straub einen Gefallen zu tun, seine Nerven zu schonen. Der Schuft! Die Gondel blokkierte in einer Kurve bei hoher Geschwindigkeit, das Double flog im Bogen hinaus und mit dem Kopf gegen einen Pfeiler. Sofort tot! Ein einziger Aufschrei: »Die Rodanna! Die Rodanna ist tot!« – »Nein«, schreie ich, »es ist nur ... ich bin ... es ist ...«

»Ja«, sagt von Straub zu mir und nimmt sein Monokel aus dem Auge, »jetzt hat es sich ausgedoubelt, mein Kindchen.«

Und damit meinte er mich.

»Aber ich bin doch gar nicht ... Ich habe doch auf deinen ausdrücklichen Wunsch ...«

»Gegen meinen ausdrücklichen Wunsch ist die Rodanna selber gefahren, und nun haben wir die Bescherung.«

Warum hat er das getan, werden Sie fragen. Ich habe

von damals bis heute versucht, darauf eine Antwort zu finden. Nur eins ist klar: Mit dem Stummfilm ging es damals ziemlich zu Ende, und zum Tonfilmstar hätten sie mich nicht mehr gemacht. Mein Tod kam sehr gelegen. Die Kinos waren wochenlang ausverkauft. Viele alte Schinken wurden wieder hervorgezerrt. Und dann hatte ich ja auch keine Erben. Ich war ja das berühmte Waisenkind. Nie verheiratet gewesen. Kein Testament, das heißt, sie haben dann eins zusammengeschwindelt, in dem ich alles der UFA vermachte, dem alten Bankrottverein. - Tja, das wars, und wenn ich damals keine Beweise hatte und niemand den Mund aufmachte, um mir beizustehen, dann habe ich jetzt natürlich auch keine, nicht wahr? Aber mein Fall hat Schule gemacht, und jetzt sage ich Ihnen etwas, das Sie vom Stuhl hauen wird: Mit der Garbo hat man es 1930 auch so gemacht, nur mit dem Unterschied, daß man sie selber umgebracht und ein Double hat leben lassen. Da staunen Sie, was? Die Garbo hat damals den Sprung zum Tonfilm auch nicht geschafft. Aber sie hatten ein Double, das gut sprach. Außerdem hatte man die Garbo wegen ihrer Zicken gründlich leid. Acht Jahre lang hat sich das ja dann auch ausgezahlt, aber dann kamen im Krieg zwei Mißerfolge in Amerika, und da hat die Dame durchgedreht, sich zurückgezogen ins Geheimnis. Im Traum war ihr nämlich die echte Garbo erschienen und hatte gedroht, es werde ihr ein schweres Unglück zustoßen, wenn sie nicht augenblicklich Schluß mache. Das schlechte Gewissen, klar, aber sie war so abergläubisch, daß sie keinen Film mehr drehen wollte.

Aber da erzähle ich Ihnen Sachen, die Sie gar nicht bezahlt haben. Es ist Schluß. Mehr gibts nicht. Der Rest meines Lebens interessiert nicht. Jetzt will ich diesen scheußlichen Whisky trinken. Schenken Sie ein! Mehr, mehr, nur nicht so zaghaft!

Zeitsalat

Sie war ihm sofort aufgefallen, als er das Café betreten hatte. Bis auf die Schultern herabhängendes schwarzes Haar und eine Brille mit dunklem Gestell. Er hatte sich ohne zu zögern an ein Tischchen gesetzt, von dem aus er sie voll im Blick hatte. Und nun grübelte er seit zehn Minuten, Tee trinkend und total verglotzt, weshalb diese Brillenschlange so peinigend sexy war. Brille hatte bisher nur lusttötend auf ihn gewirkt, aber von der hier kriegte er die Augen einfach nicht wieder ab. Waren es die Lippen? Gut geschminkte, volle, leicht ironisch-amüsiert und überlegen wirkende Lippen, aber zugleich Saugschnecken von höchster Intensität. Sie trug lässige, elegante schwarze Klamotten mit ein bißchen Glitzerwerk, die gut zu ihrem Typ paßten. – Jetzt hatte sie ihren Kaffee ausgetrunken, und es konnte gar nicht mehr lange dauern, dann ging sie. Bis man auf üblichem Wege einen Bagger herangeschafft hatte, war es bestimmt schon zu spät. Also mal wieder der Stuhltrick.

Er stand auf und holte sich eine Zeitung vom Ständer. Dabei mußte er an ihrem Tisch vorbei. Bei der Rückkehr hielt er sich die Zeitung vor die Nase, als ob da was ganz Dolles drinstand, und dann rannte er einen der leeren Stühle an ihrem Tisch um.

»Entschuldigung! Ich hab heut meinen schusseligen Tag, wie's scheint. Aber das wundert mich nicht. Das ist bei mir immer so, wenn ich ne schwierige Zeitreise in Vorbereitung habe.«

So. – Jetzt fragte es sich, ob sie anbiß und fragte, was

eine »Zeitreise« sei. Wenn sie nicht fragte, lohnte es weitere Mühen nicht. - Sie fragte. Und nun konnte er erst mal neben ihr stehenbleiben und sagen, daß man das nicht so rasch erklären könne, und ob sie schon mal was von MTI gehört habe, »Mental Tourism International«. Nein? Seit kurzem gebe es hier auch eine Niederlassung, und bei der arbeite er. Das hatte doch ganz groß in der Zeitung gestanden. »Reisen im Kopf - die perfekte Illusion.« - Da dämmerte ihr was, aber sie wußte nichts Genaueres. Um so besser, denn nun war sie ehrlich froh, daß er ihr das erklärte.

Wenn man es mal genau betrachtet, so findet alles, was man erlebt, im Kopf statt. Ohne Kopf keine Welt - klar. Aber bisher mußte man, wenn man zum Beispiel die Niagara-Fälle richtig erleben und sich nicht mit einer Filmaufnahme begnügen wollte, zu den Niagara-Fällen reisen. Und dann sah man sie und hörte sie - in seinem Kopf, nirgendwo sonst. Und da haben sich schlaue Leute gefragt, ob man denn unbedingt seinen Kopf zu den Niagara-Fällen bringen müsse und ob es nicht einfacher, aber genauso wirksam sei, die Niagara-Fälle zum Kopf zu bringen. Natürlich nicht die echten Niagara-Fälle, sondern nur die Impulse, mit denen sie ihr Bild im Kopf erzeugten. Und man hat alle Daten der Niagara-Fälle in einem Computer gespeichert und einen Menschen an diesen Computer angeschlossen, so daß Gehirn und Computer miteinander korrespondieren konnten. Das ist jetzt alles auf Kindergarten-Niveau vereinfacht, aber so funktioniert es im Prinzip. Man kann sich in jede Landschaft versetzen lassen, und man glaubt, man ist da, genau wie im Traum, wo man auch nicht merkt, daß man eigentlich im Bett liegt und nicht auf einen Berg steigt. Der Computer als Traummaschine liefert dem Gehirn, was es gerade für seinen Traum braucht, denn alles, was man sich nur vorstellen kann, ist vorher eingespeichert worden. Das ist Fernsehen in absoluter Perfektion. Jeder macht sich sein eigenes Programm und glaubt, daß er es wirklich erlebt. – Na ja, so ganz von allein läuft das natürlich nicht. Es muß jemand da sein, der auf einem Bildschirm verfolgt, was der Kunde gerade erlebt, und dessen Gedanken und Wünsche mitlesen kann, ein Traumregisseur oder Traummanager, wenn man so will. Und der muß irrsinnig schnell sein und voraussehen können, was der Kunde gleich wünschen wird, damit die verschiedensten Programme rechtzeitig abgerufen, kombiniert, vermischt werden. Und so ein Mann ist er – Friedo Witte. Seit neuestem kann man nicht nur in jede beliebige Landschaft reisen, sondern auch in die Vergangenheit. Man kann berühmten Leuten begegnen und sich mit ihnen unterhalten. Ständig kommen neue Programme heraus. Noch ziemlich unbekannt, diese Freizeitunterhaltung, das stimmt, aber bald wird sie *der* Renner sein.

»Na«, fragte Friedo die schöne schwarze Brillenschlange, »möchten Sie nicht auch mal eine solche Reise machen? Absolut ungefährlich, egal was man erlebt.«

»Sie wollen mir hier was verkaufen, wie?«

»Nein. Ich will Ihnen eine Reise schenken. Ganz privat.«

So schnell biß sie natürlich nicht an. Er mußte erst noch gehörig kneten, raspeln und glätten, aber dann hatte sie Lust. Zum Beispiel gleich morgen? Da hatte er um elf Uhr noch einen Termin frei, über den er verfügen konnte. Sie solle sich bis dahin in Ruhe überlegen, wohin sie reisen wolle – für zwei, drei Tage. – Was? So lange würde das dauern? – Aber nein! In einer halben Zeitstunde konnte man mehrere Kopftage unterbringen. – Jetzt war ihr das Ganze schon wieder etwas unheimlich, aber dann sprang sie ihm doch nicht wieder von der Schippe. Hurra, Sieg! –

Also morgen um elf bei der MTI in der Spalanzani-Straße. Tschüß ... wie heißt sie denn? ... Desirée ... schöner Name ... also tschüß, Desirée!

Während des ganzen Abends dachte er darüber nach, wohin er sie morgen schicken sollte. Er hatte nicht die Absicht, das ihr zu überlassen, und auf keinen Fall sollte sie allein reisen oder etwa mit einem Schlager- oder Filmstar. Das kam überhaupt nicht in Frage, denn er wollte sich selber einbringen, plötzlich irgendwo auftauchen und sie dann »mental« bearbeiten. Am Ende der dreitägigen Kopfreise sollte eine gemeinsame Nacht stattfinden, und wenn sie dann wieder in die Realität zurückgekehrt war, mußte sich eine echte Beziehung zwangsläufig ergeben. Eine völlig neue Form der Verführung. Da konnte man spendabel sein bis zum Exzeß, und es kostete einen keinen Pfennig, weil auch der teuerste Champagner nur aus dem Computer schäumte. Natürlich mußte er ihre Reise bezahlen, aber für Mitarbeiter gab es 40 % Rabatt, eine Investition, die sich lohnte. Die persönliche Einschaltung des Regisseurs ins Reiseprogramm war etwas völlig Neues. Das Gerät war eben erst entwickelt worden und mußte für seine Aufgabe noch eingestellt werden. Aber das ging ja heute schnell.

Er war am nächsten Morgen zeitig in der Firma und bereitete alles vor. Um zehn war eine alte Dame mit Krückstock in die Ägäis zu verfrachten. Die wollte dort surfen, in meterhohen Wellen. Die gab es dort zwar nicht, aber man kann ja alles mischen. Und um elf - kam sie nicht. Stau, Parkplatzprobleme, verpaßte Straßenbahn - eine Viertelstunde lang baute er auf kurzfristige Verzögerung. Als sie eine halbe Stunde später noch immer nicht da war, hatte es eigentlich überhaupt keinen Zweck mehr, und seine Stimmung versank im Eismeer. Pünktlich um zwölf erschien der Kunde für eine ziemlich komplizierte Zeitreise: ein junger Physikstudent, dem sein Großvater einen Trip zu Galilei, Newton und Einstein spendiert hatte, damit er sich mit ihnen ein bißchen unterhalten konnte. Blödsinnige Idee! Ob der Opa sich wohl dachte, der Enkel könne sich von jedem der drei ein Scheibchen Genie abschneiden? War nicht einfach gewesen, das alles vorzubereiten. Man brauchte dazu drei historische Schauplätze mit Randfiguren und dann für jede Koryphäe einen Programmvorrat für die Gespräche. Die Reise kam den Großvater teuer zu stehen, aber der hatte offenbar viel auf der hohen Kante.

Der Student war ein netter blonder Kerl, der sich wahnsinnig auf die Reise freute. Es tat Friedo aufrichtig leid, daß er selber stimmungsmäßig nicht so richtig mitziehen konnte, weil er dauernd seine Wut in den Bauch zurückdrücken mußte. Diese bekloppte Brillenschlange! Er führte den jungen Mann in eines der Reisezimmer, wo er sich auf einer bequemen, elektrisch verstellbaren Liege ausstrecken und die Adapter an den Kopf anschließen lassen mußte. Leise Musik wurde eingespielt, und dann verdunkelte sich das Licht so langsam, daß man es kaum merkte, und das wache Bewußtsein des Studenten wurde im gleichen Zeitraum ausgelöscht.

Er stand auf einer sonnigen Stadtstraße und schaute sich etwas ratlos um. Siebzehntes Jahrhundert. Die Leute, die an ihm vorbeigingen, sahen aus wie Statisten in einem Film. Sie schoben beladene Karren und trugen altertümliche Handwerksgeräte. Sie beachteten ihn überhaupt nicht. Er schien nicht aufzufallen, und als er an sich herabschaute, bemerkte er, daß er auch solche Kleider trug: ein Lederwams mit Fransen, bauschige, grün-rot gestreifte Hemdärmel mit Spitzenmanschetten, moosgrüne Pumphosen und Stulpenstiefel. Daß er sich in Padua befand, wußte er zwar nicht, aber ahnte es: Im Frühsommer 1610 wollte er Galilei besuchen, und der wohnte eben zu dieser Zeit in Padua. Er kannte sich nicht aus und mußte jemanden nach Galileis Haus fragen. Ob man ihn wohl verstehen würde? Italienisch konnte er nicht. Er sprach einen Mann an, der auf einem Karren zwei Körbe mit Würsten vor sich herschob. Der verstand ihn und beschrieb ihm - auf deutsch, auf italienisch, was sprachen sie beide eigentlich? - den Weg. Er kam an und wurde von einer Magd empfangen. Nein, der Herr Professor Galilei sei noch nicht aus Venedig zurück, und ob er wohl ein Empfehlungsschreiben habe. Ohne das lief hier wohl nichts. Der Professor schien sehr überlaufen zu sein. Er faßte in die Tasche und fand darin einen Brief, den er auf gut Glück der Magd zeigte. Die nahm ihn, ging ins Haus, kam zurück und sagte sehr höflich, er möge nur eintreten und ein Stündchen warten, bei einem Becher Wein vielleicht und etwas Gebäck? -

Friedo konnte alles auf einem Bildschirm verfolgen. Es lief wie programmiert. Gleich würde Galilei auftreten, der so auszusehen hatte wie auf dem alten Gemälde, das jeder kennt. Dann sah man sich die Werkstatt an, wo der Forscher einen eigenen Mechaniker beschäftigte, der ihm die Linsen für seine begehrten Fernrohre schliff und die Proportionalzirkel herstellte, die sich auch gut verkaufen ließen. Blühende Nebengeschäfte. Friedo hatte gerade mal eben Zeit, seine Regiezentrale zu verlassen, um nach Desirée zu schauen. Noch immer nicht da. Die kam nicht mehr. Er würde sie jetzt ohnehin wieder fortschicken müssen. Also zurück ans Pult. Auf dem Bildschirm wartete der Student noch immer, aber dort wurde die sehr viel kürzere reale Kopfzeit auf Erlebniszeit gedehnt, damit man die Vorgänge überhaupt wahrnehmen konnte, die sonst wie ein Film in Superschnellauf abrauschen würden. Man hatte also mit zwei Zeiten zu operieren. Im Kopf des Studenten war die Handlung schon viel weiter fortgeschritten. Friedo schaltete auf *Present* und *Slow*.

Sie saßen beim Abendessen: Galilei, der junge Student aus Deutschland, der Gérard hieß, worüber sich alle gewundert hatten, weil das ja eigentlich ein französischer Name war, Marina Gamba, des Professors Lebensgefährtin, ein paar Schüler, die im Hause wohnten, der Mechaniker und noch ein paar andere. Man hatte einen Rehrücken verzehrt und toskanischen Wein dazu getrunken. Galilei war in bester Laune und dozierte:

»Ich habe eine kleine Abhandlung geschrieben. Darin lege ich große Dinge den einzelnen Naturforschern zur Untersuchung und Betrachtung vor. Große, sage ich, einmal wegen der Bedeutung der Sache selbst, sodann wegen der für alle Zeiten unerhörten Neuigkeiten und schließlich auch wegen des Gerätes, meines Perspicillums, durch dessen Hilfe sich diese Dinge meiner Sinneswahrnehmung dargeboten haben. Es ist wirklich etwas Großes, zu der zahlreichen Menge von Fixsternen, die mit unserem natürlichen Vermögen wahrgenommen werden konnten, unzählige andere hinzuzufügen und offen vor Augen zu stellen, die vorher niemals gesehen worden sind und die alten und bekannten um mehr als die zehnfache Menge übersteigen. Was aber alles Erstaunen weit übertrifft, ist die Tatsache, daß ich vier Wandelsterne gefunden habe, die keinem unserer Vorfahren bekannt gewesen sind.«

Das kam gut. Eine vorzügliche Inszenierung, lobte sich Friedo, und der Text stammte sogar wirklich von Galilei, Originalton. Darauf war er besonders stolz. Hatte ja auch Arbeit gekostet.

Jetzt kam der Augenblick, wo Gérard Galilei zu einer Zeitreise einlädt. Das war vorher so abgesprochen.

»Verehrter Meister«, sagte Gérard, »nun will ich mein Geheimnis lüften. Ich stamme aus dem zwanzigsten Jahrhundert und möchte Sie einladen, mit mir eine Reise in die Zukunft zu machen, die für mich ebenso Vergangenheit ist wie der Augenblick, den wir jetzt gerade erleben. Kommen Sie mit mir zu Isaac Newton, der von 1643 bis 1727 gelebt hat beziehungsweise leben wird. Er hat für die Mechanik die drei Axiome Trägheitsgesetz, Beschleunigungsgesetz und Wechselwirkungsgesetz gefunden. Auch das Gravitationsgesetz, womit das Zusammenhalten des Kosmos durch Massenanziehung und die Bewegungen der Planeten um die Sonne erklärt werden. Er hat Ihr Werk, verehrter Meister, fortgesetzt und vollendet.«

»Das klingt ja höchst phantastisch, junger Freund. Und wie soll ich, bitte sehr, in die Zukunft gelangen?«

»Indem Sie mir nur die Hand reichen. In einem einzigen Sprung, der nicht länger dauert als eine Sekunde, werden wir da sein.«

Galilei schaute sich in der Runde um. »Was meint ihr, soll ich mich diesem Spinner anvertrauen?«

»Und wenn du nun dableibst und nicht wieder zurückkehrst, weil es dir in der Zukunft besser gefällt?« fragte die Lebensgefährtin.

»Wenn es wirklich so wäre«, sprach Galilei mit warmer Stimme und ergriff Marinas Hand, »dann würde diese Hand mich aus jeder Zeit zurückholen, und wenn sie noch so weit entfernt wäre. Ja, ich werde es wagen. Setzen wir an zum Sprung, junger Freund, gleich werden wir sehen, ob Sie nur ein Träumer sind.« Und er ließ Marinas Hand los, um Gérards zu ergreifen.

Schauplatzwechsel. – Aber nichts passierte. Der Bildschirm blieb leer. Wegen des Verzögerungseffektes war dieser Blackout schon vor einer Weile passiert. Gérard auf der bequemen Liege schwebte im Nichts. Eine Schaltung hatte nicht funktioniert. Da der Kunde davon nichts merkte, sondern einfach nur für ein Weilchen »abgeschaltet« war, ließ sich der Fehler vielleicht beheben. Friedo rief das fünfhundert Kilometer entfernte Support-Zentrum an und verlangte sofortige Reparatur über den Rechner. Man versprach ihm, in wenigen Minuten alles wieder in Ordnung zu bringen. Friedo verließ den Regieraum und steckte sich eine Zigarette an.

Na, wer kam denn da durch den Flur gehetzt? Eine süß zerzauste, atemlose Desirée. – Autopanne, Abschleppdienst. Der alte Blechkoffer hatte mitten auf einer Kreuzung den Geist aufgegeben. Und jetzt war es wohl für die Reise zu spät, oder? – Tja, mal sehen. Erst mußte der Student nach Cambridge und von da, zusammen mit Galilei und Newton, nach Princeton zu Albert Einstein verfrachtet werden. Wenn sie da angekommen waren, konnte er die Herren vielleicht sich selbst überlassen und mit Desirée nach Sylt fahren. Er führte sie erst mal ins Kundenbesprechungszimmer, wo auf dem Tisch eine hübsche Thermoskanne mit Kaffee stand nebst zierlichem Geschirr und einer Schale mit besseren Keksen. Hier sollte sie erst mal abwarten. Bis gleich.

Als er in den Regieraum zurückkehrte, lief das Programm schon wieder. Gérard näherte sich mit Galilei den Gebäuden des Trinity-Colleges in Cambridge. Im ersten Stock, links neben dem Eingangstor, waren die Fenster, die zu Newtons Räumen gehörten. Alles genau recherchiert. Wie es der Zufall so wollte, schaute der große Mathematiker, Physiker, Astronom und Alchimist gerade aus einem heraus. Ehrerbietig grüßte Gérard.

»Was wollen Sie denn hier«, raunzte Newton von oben herunter, »spionieren, mich berauben, was sonst? Machen Sie, daß Sie fortkommen! Jeden Tag treibt sich hier solches

Gesindel herum. Hoffen, was abzuluchsen, auszuspähen, wegzuschnappen. Fort, fort! – Was ist mir nicht alles schon gestohlen worden! Und die Diebe wollen dann alles schon lange vor mir entdeckt haben.«

Der mißtrauische, schwer zugängliche Newton. Es würde ein schönes, langes Gespräch werden. Gérard durfte nur nicht lockerlassen. Aber Galilei würde ihn, vorprogrammiert, unterstützen, und schließlich würde der grantige Herr sie zu sich heraufbitten. Nun mußte ihm erst einmal klargemacht werden, daß der ältere der beiden Besucher Galileo Galilei war. Was? Der war doch schon seit achtundvierzig Jahren tot – heute, 1690. Und wenn Newton das mit der Zeitreise endlich geschluckt hat, wird er noch zugeknöpfter sein, weil er fürchten zu müssen glaubt, daß Galilei ihm eine seiner Entdeckungen klauen und in seine Zeit mitnehmen wird. Am Ende dann alles schon vor Newton bekannt gewesen, was er gerade erst gefunden hat. Ein ganz perfider Trick! Eine Eingebung, die Gérard durch den Computer zugespielt bekommen wird, ermöglicht dann doch noch ein Weiterkommen: Wenn sie alle drei in die Zukunft reisten, beispielsweise zu Albert Einstein nach Princeton, könnte man sich ohne Argwohn unterhalten. Und als Gérard Einsteins Meinung über Newton zitieren kann, ist der schwierige Mann endgültig gewonnen: »Newtons Grundbegriffe beherrschen auch heute noch in hohem Maße das physikalische Denken. Es ist bisher nicht gelungen, die Newtonsche einheitliche Konzeption des Universums durch eine ähnlich umfassende einheitliche Konzeption zu ersetzen. Was seither an Erkenntnissen gewonnen wurde, wäre ohne Newtons klares System unmöglich gewesen.« Bei dem berühmten Genie siegt letzten Endes die Eitelkeit über den Argwohn, und sie reisen gemeinsam ins zwanzigste Jahrhundert.

Bis es soweit war, hatte Friedo wieder etwas Zeit, und die ließ sich nutzen, um Desirée an die Leine zu legen. Er holte sie von Kaffee und Gebäck ab und führte sie in ein »Reisezimmer«. Sie mußte sich schön bequem hinlegen, und dann wuselte er voller Entzücken in ihren schwarzen Haaren herum, ganz legal, um die Adapter an ihrem Köpfchen zu befestigen. Dann erklärte er ihr, daß die Fahrt nach Sylt gehen werde, und es werde Sommer sein und Badewetter. Desirée wollte zwar lieber nach Kreta, aber das war auf die Schnelle nicht zu machen. Sie sah das ein. Sie war ja zu spät gekommen. Es wurde dunkel um sie herum, und dann saß sie im Intercity *Theodor Storm*, Großraumwagen, erste Klasse.

Geigenklänge. – Gérard und die beiden Väter der modernen Physik saßen im Garten bei Einstein, und der spielte ihnen etwas von Paganini vor. Friedo war es nicht gelungen, herauszukriegen, ob Einstein jemals etwas von Paganini gespielt hatte, aber darauf kam es ja nicht so genau an. Das Stück paßte einfach stimmungsmäßig, das war die Hauptsache, und als es zu Ende war, setzte Einstein die Geige ab und lachte vergnügt in die Runde.

»Galilei, Newton und ein deutscher Student! Wundervoll! Wo haben Sie die schönen Kostüme aufgetrieben, meine Herren?«

Jetzt hatte Gérard erst einmal einen kleinen Exkurs über Zeitreisen abzulassen, und Einstein zeigte sich höchst interessiert am modernen Fortschritt. Da schien ja viel Neues erfunden worden zu sein – in der Zukunft. Donnerwetter! Galilei und Newton waren noch nicht so recht überzeugt davon, daß dieser komische Herr Einstein der bedeutendste Physiker des zwanzigsten Jahrhunderts sein sollte. Wie der schon aussah! Alter, schäbiger Pullover, lange, wirre Haare. Die Herren

Newton und Galilei sahen entschieden vornehmer und gepflegter aus.

»Und Sie wollen ein Naturgesetz gefunden haben, das mir noch nicht bekannt war?« fragte Sir Isaac Newton herablassend.

»Ja«, sagte Einstein lächelnd, »zum Beispiel die Relativitätstheorie, die spezielle und die allgemeine.«

»Was darf man sich darunter vorstellen?«

»Beginnen wir mit der speziellen«, sagte Einstein und legte die Geige neben sich auf einen Stuhl. »Stellen Sie sich einen Eisenbahnwagen vor, der mit einer konstanten Geschwindigkeit v auf dem Geleise fährt . . .«

Es gab einen kleinen Blitz, der von einem Knackser begleitet wurde, und nun saßen die Herren plötzlich im Intercity »Theodor Storm« nach Westerland. - Friedo schrie auf: Die beiden Kopfreisen hatten sich wegen des Stichworts »Eisenbahn« berührt und dann vereinigt. Jetzt waren die Physiker auch im Großraumwagen, in dem bislang Desirée allein gesessen hatte. - Zeitsalat! - Und Friedo hatte seinen Kopf schon verkabelt, um gleich mentalen Kontakt zu ihr aufzunehmen und überraschend im Wagen zu erscheinen. Was nun?

»Oh«, sagte Einstein hocherfreut, »hier haben wir ja unseren Eisenbahnwagen. Jetzt kann ich es Ihnen noch plastischer demonstrieren.« Er stand auf und stellte sich in den Mittelgang. »Im Eisenbahnwagen durchschreitet ein Mann den Wagen in dessen Längsrichtung, und zwar in Richtung der Fahrt mit der Geschwindigkeit w. Wie rasch beziehungsweise mit welcher Geschwindigkeit W kommt der Mann *relativ* zum Bahndamm während des Gehens vorwärts? - Er legt in der betrachteten Sekunde relativ zum Bahndamm im ganzen die Strecke W gleich v plus w zurück. Später werden wir sehen, daß diese Überlegung, welche das Additionstheorem der Geschwindigkeiten gemäß der klassischen Mechanik ausdrückt, nicht aufrechterhalten werden kann, das soeben aufgestellte Gesetz in Wahrheit nicht zutrifft.«

Er war währenddessen durch den Wagen gegangen und neben Desirée stehengeblieben, die erstaunt zu ihm aufsah.

»Einstein«, stellte er sich galant vor, »Albert Einstein. Ich bin dabei, meine Relativitätstheorie zu erläutern. Das wird Sie vermutlich kaum interessieren.«

»Doch ... schon ... sicher«, stotterte Desirée. »Aber wer sind die kostümierten Herren? Die waren eben noch nicht hier.«

Man stellte sich einander vor, und die vier physikalischen Herren waren von da an bedeutend mehr an der entzückenden Brillenschlange interessiert als an der Relativitätstheorie. Kurz bevor der Zug in Westerland einlief, hatte Friedo es geschafft, in den Großraumwagen zu kommen. Desirée sah ihn und rief entsetzt: »Nein, nein! Die Reise darf noch nicht zu Ende sein. Jetzt wird es gerade interessant. Bitte gehen Sie wieder! Sie haben mir drei Tage versprochen. Gut, ich habe mich verspätet, aber eine Stunde können Sie mir noch gönnen.«

»Das ist der Angestellte eines Reisebüros für Kopfreisen«, erklärt Gérard den verdutzten Physikern.

»Oh, Sie kennen ihn auch?« Und von nun an unterhielt sich die Brillenschlange vorzugsweise mit dem Studenten. Keiner achtete mehr auf Friedo. Wütend und enttäuscht schaltete er sich aus dem Programm aus und sah am Bildschirm zu, wie die Sache weiterging. – In Westerland stiegen alle aus und gingen zum Strand. Gérard und Desirée schritten voran und unterhielten sich prächtig. Die Physiker kamen hinterher und setzten die Erörterungen über die Relativitätstheorie fort. Kurz darauf schaltete Friedo alle Computer ab. Aus der Traum!

Gérard, der zuerst entfesselt wurde, zeigte sich sehr unbefriedigt über den plötzlichen Abbruch. Friedo wurde ihn überhaupt nicht wieder los, und er mußte doch Desirée ... Da kam sie schon an, hatte sich selbst befreit. Und nun trafen sich beide in der Realität.

»Dich gibt es ja wirklich!« jauchzte Gérard.

»Und dich auch!« jubelte Desirée.

Na dann prost, dachte Friedo völlig resigniert. Fehlinvestition, totale. Morgen nehme ich erst mal Urlaub und fahre ganz weit weg. Aber richtig. Zeit genug habe ich auf meinem Konto ja angespart, richtige Zeit.

Die Enthüllungen des Odysseus

Ich will mal was Antikes schreiben. Richtig schön klassisches Altertum. Seit langer Zeit mal wieder die Odyssee gelesen. Schulerinnerungen. Andra moi ennepe mousa ... Nein, nicht auf Griechisch. Das schaffe ich nicht mehr. Jedes zweite Wort - mindestens - im Lexikon nachzuschlagen wäre zu mühevoll. Also der gute Voß: Sage mir, Muse, die Taten des vielgewanderten Mannes ... Ich stelle mir einen Odysseus vor, der schon wieder ein paar Jahre auf Ithaka lebt. Vorbei der Krieg, vorbei die Reisen, besiegt die Freier, gerettet der Besitz. Die arg dezimierten Rinderherden sind durch tüchtige Aufzucht wieder vermehrt, der edle Hüter der Schweine, Eumaios, kann sich nun auch mal hin und wieder ein Mastschwein leisten und muß nicht nur mit Ferkelchen vorliebnehmen, was für uns zwar eine Köstlichkeit ist, einem Sauhirten damals aber wahrscheinlich wenig galt. Telemach, der brave Sohn, der sich während der turbulenten Ereignisse seinem vielgerühmten Vater gegenüber als würdig erwiesen hat, ist nun ganz erwachsen. Einen Jüngling kann man ihn nicht mehr nennen. Der Kronprinz auf Ithaka ist ein junger Mann, ein Athlet, an Gestalt dem Vater gleich, als dieser nach Troja zog. Nun braucht er nur noch eine Frau, um den Odysseus zum Großvater zu machen. Es hat sich auch schon eine gefunden, eine Inselschönheit, so ist anzunehmen, von Leucas vielleicht, von Corcyra oder Same, oder aber von Zakynthos. Ich habe das noch nicht entschieden. Im Grunde genommen ist es einerlei, denn die Braut wird in meiner Geschichte nicht auftreten. Wichtig ist nur, daß die Hochzeit bevorsteht, daß von nichts anderem mehr geredet wird am Fürstenhofe, daß die Dichter geschäftig sind, Hochzeitscarmina zu entwerfen, probeweise vorzutragen und wieder zu korrigieren, daß Einladungen per Schiff hinausgehen und Zusagen per Schiff hereingebracht werden von Sparta, von Pylos, von Argos, daß schon seit einiger Zeit Bauarbeiten im Gange sind, denn der alte Palast von Odysseus und Penelope ist viel zu klein, um alle die unterzubringen, die man einladen muß aus der alten trojanischen Kriegskumpanei. Und standesgemäß sind alle unterzubringen, mit Frauen, Mätressen und Lustknaben. Das erfordert schon Fingerspitzengefühl. Ein schöner Erzählanfang wäre das, ein Schwelgen in Details, ein Katalog des Reichtums. Man braucht Muße dazu, um alles genüßlich auszupinseln. Ich widerstehe der Versuchung, mich da länger aufzuhalten, Angelesenes archäologisch kenntnisreich auszubreiten, ich entferne mich von der geschäftigen Stadt, wie sich auch Odysseus entfernt, dem es zuviel geworden ist, zusammen mit dem Sohne Telemachos, den er zu einem gemeinsamen Gang überredet hat. Weit hinaus soll es gehen, eine gute Marschstrecke zu Fuß, denn Pferd und Wagen verschmäht der Held, den kräftig auszuschreiten es verlangt. Außerdem hat es geschneit auf Ithaka, da könnte man leicht steckenbleiben in einer Wehe. Schlitten hat man nicht, dafür schneit es zu selten auf Ithaka. Ich weiß überhaupt nicht, ob es jemals schneit. Ich werde mich erkundigen müssen, aber es wäre schade, wenn ich zur Korrektur gezwungen wäre. Es behagt mir, wenn ich die beiden Männer vor mir durch die weite Schneefläche stapfen sehe, in gute, weiche Schafspelze gehüllt, einen starken, knotigen Stecken jeder in der sehnigen Faust. Natürlich hat er daheim einen Grund angeben müssen für diesen Ausflug und hat auch einen gehabt: ein

notwendiger Besuch beim Sauhirten Eumaios, um die Bestände zu inspizieren und sich Gewißheit zu holen, daß
es nicht mangeln wird an saftigen Mastschweinen für die
Gesellschaft, denn es wäre gar zu blamabel, wenn es irgendwann heißen müßte: Mastschwein ist aus, wir haben
nur noch Rind, Lamm und Zicklein. Furchtbar wäre es in
der Tat, denn die Schweinezucht auf Ithaka ist berühmt
in der ganzen alten Welt, seit die Heldengesänge im
Schwange sind und besonders der vom edlen Laertiaden.
Alle wollen nur noch Schweine aus Ithaka mit dem Güte-
siegel des Eumaios. Ein gewichtig begründeter Gang also,
den Vater und Sohn da tun, auch wenn, seien wir ehrlich,
es nur ein geschickter Vorwand war, um mit dem Sohne
ein ungestörtes Gespräch zu führen, sich allerhand vom
Herzen zu reden, was mal gesagt werden muß, aber nicht
jeder zu hören braucht. Denn die Schweine, da dürfen
wir sicher sein, haben sich reichlich vermehrt und drän-
gen sich feist in den Koben. Eumaios hat vorgesorgt, man
kennt ihn schlecht, wenn man das bezweifelt. Vater und
Sohn also wanderten hinaus, und bald schon umgab sie
die Einsamkeit der Felder.

»Mein Sohn«, begann Odysseus, indem er sich räusperte und dabei umschaute, ob ihnen auch wirklich keiner gefolgt war, Übervorsicht, auf langen Irrfahrten zur
Gewohnheit geworden, »mein Sohn, schon lange drängt
es mich, ohne fremde Ohren mit dir zu reden. Diesen
Gang will ich dazu nutzen, denn manches gibt es zu bere-
den, manches, von dem ich . . .« Hier stockte er schon, bedachte sich, fuhr mit der Hand in den Bart. Er war rede-
gewandt, das hatte er immer wieder bewiesen, verstellte
sich gern. Um so schwerer wurde es ihm, gradeheraus zu
reden und herzlich-ehrlich. »Du heiratest jetzt, und damit
erst, das brauche ich kaum zu sagen, giltst du wirklich als
Mann. Die meisten Helden sind verheiratet, wenn man

von ihnen hört: Agamemnon, Menelaos, Hektor, ich . . .
Von Achill wollen wir mal absehen, das ist ein Sonderfall.
Dochdoch, man muß verheiratet sein, um ernstgenommen zu werden. Man muß heiraten und dann hinausziehen.«

»Hinausziehen?«

»Natürlich, hinausziehen. Ich nehme an, das wirst du auch vorhaben.«

»Gewiß. Jaja. Natürlich. – Aber wohin?«

»In einen Krieg selbstverständlich.«

»Jaja, aber es gibt ja keinen.«

»Was? Es gibt keinen Krieg? Na hör mal! Überall und immerzu gibt es Kriege.«

»Na ja, aber die taugen doch nichts. Was sind das alles für Kriege! Zänkereien zwischen Hammeldieben. Da hauen sie sich die Nasen blutig wegen ein paar entführter Lämmer. Da steckt doch keine Größe drin, damit gewinnst du nicht mal ein Lorbeerblatt für die Suppe.«

»Es kommt drauf an. Es kommt immer ganz drauf an. Der Trojanische Krieg . . .«

»Ja, der Trojanische Krieg! Das war noch ein Krieg! In den wäre ich auch gezogen. Sofort!«

»Jetzt ist das leicht gesagt, lieber Telemachos! Aber als er damals anfing, sah er nicht nach einem berühmten Krieg aus. Eine durchgebrannte Ehefrau! Nicht mal eine Lämmerherde, die immerhin was wert ist. Eine Ehefrau, die nur Geld kostet! Es kommt nicht auf den Anlaß zum Krieg an, es kommt darauf an, was man draus macht. Wir haben uns eben damals was einfallen lassen. Wir haben aus einer dummen Entführungsgeschichte einen weltberühmten Krieg gemacht. Und wir waren uns alle einig, daß daraus was zu machen war. Oder glaubst du, sonst wären so viele Griechen ausgezogen, um dem gehörnten Menelaos sein Weibchen wiederzuholen? Ein echter Held, das ist es, was ich dir sagen wollte, mein Sohn, ein echter Held hat den genialen Blick für die richtige Gelegenheit. Für den Kairós, jawohl. Aber man darf nicht einfach nur sitzen und warten, daß er kommt, man muß glühen vor Wollen und Begierde.« Odysseus schlug mit dem Knotenstock gegen den schwerhängenden Ast einer Kiefer, unter der sie gerade hindurchgingen. Der Schnee flog ihnen in die Krägen, und sie mußten erst einmal stehenbleiben und sich schütteln.

»Ich will gern zugeben«, fuhr Odysseus weiterstapfend fort, »daß ich nicht viel gewonnen habe bei dem Unternehmen. Die trojanischen Schätze versanken im Meer, mit dem nackten Leben bin ich zurückgekehrt, und zu Hause ging alles drunter und drüber. Aber bitte! Es ist alles auf das schönste wiederhergestellt, wir sind reicher als zuvor - und berühmt! Nie wüßte man etwas von Odysseus, wenn er nicht so viel geduldet hätte, wenn er hiergeblieben wäre, um Rinder und Schweine zu züchten. Aber außer dem Kampf und dem Kairós gehört noch etwas anderes dazu: die Literatur.«

»Jaja«, sagte Telemach und machte einen etwas verdrossenen Eindruck.

»Es bekümmert mich ehrlich, daß du dir so wenig daraus machst. Wenn wir die Hände zum lecker bereiteten Mahle erheben, wenn der Sänger beginnt, von den Taten der Helden zu singen, während wir uns am süßen Weine erlaben, ziehst du Fratzen. Ich habe es oft bemerkt. Du glaubst, es ist dunkel in der Ecke, wo du lagerst, aber ich sehe es doch. Du reißt den Mund auf und rollst mit den Augen. Du imitierst den Sänger, das sehe ich wohl. Aber ich will dir etwas sagen: Ohne den Sänger bist du gar nichts, ein kleiner Viehzüchter auf einer winzigen Insel. Erst wenn du in den Gesängen lebst, lebst du richtig.«

»Mein Gott, ich lebe ja darin. Mehr, als mir lieb ist.«

»Die Telemachie. – Na ja. Deine Bildungsreise nach Pylos und Sparta, die ja eigentlich eine Flucht war, weil die Freier dich sonst umgebracht hätten. Und dann die Kämpfe hier, nun schön. Aber das ist entschieden zu wenig für ein Heldenleben. Das sind mehr oder weniger Vorschußlorbeeren. Ich habe aus väterlichem Stolz dafür gesorgt, daß du in das Lied kamst, weil ich hoffte, daß dich das anspornt zu weiteren Taten. Auch ich habe es nicht nur bei dem einen Liede, bei der Ilias, bewenden lassen, sondern dafür gesorgt, daß ich noch ein besonderes, ein eigenes bekam.«

»Dafür gesorgt? Wie hast du dafür gesorgt?«

»Ich habe mich immer gut mit den Sängern gestellt. Ja, das habe ich. War ein Sänger dort, wo ich hinkam, habe ich ihm zugenickt, zugeprostet. Ich habe nie versäumt, ein paar nette Worte mit ihm zu wechseln. Wenn ich geehrt werden sollte, und das kam oft vor, wenn man mir das Tranchierbesteck in die Hand drückte, damit ich mir das beste Stück Fleisch herausschnitt, dann tat ich das und trug es zum Sänger hinüber. Ehret die Dichter! Das ist immer mein Grundsatz gewesen. Und dann habe ich natürlich immer von mir und meinen Taten erzählt und von denen der anderen vor Troja. Da spitzten die Dichtersänger immer die Ohren. Sie leben ja von Neuigkeiten. Ein Sänger, der ein neues Epos zum besten geben kann, ist überall hochwillkommen. Die alten Sachen kennt jeder: Thesus, Argonauten, Sieben gegen Theben. Endlich was Neues, was Modernes! Du ahnst gar nicht, wie schnell das alles die Runde machte. Es war immer ein besonders schöner Effekt, wenn bei einem Gelage Gesänge vorgetragen wurden, in denen ich selber vorkam. Bei den Phäaken zum Beispiel war das unvergleichlich. Während alle lauschten, habe ich still ein wenig in mich hineingeweint, sooft Alkinoos zu mir herüberschaute, bis er es nicht mehr aushielt und den Gesang unterbrach: »Merket auf, der Phäaken Fürsten und Pfleger, und Demodokos halte nun ein mit der klingenden Harfe, denn nicht alle horchen mit Wohlgefallen dem Liede. Seit wir sitzen am Mahle und der göttliche Sänger uns vorsingt, hat er nimmer geruht von seinem trauernden Grame, unser Gast. Ihm drückt wohl ein schwerer Kummer die Seele.« Dann fragte er mich, wer ich sei und ob ich einen Verwandten betraure, der vor Troja gefallen sei, und dann war mein Augenblick gekommen. Ich konnte mich der staunenden Menge offenbaren und bewundern lassen. Und ganz zwanglos schloß sich dann der Bericht über meine Irrfahrten an, mit dem ich die Phäaken tagelang in Spannung hielt: Kyklop, Aiolos, Laistrygonen, Kirke und, und, und. Tagsüber habe ich dem Demodokos jede Fortsetzung haarklein wiederholt, damit er sich alles merken konnte für das neue Lied. Ich habe ihm dann auch empfohlen, für die Ilias-Gesänge und meine Irrfahrten einen gemeinsamen Dichter zu erfinden, einen sagenhaften, den niemand je zu Gesicht bekommen hat. Homer solle er ihn nennen, ja, Homer. Ich weiß nicht mehr, wie ich auf den Namen kam. Homer. – Und blind könne er auch ganz gut gewesen sein. Ein blinder Sänger hat immer etwas Ergreifendes. Ich habe mal einen erlebt. Wo war das doch? Na, einerlei. Also: der blinde Homer, der das alles gedichtet hat. *Homerum caecum fuisse dicitur – Homer soll blind gewesen sein.* Das könnte noch in späten Zeiten bei den entfernten Römern ein Übungssatz aus der Grammatik sein. – Ich wollte damit nur sagen, daß man schon etwas tun muß für seinen Ruhm. Erst die Taten, dann die Literatur.«

»Manches davon ist doch wohl nur Literatur.«

»Wie meinst du?«

»Willst du immer noch ernstlich behaupten, es gäbe die Kyklopen und die Sirenen und Skylla und Charybdis?«

»Das siehst du zu eng, mein Sohn. Wenn einer sich der Seefahrerei ergeben hat und Irrfahrten unternimmt, dann erwartet man von ihm die abenteuerlichsten Berichte. Er muß den alten Märchenfiguren leibhaftig begegnet sein und ein paar neuen noch dazu, damit er überhaupt bestehen kann. Wer nur erzählt, was jeder andere auch kennt und sich vorstellen kann, der gerät schnell in den Verdacht, daß er nirgendwo war und sich alles nur erflunkert. Denn die Menschen glauben immer, daß es anderswo auf dieser Welt die tollsten Dinge gibt. Nur bei ihnen zu Hause ist alles normal und stinklangweilig.«

Telemach blieb stehen und schaute seinen Vater eine Weile lang an. Der machte ein paar muntere, erstaunt fragende Gesten. Offenbar war er gutgelaunt, der Schneespaziergang hatte ihn belebt.

»Nun sag mir mal eins: Bist du nach zehn Jahren Troja noch einmal zehn Jahre *der Seefahrerei ergeben* gewesen, um deine Geschichten auf den Marsch zur Unsterblichkeit zu bringen?«

»Das hast du schön gesagt. Ganz unbeabsichtigt hast du das schön gesagt, denn eigentlich sollte es eine Unverschämtheit werden. *Auf den Marsch zur Unsterblichkeit.* Ja, es ist ein Marsch, kein leichter, ein beschwerlicher, ein entsagungsvoller, aber es ist geglückt. Ich habe das sichere Gefühl, daß es geglückt ist. Mein Name wird von dieser Welt nicht mehr vergehen, solange sie besteht. Da lächelst du natürlich nachsichtig, wie das die Söhne so tun, wenn sie älter und ihre Väter noch älter geworden sind, aber ich sage dir: Wenn jemand dieses Gespräch aufzeichnete, und ein Späterer in - sagen wir in fünfhundert Jahren - läse es, er würde mir recht geben und sich darüber wundern, wie hellsichtig ich gewesen bin, jawohl.«

»Du kannst es ja heute abend einem deiner geliebten Dichter erzählen. Der macht dann wieder ein Lied daraus.«

»Eben nicht. Ich werde nichts erzählen. Alles, was ich dir heute sage, wird nicht Literatur werden. Das berühmte Schneegespräch zwischen Odysseus und Telemach bleibt privat. Und du wirst gut daran tun, den etwas zu gereizten Ton mir gegenüber aufzugeben. Es ist nicht meine Absicht, dir weiter Vorhaltungen über deine mangelnde Berühmtheit zu machen. Das wäre unsinnig. Ich mache mir nichts vor: Du wirst nie so berühmt werden, wie ich es bin. Auch du erleidest das Schicksal mancher Söhne großer Väter. Die Väter haben schon alles getan, ihnen bleibt nichts mehr. Ich bin immerhin fair gewesen: Ich habe dich in meine Geschichten gebracht, und zwar mit einer sehr hübschen Rolle. Die Telemachie – du kannst damit zufrieden sein. Vergleiche dich nur mit dem armen Elpenor, nicht eben besonders tapfer gegen den Feind, noch mit Verstande gesegnet, der im zehnten Gesang besoffen von Kirkes Dach stürzt und völlig unrühmlich hinab in den Hades fährt. Ich wollte dir heute, jetzt komme ich endlich zur Sache, jetzt fühle ich mich dazu aufgelegt, ich wollte dir etwas völlig Unheldenmäßiges erzählen, was kein Dichter je wird gebrauchen können, was aber für dich, angehender Ehemann, von Nutzen sein kann. Du hast mit deiner Frage nach den zehn Jahren meiner Seefahrerei genau den Punkt getroffen, auf den ich jetzt kommen will. – Nun also ...«

Da aber tauchten vor den Wanderern die Stallungen und das Gehöft des Sauhirten Eumaios auf, und die Hunde – *kýnes hylakomóroi* – machten ein solches Gebell, daß gleich darauf Eumaios in der Tür auftauchte und mit rudernden Armen den beiden entgegenkam.

»Später denn«, sagte Odysseus und trat dem alten Freunde entgegen.

Jetzt kommt ein Teil, mit dem ich noch nicht fertig bin. Der alte Eumaios freut sich wie ein Kind, daß sein Herr mal wieder vorbeischaut. Hinein in die gute Stube und ans Feuer, um sich erst mal aufzuwärmen. Nein, kein Schnaps, leider. Der war im Altertum unbekannt, daran muß ich mich halten. Aber Glühwein, das könnte ich mir denken, reichlich gewürzter Glühwein. Wiedersehensgespräche. Erinnerungen an die Rückkehr nach Ithaka, wo Odysseus sich verborgen hielt bei Eumaios. Da gibt es viel zu erzählen, und eine Mahlzeit muß auch bereitet werden, das ist Ehrensache. Ferkel? Ferkelbraten will Odysseus haben? Ja natürlich, wie damals, als der Hirte dem Gast nichts anderes vorsetzen konnte, weil die Mastschweine doch alle von den Freiern requiriert waren. Ferkel denn, und Eumaios läßt drei Tiere greifen, damit sie auf Spießen gebraten werden, knusprig und zart. Kaum merken sie, wie über ihren Gesprächen die Nacht hereinbricht. Ob man den Gästen ein Lager bereiten darf, sie bleiben doch sicher? Nein, sie wollen wieder zurück zur Stadt. Aber erst, das hätte man doch beinahe vergessen, erst müssen die Schweine besichtigt werden, und Eumaios führt sie durch die Ställe. Kein Grund zu Befürchtungen, wie man sich hätte denken können. Da grunzen die prächtigsten Schweine in großer Zahl, und die Hochzeitsgäste könnten gut und gern ein ganzes Jahr auf Ithaka verweilen. Eumaios, der Schweinefürst, zeigt mit Stolz seine weißzahnichten Lieben, kennt ihre Namen und tätschelt zärtlich die rosigen Schinken. Ein glücklicher, alter Mann, der sein ganzes Leben von diesem Platz nicht weggekommen ist. Auch hätte ihn nie etwas anderes gereizt. Rinderzucht etwa mal zur Abwechslung? Bloß nicht, bloß nicht! Diese dummen Biester! Nein, damit hat er gar nichts im Sinn. Nur wegen ein paar schöner Augen, Kuhaugen, Heraaugen, sich lebenslang mit euterbeutligen, schleppfüßigen Rindern abgeben? Nein! Nichts geht über das Schwein, das klügste Geschöpf nach dem Menschen. Und nun, eingehüllt in Schweineduft, gibts Schweinegeschichten zu hören. Anekdoten von Eumaios, und weil man sich das unter Männern nun mal schuldig ist, will der treffliche Hirte der erdaufwühlenden Schweine Vater und Sohn noch etwas Besonderes bieten. Einen angehenden Ehemann hat man ja bei sich. Na, der soll aber mal was sehen. Und Eumaios läßt jetzt die Sau raus, oder besser: den Eber rein, der schon lange unruhig scharrte, bedrängt von der Füllung der Hoden.

Und die drei sehen nun zu, wie die beste Zuchtsau vom stärksten der Eber begattet wird, wie das mächtige Glied hervorschnellt und ohne Bedenken und langes Gefackel zwischen den Schinken verschwindet. Sinnend steht Odysseus, die Hand im Barte, während es Telemach etwas peinlich ist, von Eumaios, der auch nicht mehr ganz nüchtern ist, aufmunternde Blicke zu empfangen. Glücklicher Eber! Nun hat er gespritzt, und es tropft aus der Sau, die sich seitwärts trollt und fallen läßt gegen die Planken. Was er wohl meint, fragt Eumaios, der es nicht lassen kann, den Telemach, was solch ein Eber wohl abgibt bei einem Luststoß wie diesem? Woher soll Telemach das wissen, und da greift sich der Hirt ein hölzernes Gefäß und füllt es mit Wasser. So viel, ja so viel. Das glaubt man kaum. Und noch manches weiß er zu sagen von Eberliebe, bis es endlich Zeit wird und Odysseus zur Heimkehr drängt. Nein, keine Knechte! Man wird allein gehen, und räuberisches Gesindel gibt es nicht mehr auf Ithaka, seit die Freier besiegt sind. Ein paar Fackeln nur auf den Weg, das ist alles, was sie erbitten, und mit Segenswünschen und Grüßen an Penelope – die Gute, die

Treue! – entläßt sie der Sauhirt, der noch lange winkt am Tor seines Hofes. Das könnte ein hübscher Mittelteil werden in meiner Erzählung, aber man braucht Zeit, das alles auszumalen, Gespräche zu ersinnen und antike Männerscherzchen. Auch müßte Eumaios eine besondere Art haben, wie er redet. Ich meine nicht Dialekt, nicht Ithaka-Platt, aber schon irgendeine Besonderheit. Ich hatte daran gedacht, ihm eine Hasenscharte anzudichten, aber davon bin ich wieder abgekommen. »Ogycheuch« würde er dann immer sagen und »Chanferkel«. Na, mal sehn. Jetzt folgt der dritte Teil, der Heimweg, und da stehe ich wieder auf festerem Boden.

Telemach trug in der linken Hand die brennende Fakkel, in der rechten den Knotenstock, während Odysseus zwei Reservefackeln unter den Arm geklemmt hatte und schweren Schrittes, auf den Stock gestützt, hinter dem Sohne herstapfte. Eine gute halbe Stunde waren sie so schweigend gewandert, hin und wieder unterbrochen von einer leichten Stolperei des Odysseus, nach der sich der Sohn sofort umwandte, aber sogleich ärgerlich weitergewinkt wurde, als plötzlich der Dulder stehenblieb und auch den Sohn aufforderte, einen Augenblick anzuhalten. Odysseus zog aus dem Schafspelz einen ledernen Trinkbeutel, den ihm Eumaios wohl noch heimlich zugesteckt hatte als Marscherquickung, legte den Kopf in den Nacken und lenkte den roten Strahl in den geöffneten Mund. Dann bot er den Schlauch dem Sohne, aber der lehnte ab. Odysseus versorgte das Trinkgut wieder im Fell und strich sich den Bart.

»Ich war vorhin gerade dabei, dir etwas zu sagen, als wir durch die Ankunft bei Eumaios unterbrochen wurden. Ich denke, jetzt ist die Gelegenheit da, fortzufahren, wenn es dir beliebt.«

»Wir sollten hier nicht stehenbleiben auf nächtlich einsamem Feld, sondern zusehen, daß wir nach Hause kommen«, sagte Telemachos.

»Aber natürlich, natürlich. Nichts spricht dagegen, daß ich spreche, während wir marschieren. Es spricht sich sogar besser beim Gehen, die Gedanken ordnen sich leichter und entfliehen hurtig dem Gehege der Zähne. Schreite also weiter und leuchte uns auf den Weg. Ich werde hinter dir hergehen und hinter dir herreden. - Du hast mich gefragt, ob ich nach zehn Jahren Troja zehn Jahre der Seefahrerei ergeben gewesen sei, um meine Geschichten auf den Marsch zur Unsterblichkeit zu bringen. Du siehst, eine schöne Formulierung merke ich mir aufs Wort. Du bezweifelst also die Notwendigkeit der Irrfahrten, mit anderen Worten: Du glaubst überhaupt nicht, daß es Irrfahrten waren, wie?«

»Das habe ich nie gesagt.«

»Gesagt nicht, aber gedacht. Wenn einer zehn Jahre braucht, um von Troja nach Ithaka zu kommen, dann stimmt irgend etwas nicht. Mit dem Zorn des Poseidon allein ist das nicht zu erklären. Ich will dir etwas sagen, hier in der Nacht und auf einsamem Feld will ich dir etwas sagen, wo es kein anderer hören kann, vor allem kein Dichter, dir allein will ich es sagen, angehender Ehemann und baldiger Lagerbesteiger und einstiger Erbe von Ithaka: Du hast recht.«

»Was, was? Was heißt das?«

»Es heißt, daß es keine Irrfahrten waren. Ich bin zehn Jahre lang herumgeschippert und habe mich davor gedrückt, nach Hause zu kommen. Jawohl!«

»Und weshalb?«

»Den einen Grund hast du selber bereits genannt: die Verbreitung meiner Geschichten unter den Sängern. Stell dir mal vor: Im zehnten Jahr der Belagerung hatte ich mit meiner List vom hölzernen Pferd Troja zu Fall gebracht. Das war, wenn man so will, mein Durchbruch. Damit setzte ich mir mein erstes Denkmal. Gewiß, ich habe auch andere Taten vollbracht vor Troja, aber wer würde heute noch so viel von mir reden, wenn das mit dem Pferd nicht dazugekommen wäre. Von Achilleus, Hektor, Patroklos hätte man geredet, aber kaum von mir. Das Unglückliche war nur, daß meine Tat so spät kam, daß sie das Ende des großen Krieges bedeutete. Was nun tun? Nach Hause fahren wie alle anderen? Die Viehzucht wieder in Schwung bringen, den Sohn erziehen, verheiraten, sich aufs Altenteil zurückziehen und sterben? Daß es mich nach weiteren Taten dürstete, wäre immerhin eine Erklärung, die man mir ohne weiteres abnehmen würde, aber der wahre Grund war doch ein ganz anderer. Ich hatte Schwierigkeiten mit Penelope. Neinnein, ach was, wir haben uns nicht gestritten. Es ging nur einfach nicht mehr. Das letzte Jahr vor dem Ausbruch des Trojanischen Krieges war die Hölle.«

»Das verstehe ich nicht.«

»Der Phallos tat es nicht mehr. Ich war vollkommen impotent geworden. Mein Gott, was haben wir alles versucht. Es lag durchaus nicht an Penelope. Sie entbehrte keines einzigen Reizes, hatte sich nicht verändert in den Ehejahren, keinen Hängebusen bekommen, keine Speckfalten. Bisher war alles so einfach gewesen. Ich bestieg die Lagerstatt, auf der sie unter der Decke lag, schob mich auch darunter, und schon war er mir aufgebogen in stolzen Prachten. Eines Tages, so von heute auf morgen, kam er nicht mehr. Wir haben natürlich alles versucht. Penelope lag nicht mehr zugedeckt auf der Lagerstatt, sondern tanzte nackt vor mir im Zimmer herum und ließ ihre Brüste springen. Das funktioniert übrigens heute noch allerliebst. Du solltest das . . . Aber damals half es nur für den ersten Augenblick. Der Phallos stieg, und ich rief: ›Es

geht! Es geht!« Aber kaum hatte sie sich auf mich draufge-
setzt – du mußt wissen, ich lag auf dem Rücken, Penelope
setzte sich mit gespreizten Schenkeln auf mich –, kaum
wollte ich die ersten Stöße tun, da machte er sich schon
wieder dünn. Ein andermal haben wir . . .«

»Mußt du das wirklich jetzt so in allen Einzelheiten . . .«

»Ein angehender Ehemann sollte gerade über diesen
Punkt aufgeklärt sein.«

»Wenn du mir irgendwelche Weibergeschichten . . .
Aber es handelt sich immerhin um Mutter.«

»Ja, um Mutter, natürlich um Mutter. Und das ist dem
Herrn Sohn genant. Aber leider ist es unumgänglich, daß
du dich ein bißchen genierst, und du wirst das auch bald
verstehen, wenn ich alles gesagt habe, was ich sagen
wollte. Ich rede auch jetzt nicht mehr von Mutter, sage
dir nicht, was wir noch alles versuchten. Es führte ja auch
zu nichts, also werde ich es mir sparen. Ich war nach allen
Niederlagen ein völlig gebrochener Mann. Du wirst verstehen, daß ich aufatmete, als der Aufruf zum Trojanischen Kriege kam. Ich konnte da wenigstens kämpfen
und sah, daß mit mir noch was los war. Ich war übrigens
nicht der einzige, dem es so ging. Mit Menelaos war es
dasselbe. Auch er war impotent geworden in Sparta. Mit
Helena! Bedenke das! Mit Helena! Na! – Sie hat ihm das
übelgenommen. Wollte nicht verzichten aufs Rühren im
Rahmtopf und ließ sich von Paris entführen. Was glaubst
du, wie diebisch sich der Menelaos gefreut hat, daß er sich
nun des Schwertes bedienen durfte, um sich als Mann zu
erweisen.«

»Ihr habt euch doch wahrscheinlich irgendwelche Wei-
ber genommen im Lager, wie das alle getan haben.«

»Was Menelaos getan hat, weiß ich nicht. Ich jedenfalls
habe nichts getan. Ich habe mir auch keine von den schö-

nen Sklavinnen genommen, um die dauernd Zank war. Das hätte mir noch gefehlt! Mich vor so einer blamieren, damit es am nächsten Tag das ganze Lager wußte. Nein, ich bin so durchgekommen, ohne daß jemand etwas gemerkt hat. Aber eben dann: Als der Krieg zu Ende war und heimgereist wurde, da wartete auf mich nur wieder das Lager der Penelope und erneute Schande. Nun aber konnte ich auch nicht gut zu meinen Leuten sagen: ›Also, Jungs, von jetzt an treiben wir uns herum, bringen meine Geschichten auf den Marsch zur Unsterblichkeit und sehen, was uns die Welt zu bieten hat.‹ Ich mußte schon so tun, als ob ich nach Hause wollte, so schnell wie möglich, aber hinterrücks habe ich dann immer alles getan, um die Fahrt zu bremsen. Das habe ich natürlich den Sängern nicht so erzählt, aber an einigen Stellen kannst du den wahren Sachverhalt erahnen. Was war das doch für ein Unsinn, dem Polyphem, den es natürlich in dieser Form nicht gegeben hat, aber das würde zu weit führen, dem Polyphem also, dem wir gerade entronnen waren, selber meinen Namen zu nennen, damit er sich bei Poseidon über mich beklagen konnte. Warum habe ich nicht den Mund gehalten? Ganz einfach: Ich rechnete mit dem Aberglauben meiner Leute. Denen hatte ich eingeredet, dieser wilde, einäugige Hirte sei der Sohn des Poseidon, und wenn der mich bei seinem Vater verklagte, dann war ja wohl mit schneller Rückkehr nicht mehr zu rechnen. Von da an war an allem nur noch der Gott schuld, nicht ich. Und dann die Sache mit dem Windsack des Aiolos. Ein ganz einfacher Trick. Es hatte sich nicht vermeiden lassen, daß wir schließlich doch ganz nah an Ithaka herangekommen waren. Nun führte ich seit dem Aufenthalt bei Ailos einen luftgefüllten Sack mit mir. Es war nichts weiter als ein Kopfkissen, ein luftgefülltes Kopfkissen. Geniale Erfindung. Darauf schlief ich immer. Die Dämelacks, meine Gefährten, meinten nun, darin sei ein ganz besonders wertvoller Schatz, weil ich ihn im Schlaf bewachte. Kurz vor der Küste von Ithaka schlief ich eines Nachts mal ausnahmsweise und mit Vorbedacht nicht darauf. Sofort machten die Kerle sich dran, den Sack zu untersuchen, und dabei entwich natürlich die Luft. Jetzt wachte ich auf. Ich hatte ja nur so getan, als ob ich schliefe. Ich sah, was geschehen war, und stieß die schrecklichsten Verwünschungen aus. Im Sack seien die bösen Winde gewesen, Aiolos habe sie für mich eingesperrt, damit wir sicher nach Hause kämen, aber nun sei alles verloren. Und ich schaute zum Himmel und behauptete, da hinten ziehe schon ein gewaltiges Unwetter auf, und gab Befehl, in die Gegenrichtung zu rudern. So kamen wir erst mal wieder von Ithaka weg, und ich war nicht schuld. Siehst du, so habe ich das gemacht.«

»Und was ist mit deinen Frauengeschichten, die du den Sängern erzählt hast? Hast du die dir nur ausgedacht, damit keiner auf den Gedanken käme, es ginge bei dir nichts mehr?«

»Nein, die habe ich mir nicht ausgedacht. Davon muß ich dir jetzt erzählen. Aber laß uns wieder mal einen Augenblick stehenbleiben. Ich will noch einen Schluck nehmen. Die Kehle wird mir ganz trocken vom vielen Reden. - Willst du auch etwas? Nein? Dann nichts. - Also die Frauen. Zunächst Kirke. Das war eine irrsinnig scharfe Person. So etwas hatte ich wirklich noch nie erlebt. Erst waren ja nur einige meiner Männer bei ihr, aber dann wurde ich nachgeholt. Von Eurylochos, ja.«

»Deine Gefährten hatte sie doch in Schweine verwandelt.«

»Schweine, ja. - Das mußt du metaphorisch verstehen. Nicht buchstäblich in Schweine. Dieser Eurylochos war ein ziemlich simples Gemüt und irgendwie auch ein

Angsthase. Er war gar nicht mit reingegangen in den Palast der Kirke, hatte von außen hineingespäht, und dann war er fürchterlich erschrocken über das, was er da zu sehen bekam. Man kann es schon verstehen, wenn er berichtete, die Gefährten seien in Schweine verwandelt worden.«

»Was war denn?«

»Geh weiter, Telemach, leuchte uns auf den Weg. Du wolltest ja vorhin schon nicht stehenbleiben. Und ich will auch nicht stehenbleiben mit meiner Erzählung, mich nicht verweilen in Einzelheiten, damit du mich nicht wieder ermahnen mußt. Wenn du etwas weiter bist in deiner Eheerfahrung und mal kommst und mich fragst, dann will ich dir gern was Genaueres erzählen über die Zaubereien der Kirke, die dem armen Eurylochos damals so schweinemäßig vorgekommen sind. – Gut also, ich ging hin, und ich wußte, was mich als den Anführer erwartete. Ich durfte mich nicht entziehen, das wäre eine Brüskierung gewesen, und wer weiß, was man uns daraufhin angetan hätte. Ich habe also, das kann man getrost sagen, meine Gefährten gerettet – und mich natürlich auch.«

»Also du hast mit Kirke geschlafen.«

»Aber ja! Ich habe mit Kirke geschlafen. Immerzu habe ich mit Kirke geschlafen. Jede Nacht! Woraus du ersehen kannst, daß es wieder ging. Und am Tage auch noch. Ich lief die meiste Zeit mit einem Mordsständer rum. So was hast du noch nicht gesehen. Ich kriege schon wieder einen, wenn ich nur dran denke.«

»Und warum bist du schließlich doch wieder abgereist?«

»Eine berechtigte Frage. Ich hielt mich für geheilt, zauberkundig geheilt, und fühlte mich jung wie in der ersten Zeit mit Penelope. Ich glaubte, daß ich nun über den Berg

sei, und hatte nichts dagegen, für immer bei Kirke zu bleiben. Auch die Gefährten hatten sich ganz nett mit dem
Personal arrangiert. Aber dann ging es eines Nachts wieder los. Ich merkte es sofort und reagierte blitzschnell.
Ich griff mir ein glattes Holzscheit, das glücklicherweise
in Reichweite war, und führte es so geschickt, daß Kirke
nichts merkte und ich noch einmal davonkam. Aber am
nächsten Tag blies ich sofort zum Aufbruch.«

»Offenbar bist du dann noch einmal geheilt worden.«

»Ja, von Kalypso, du vermutest ganz richtig. Sie war
sehr viel jünger als Kirke und keine Spur pervers. Die
meisten Dinge, die ich bei Kirke gemacht habe, wären bei
ihr undenkbar gewesen. Aber sie floß über vor Sinnlich-
keit. Ich tauchte in sie ein und war geheilt, blieb es jahre-
lang. Nun hatte ich auch keine Gefährten mehr bei
mir...«

»Thrinakia – die Rinder des Helios...«

»Jaja, aber das ist Mythos. Die Wirklichkeit ist trauri-
ger. Lassen wir das. Ich war allein, frei, brauchte keine
Rücksichten mehr zu nehmen. Ogygia! Mein Gott, wie
war das schön dort!«

Odysseus mußte schon wieder stehenbleiben und noch
einen Schluck aus dem Beutel von Ziegenleder nehmen.
Er schwankte ein wenig, und Telemachos hielt sich in Be-
reitschaft, um notfalls einzugreifen. Der Laertiade stand
eine ganze Weile mit geschlossenen Augen in stummer
Erinnerung.

»Und dann bist du doch abgereist, weil Hermes kam
und...«

»Lassen wir Hermes. Ich reiste ab, weil das alte Leiden
zurückkehrte. Und dann kam ich zu den Phäaken, schiff-
brüchig, nackt. Das ist wahr. Das hat sich wirklich so ab-
gespielt. Ich lag im Gebüsch und hörte die Mädchen, die
zum Wäschewaschen hinaus an den Strand gekommen

waren. Ich sah Nausikaa und brach mir einen laubichten Zweig, des Mannes Blöße zu decken. Daran tat ich gut. Einerseits der Blöße wegen im allgemeinen, denn man weiß nie, wie junge Mädchen – und Nausikaa war ein sehr junges Mädchen, jünger als Kalypso – auf Blöße zu reagieren pflegen, und dann im besonderen, weil meine Blöße ... nun ja, sie war nicht eben ansehnlich. Klein und schrumpelicht, eingezogen von der Meereskälte. So möchte kein Mann vor einem Weibe erscheinen. Auch regte sich nichts, aber das beunruhigte mich da noch nicht. Komm erst wieder ins Warme, sprach ich ihm zu, dann wirst du dich auch wieder dehnen und recken. Ein Irrtum, wie sich herausstellen sollte. Ich hatte am Hofe des Alkinoos, an den ich dann kam, meinen Namen mal erst wieder verschwiegen, um nach alter Gewohnheit auf die Gesänge zu warten und mich dann zu erkennen zu geben, wenn ich darin vorkam. Aber auch ohne mich näher zu kennen, erwies mir Alkinoos alle Ehren, und vor allem, er bot mir ganz unverblümt seine Tochter an. Als Gattin sollte ich sie haben, wenn ich wollte, aber zunächst einmal stellte er mir anheim, sie auszuprobieren. Eine großzügige Sitte der Phäaken, von der natürlich nichts im Liede vorkommt, weil nicht alle Griechen so denken und Anstoß nehmen könnten. Ich war meiner Sache ganz sicher. Ich brauchte sie nur anzusehen, und schon begann es zu rumoren. Wie würde das erst werden, wenn ich sie nackt neben mir hatte. Die Phäaken hatten sich das besonders hübsch ausgedacht und bereiteten mir eine ganz süße Überraschung. Als ich am Abend mein Lager aufsuchte und die Bettdecke zurückschlug, lag ein Bündelchen darin, eine von Kopf bis Fuß vollkommen eingehüllte Person. Welch ein zärtliches Vergnügen war es, sie auszuwickeln. Nausikaa! Auf dem Gesicht trug sie eine goldene Maske, die ihren Zügen genau nachgearbeitet war, und auch von den Brüsten bis zu den Hüften verbarg sie eine goldene Hülle, ein genaues Bildhauerwerk von den Wärzchen bis zum Vlies. Das erregte gewaltig die Sinne. Armstark wohl strotzte der Michel, als ich das Panzerchen hob, um unter der Kunst die Natur zu beschauen. Aber, vor meinen Augen schon die rosig schimmernde Pforte, fiel er mir ab in zaghaft verkümmerndem Bangen. Und nichts mehr half, kein Streicheln, kein Reiben und Rubbeln. Schläfrig lag auf dem Sack der siegesgewisse Phallide. – Eine Pleite ohnegleichen, mein lieber Telemach. Ich war nett zu dem Mädchen und hoffte, sie werde nichts sagen, wisse vielleicht auch noch gar nicht, worauf es letzten Endes ankommt. Aber da täuschte ich mich. Am nächsten Tage wurden Wettkämpfe veranstaltet, und die Jugend der Phäaken übte sich im Werfen der Scheibe, im Weitsprung und Faustkampf. Als sie alle ihr Bestes gegeben hatten, wollte Alkinoos zu gern wissen, ob auch ich im Kampfe erfahren sei, ließ aber gleich durchblicken, daß er Verständnis dafür habe, wenn die Schrecken des Meeres mich entkräftet hätten. Das war doch wohl ein versteckter Hinweis auf die verunglückte Nacht, wie? Aber es kam noch schlimmer. Als ich die erste Aufforderung, mich doch auch ein wenig im Kampfe zu messen, mit dem Hinweis auf die Trübsal in meinem Herzen abgewehrt hatte, trat so ein Lümmel vor mich hin, Euryalos hieß er, glaube ich, und behauptete ganz frech, ich sei wohl überhaupt keiner, der sich auf edle Kämpfe verstehe. Ein Krämer sei ich, der Waren einkaufe und verkaufe. Und alles lachte. Da hatte das geile Zicklein wohl ganz schön geschwatzt. Wie eine Waschfrau. Jawohl, wie eine Waschfrau. Sie ging ja mit zum Wäschewaschen an den Strand, wie meine Mutter, die brachte von dort auch immer den neuesten Klatsch mit. Ja, sie erinnerte mich irgendwie an meine Mutter. Aber nun mußte ich es den Grünschnäbeln zeigen. Ich stand auf und besiegte alle in den Wettspielen zum allgemeinen Erstaunen. Und als dann abends die schöne Erkennungsszene bei den Gesängen dazukam und ich mit dem Bericht meiner Irrfahrten alle so lange begeisterte, bis mein Schiff für die Abfahrt bereit war, da hatte ich wieder einmal gewonnen, wenn auch leider nicht im Bett. Und ein anderes sah ich mit Grauen. Ich würde mich diesmal nicht der Heimkehr nach Ithaka widersetzen können. Die rudergeübten Phäaken würden mich mitsamt den reichen Ehrengeschenken auf dem schnellsten Wege in die Heimat bringen, und sie sahen nicht so aus, als ob sie das Zeug zu Irrfahrten hätten. Zu Penelope also mit ungeheiltem Leiden zu fortgesetzter Schmach. Ich konnte mich nicht wehren. Sie brachten mich hin, trugen mich, da ich gerade schlief, ans Ufer und machten sich wieder davon.«

»Ich weiß«, sagte Telemach, »und dann spieltest du den Bettler, verkrochst dich bei Eumaios, und den Rest kenne ich ja.«

»Nichts kennst du. – Ich verkroch mich bei Eumaios und verkleidete mich, damit mich keiner erkannte. Das ist richtig. Aber ich hatte nicht die geringste Absicht, auf Ithaka in die Politik einzugreifen. Wenn doch bloß Penelope einen dieser Freier heiratete, den Antinoos meinetwegen oder den Eurymachos. Mir war das völlig egal. Ich wollte Hirte bleiben bei Eumaios, mich von der Welt zurückziehen. Aber ich machte einen Fehler, einen Fehler, der mir zum Heile ausschlug. Ich gab mich Eumaios zu erkennen. Wahrscheinlich hatte er mich bereits selber erkannt und bloß nichts gesagt aus Ergebenheit. Jedenfalls war er durchaus nicht damit einverstanden, daß ich Schweinehirt wurde, und auch der Hinweis auf die mitgebrachten und versteckten Schätze der Phäaken, mit denen wir zwei uns ein schönes Junggesellenleben hätten machen können, überzeugte ihn nicht. Ein Fürst gehört auf den Thron, da gab es nichts. Er verstand überhaupt nicht, warum ich meinen Platz nicht wieder einnehmen wollte. Da mußte ich ihm die wahren Gründe offenbaren. Da gebe es Abhilfe, meinte er, der Schweinekundige, da müsse man nicht verzagen. Und ohne mir vorher etwas zu sagen, schaffte er Eurykleia zur Stelle, vor der es mir nicht gelang, meine Identität zu verbergen. Als meine alte Amme kannte sie die Narbe oberhalb des Knies vom Eberzahn auf der Jagd mit Autolykos, dem Großvater. Nun wollte auch sie wissen, warum ich nicht in die Stadt zurückkehren und die Freier besiegen wolle. Etwas verschämt erzählte ich auch ihr diese ganzen Bettgeschichten. Da helfe nur eins, sagte Eurykleia, die alte Amme und Dienerin, die Schaffnerin Eurykleia, wie sie genannt wird, da müsse ich mit der Mutter schlafen.«

Odysseus machte eine Pause, und richtig, Telemachos blieb prompt stehen und drehte sich um. »Was«, fragte er, »was hat sie gesagt?«

»Mit der Mutter schlafen.«

»Aber die war doch längst tot. Und überhaupt . . .«

»Ja, überhaupt. Das habe ich damals auch gesagt. Und dann belehrte mich eben Eurykleia, daß alle Mannesnot daher rühre, daß man nicht zuvor mit der Mutter geschlafen habe. Nur wer das Geschlecht der Mutter erkannt habe, sei gefeit gegen bösen Abfall der Manneskraft. Das heißt, manchmal gehe es ja gut auch ohne die Mutter, aber wer ganz sichergehen wolle, daß ihm derlei nie begegne, der müsse eben einmal in die Mutter eingefahren sein, um nie mehr Angst zu empfinden vor der dunklen Höhle von Leid und Lust. Mit Leid, so Eurykleia, gehe man aus ihr hervor am Anfang seiner Tage, und mit Lust müsse man wieder einfahren in sie als Mannbarer, um dann bei fremden Weibern, zu denen man zu gehen habe, nicht mehr mit Furcht des Muttergeschlechts gedenken zu müssen.«

»Ha«, sagte Telemachos, »was für ein Unsinn. Hat sie nie etwas von Oidipus gehört, die alte Schachtel?«

»Nenne Eurykleia nicht eine alte Schachtel! Natürlich hat sie von Oidipus gehört. Ich habe sie damals auch sofort danach gefragt. Aber es handelt sich da eben mal wieder um eine Verfälschung der Geschichte, wie sie bei den Sängern oft vorkommt, besonders wenn sie in speziellem Auftrag dichten. Hier wurde nach Kreons Diktat gedichtet, der den Schwager beerben wollte und mit Teiresias und dem Orakel unter einer Decke steckte. Er wußte doch längst, daß er mit seiner Mutter schlief, und Iokaste wußte, daß Oidipus ihr Sohn war. Nur die Tatsache, daß die Pest in Theben vom heimtückischen Orakel - alle religiösen Institutionen sind heimtückisch - als Gotteszorn auf die Blutschande gedeutet wurde, brachte die Dinge ins Rollen. Und seitdem ist es aus mit der heilsamen Mutterumarmung, und statt dessen gibt es den ... den ... Dings ... ich habe kein Wort dafür, aber nach dem Oidipus müßte man das benennen, was es seither gibt.«

»So«, bemerkte Telemach trocken. »Das ist aber eine ganz neue Theorie.«

»Eine uralte, die man nur wiederentdecken muß. Ich kann das bestätigen. Wenn man auf mich hören will ...«

»Wie hast du es denn wohl fertiggebracht, mit deiner Mutter zu schlafen? Das möchte ich nun doch gerne mal wissen. Wahrscheinlich bist du zum Hades gefahren, wie es im Liede heißt, und hast es da mit ihr getrieben. Darauf läuft es jetzt wahrscheinlich hinaus.«

»Ach, Schnickschnack! Ich habe nicht mit ihr geschlafen. Mit den Schatten kannst du nicht schlafen. Du kannst sie nicht einmal anfassen. Das weiß ich, weil ich da war. Ja, das stimmt zufällig. Aber es gab eben noch eine Stellvertretung, mit der es sich nachholen ließ.«

»Eurykleia?«

»Ja, Eurykleia. – Da bist du platt. Und ekelst dich. Das sehe ich dir an. Ich war erst auch nicht sehr erbaut von dem Gedanken. Mit einem ganz jungen Mädchen hatte es nicht geklappt, und nun sollte es mit einer ganz alten Frau gehen. Ich war skeptisch. Äußerst skeptisch.«

Vater und Sohn standen einander gegenüber. Odysseus zog noch einmal den Trinkbeutel.

»Du solltest nicht so viel trinken«, sagte der Sohn.

»Meine Sache«, sagte Odysseus und trank ihn leer. »Eurykleia war meine Amme. Mütterchen habe ich immer zu ihr gesagt. Sie war wie meine Mutter. Ich kann getrost sagen: Sie war meine Mutter. So habe ich es immer empfunden. Es hätte mich nicht im geringsten erstaunt, wenn man mir eröffnet hätte, daß sie tatsächlich meine Mutter sei und ich ein legalisierter Fehltritt. Kurz und gut. Eurykleia wusch mir die Füße. Oh, die Erotik der Füße! Sie rieb und strich, massierte und knetete, und von unten herauf stieg es mir warm in die Lenden. Neinnein, jetzt kommen keine Einzelheiten, mein Lieber. Damit verschone ich dich, denn du magst sie nicht hören. Keiner also wird erfahren, wie Eurykleia an mir tat. Genug: Wieder fand ich den Ursprung, den Ausgang und Eingang, was ich gesucht und gefürchtet in zwanzig Jahren, hier tat es sich auf dem bangend Verzagten, und ich wurde geheilt, und den Rest kennst du nun freilich. Aus dem gebeugten Bettler, verfallen im Fleisch, wurde wieder Odysseus, der die Freier besiegte und das unverrückbare Lager bestieg mit Penelope, deiner Mutter. Niemals mehr seit jenem Tage befiel mich die Schwäche, und niemals mehr habe ich sie zu befürchten. Das ist es, was ich dir sagen wollte, Sohn Telemachos, vor deiner Heirat, ob du es nun hören wolltest oder nicht. Das ist mir gleich, nur sagen mußte ich es, damit mein Wissen nicht vergehe und noch der Enkel es höre, wenn du nicht den Mund verschließest in kleinmütiger Scham.«

Odysseus hatte sich niedergesetzt auf einen Baumstamm im Schnee. Vor ihm stand Telemach, der nicht wußte, was er mit dem Vater anfangen sollte. Ganz offenbar war er schwer betrunken. Das Trinkbeutelchen von Eumaios hatte gewirkt in der kalten Nachtluft. Nie wußte man mit ihm doch, woran man war. Sein ganzes Leben lang hatte er gelistet und gelogen, wie es gerade nützlich war. Ob er nun gerade hier, in der Schneenacht, die Wahrheit sprach? Und was sollte ihm die Offenbarung? Wollte ihn der Vater ermuntern, vor dem Brautlager der Mutter beizuwohnen? Er versuchte, sich vorzustellen, wie er Penelope sein Ansinnen klarmachen würde. Oder ob diese, bereits vom Vater instruiert, ihre Zustimmung längst gegeben hatte zum Ungeheuerlichen? Wenn es so war? Er stellte sich seine Mutter nackt vor, wie er sie nie gesehen hatte. Wie war das mit ihren Brüsten, wenn sie sprangen beim Tanze? Allerliebst? Und eine Scham hatte sie auch, bewachsen mit Haaren, die bestimmt nicht so schrecklich aussah, wie es bei Eurykleia gewesen sein muß. Und wenn er sich vorstellte, wie Penelope mit der einen Hand dorthin fuhr, die Lippen zu öffnen, und mit der anderen zart prüfend zum Sohnesglied griff, die Haut von der Eichel zu streifen und sanft zu reiben das schwellige Bengelchen ... Oh! Oh! Oh!

»Du wirst dich erkälten«, sagte Telemachos. »Morgen haben wir die Bescherung, und du hast wieder eine Bronchitis für den ganzen Winter. Komm! Sei vernünftig! Steh auf! Wir müssen jetzt wirklich nach Hause!«

Er zog den Vater vom Baumstamm, faßte ihn, den Schwankenden, unter den Arm, entzündete die zweite

Fackel und warf den noch flammenden Rest der ersten in den Schnee, wo sie noch lange flackerte, nachdem beide gegangen waren mit schweren Schritten. Vom Meer wehte Nebel herüber, der sie einhüllte, und das Licht, das sie leiten sollte, half nicht mehr viel. Die Überlieferung schweigt, wie sie bereits zu diesem ganzen Gespräch geschwiegen hat, und so wissen wir nicht, ob sie geraden Weges nach Hause gelangten oder doch noch in die Irre gingen.

Die Sache mit dem Minotauros

Wer ich bin? – Na ja, wenn man mit jemandem schon über zwei Stunden beim Wein sitzt in einer sizilianischen Kneipe und über Götter und die Welt quasselt, hat man wahrscheinlich ein Recht zu fragen, mit wem man die Ehre hat. Also – ich bin Daidalos, oder Daedalus, wie man hier sagt. Ja, genau der, ob du es glaubst oder nicht. Kannst hier jeden fragen. Ich bin bekannt. – Auf Kreta? Da bin ich schon lange nicht mehr. Ich bin hier gelandet, vor elf, zwölf Jahren. Genau weiß ich es selber nicht mehr. Gelandet, ja, buchstäblich gelandet. Richtig, mit den Flügeln, die ich mir gebaut hatte, mir und meinem Sohn Ikaros. Da hast du von gehört. – Stimmt, Ikaros ist abgestürzt, wie man sagt, weil er zu hoch geflogen sei, zu nah an die Sonne rangekommen. Und das Wachs, mit dem die Federn der Flügel angeklebt waren, das sei geschmolzen. Sagt man. Stimmt aber nicht. Die Geschichte habe ich erfunden, weil sie besser klingt. Je höher man fliegt, desto kälter wird die Luft. Das habe ich selber erfahren damals. Aber da außer mir noch kein Mensch geflogen ist, glaubt einem natürlich jeder die Theorie mit der Sonne. Nein, es war ein Konstruktionsfehler bei den Flügeln für Ikaros. Meine Schuld also. Aber ein genialer Erfinder gibt so was nicht gern zu. Es mußte damals alles furchtbar schnell gehen bei unserer Flucht. König Minos, für den ich tausend Erfindungen gemacht habe, wollte mich nicht weglassen, und ich hatte Kreta inzwischen bis hier. Da habe ich uns die Flügel gebaut, heimlich, aber irgendwie hat Minos doch Wind davon bekommen, und ich mußte mich irrsinnig beeilen. Da ist mir halt ein Fehler unterlaufen.

Ja, hier auf Sizilien fühle ich mich wohl. König Kokalos ist ein viel großzügigerer Auftraggeber als dieser verbiesterte Minos. Ich habe völlig freie Hand, erfinde, was ich will. Dabei fährt er bedeutend besser, als wenn er mir dauernd so alberne Aufträge erteilte wie Minos. Das Labyrinth. Das ist eine Geschichte für sich. Darauf kommen wir vielleicht noch. - Nein, die Haupteinnahmequelle für Kokalos ist inzwischen der Rauschgifthandel. Ich habe ein Verfahren entwickelt, einwandfreien Stoff herzustellen. - Klar, daran partizipiere ich auch. Wir müssen es nur noch fertigbringen, die Völker, die das Zeug abnehmen, davon zu überzeugen, daß es besser wäre, es zu verbieten. Dann gäbe es keine legalen Exporte mehr, nur noch Schmuggel, und die Preise gingen in die Höhe. Daran arbeite ich noch, aber es ist schwer. Diesen sturen Königen und Tyrannen will das nicht in den Kopp. Wir wollen das Zeug doch verkaufen. Warum wollen wir gleichzeitig, daß der Verkauf verboten wird. Es wird noch dauern, bis die das gerafft haben.

Übrigens hat mich Minos nach meiner Flucht bis hierher verfolgt. Er kam zu Kokalos und verlangte meine Auslieferung. Aber da ist er an den Falschen geraten. Kokalos empfing den königlichen Gast ganz scheißfreundlich, und dann hat er sich mit mir beraten, wie wir ihn am besten loswerden könnten. Ich hatte damals im Palast von Kokalos gerade eine neuerfundene Regenkabine installiert, einen Raum, mußt du dir vorstellen, vom Fußboden bis zur Decke mit Marmor gekachelt. Und von oben kommt, wenn man einen goldenen Hahn aufdreht, warmer Regen herab. Eine tolle Alternative zu den Badewannen, die ich auf Kreta gebaut habe. Mehrmals am Tag hat Kokalos sich abgeregnet. Er war ganz vernarrt in das Ding.

»Wir bringen ihn in der Regenkabine um«, sagte ich zu Kokalos. Ich mache sie vollkommen dicht und verschließe den Abfluß. Dann wird Minos hineingeführt, stellt den Regen an und ist so verzückt, daß er nicht merkt, wie die Tür verrammelt wird. Allmählich steigt das Wasser in der Kabine. Minos plätschert lustvoll mit den Füßen darin herum. Als er bis über die Knie im Wasser watet, wird ihm etwas mulmig zumute. Er ruft, aber keiner antwortet. Er will den Regen abstellen, aber er kann soviel am Hahn drehen, wie er will, der Regen hört nicht auf. Schließlich steht ihm das Wasser bis zum Hals, da wird ihm klar, daß er hier umgebracht werden soll, und er veranstaltet ein mörderisches Gebrüll, das allmählich in ein Gegurgel übergeht. – Das war das Ende von König Minos, und seine Leute, lauter Spezialisten, die mich jagen und einfangen sollten, sind ganz bedröppelt wieder abgereist. – Jaja, ich verstehe mich schon gut mit Koks – nur wenige Freunde dürfen den König so nennen, ich bin einer von ihnen. Ich werde wohl für immer in Sizilien bleiben.

Soso, das willst du auch noch wissen. Wie das mit dem Minotauros war. Der hat die Athener ja lange in Schrecken gehalten. Jedes Jahr sieben Mädchen und sieben Jünglinge für das Monster als Kriegstribut. Das war schon hart. Von denen kamen ja nur die Knochen wieder. – Richtig, bis dann Theseus … Aber eins nach dem anderen.

In einer der Rinderherden von König Minos gab es einen sagenhaft schönen und starken Zuchtbullen. Ein tolles Exemplar. Um diesen Stier wurde Minos bis nach Kleinasien beneidet. Es ging die Sage, vielleicht kennst du sie, daß Poseidon dem Minos als Dank für ein besonders rührendes Gebet diesen Stier dem Meer entsteigen ließ. Und wie das bei den Göttern so ist: Letzten Endes denken sie immer nur an sich, denn der Stier war als Opfertier von Poseidon für Poseidon gedacht. Minos aber dachte nicht daran, den Zuchtbullen zu schlachten, und verleibte ihn einer seiner Herden ein. Da soll sich der Gott geärgert und Minos bestraft haben, indem er seine Frau pervers machte. Gut, das ist die Sage, aber ich halte mich an die Tatsachen. Was die Frau angeht, ja, sie war pervers, ob von Natur aus oder erst durch göttliche Sinnenverwirrung, kann ich nicht sagen. Auf jeden Fall war sie ein rasant schönes Weib. Und es stimmt, daß sie auf den Bullen ein Auge geworfen hatte. Stundenlang konnte sie ihn auf der Weide mit stieren Blicken beobachten, und wenn sie glaubte, daß keiner kuckte, dann rieb sie sich dabei an einem Pfosten der Umzäunung. Konnte einem schon leid tun, das Weibchen. Wenn der Stier mit seinem ungeheuren Bengel eine Kuh besprang, dann heulte sie vor Sehnsucht. Pasiphae hieß die mandeläugige, dunkelhäutige Süße. Nur zu gern hätte ich sie mal in die Mache genommen, aber da traute ich mich aus zwei Gründen nicht. Erstens, weil ich nicht wußte, ob ihr an mir überhaupt gelegen war, und zweitens, weil ich die Rache von Minos fürchtete. Seit einiger Zeit besuchte sie mich öfter in meiner Werkstatt und schaute sich an, was ich für Minos so erfand und konstruierte. Sehr nervös machte mich das immer. Stell dir vor, sie hatte ein Paar Wipptitten, daß dir die Luft wegblieb. Sie wippten auf eine Art, die dich unweigerlich krank machte, so ein nachfederndes Wippen aus vollendeter Straffheit heraus. Irre! Und wenn du dir vorstellst, daß die kretische Mode den Damen vorschrieb, ihre Apparate ganz offen zu tragen, dann kannst du verstehen, wie zittrig ich jedesmal wurde, wenn sie zu mir in die Werkstatt kam. Hadesqualen habe ich ausgestanden. Tantalos ist gar nichts dagegen.

Und eines Tages hatte ich eine Eingebung. Ich modellierte ein kleines Stierlein, ganz nach dem Vorbild des großen Bullen, und bezog die niedliche Plastik mit echtem Fell. Dann stellte ich das Ding irgendwo ins Regal und wartete ab. Es dauerte nicht lange, da besuchte mich Pasiphae wieder. Was wollte die bloß? Ob ich nicht doch mal versuchen sollte, sie anzumachen? Abwarten, sagte ich mir, ruhig bleiben! – Prompt hatte sie das Stierlein entdeckt und hielt es in ihren langen, zarten Fingern.

»Was ist das?« lispelte sie.

»Ein Stier, hohe Königin.«

»Ach ja. – Und wozu hast du den gemacht?«

»Nur so«, sagte ich und vertiefte mich in meine Arbeit.

»Magst du Stiere gern?«

»Es sind die schönsten Wesen unter der Sonne, Königin, verehrenswerter als jeder Mensch.« Ich schaute unverwandt auf meine Arbeit. Sie seufzte selig. Was machte sie bloß mit meinem Stier? Plötzlich ein Aufschrei, und da wußte ich es. Sie hatte am Bauch des Stieres, unter dem ein ganz naturgetreues Haarbüschelchen hing, herumgeknetet und -gedrückt, und da hatte sich der versteckte Ziemer hervorgeschoben. Jetzt blickte ich auf, und die Königin errötete. Ich ließ es nicht zur Verlegenheit kommen, sondern sprach, scheinbar aus dem Stegreif improvisierend, eine absolut klassische Hymne auf die Phalloi der Stiere. Verzückt lauschte sie mir, und als ich erzählte, ich hätte in Athen eine Frau gekannt, die Hochzeit mit einem Stier gehalten habe und sehr glücklich geworden sei, da war sie völlig enthemmt und wollte unbedingt wissen, wie das denn technisch gegangen sei.

»Tja«, sagte ich, »damals baute ich ihr eine Kuh-Attrappe, in die sie hineinpaßte, damit der Stier sie zünftig bespringen konnte.«

»Und das hat geklappt?« fragte sie lüstern.

»Hervorragend. Sie ist voll und ganz befriedigt worden.«

»Kommt da viel raus bei einem Stier?« fragte sie besorgt und gierig zugleich.

»Eine ganz schöne Menge. Soll ein tolles Gefühl sein.«

Nach diesem Gespräch war sie schamlos genug, sich mir in aller Offenheit anzuvertrauen. Ob ich ihr auch so eine Attrappe bauen könne und wolle. Und ob ich wollte! Ich hatte zwar die Geschichte mit der Frau aus Athen frei erfunden, aber ich traute mir ohne weiteres zu, das lüsterne Weibchen entsprechend zu umbauen. Ich sagte also zu, und sie fiel mir um den Hals und gab mir einen Kuß.

Die Sache gestaltete sich allerdings schwieriger, als ich gedacht hatte. Klar war mir sofort, daß ich Minos von der geplanten Perversion in Kenntnis setzen mußte. Es war inzwischen ja ein offenes Geheimnis, was mit der Königin los war. Jede Menge Witze kursierten, immer wieder mußten Wandzeichnungen überpinselt werden. Minos war ziemlich weichgekocht und bereit, die Flucht nach vorn anzutreten. Vielleicht wurde die Königin ja durch den Intimverkehr mit dem Stier endgültig und schmerzhaft von ihrer Leidenschaft kuriert. Ich durfte also die Attrappe vollkommen legal herstellen, setzte aber durch, daß Minos nicht in meiner Werkstatt auftauchte und Pasiphae, die sich vor ihrem Mann wahnsinnig genierte, in dem Glauben ließ, die Sache sei ein wohlgehütetes Geheimnis. Das war also geregelt, und ich verbrachte wunderbare Stunden mit der Königin, deren nackten Körper ich natürlich genauestens vermessen mußte, um höchste Paßform der Attrappe zu erreichen. Besonders die kritische Stelle, in die der Ziemer hinein sollte, untersuchte ich mit größter Genauigkeit. Mit verschieden langen, polierten Hölzern machte ich Steckversuche, welche die Dame sehr amüsierten, mir aber schlaflose Nächte bereiteten. – Nein, nicht, was du jetzt denkst. Es war mir klargeworden, was ich mir eigentlich gleich hätte sagen können: Wenn alles lief wie geplant, wenn der Stier auf den Betrug reinfiel und die königliche Kuh besprang, würde er ihr mindestens den Magen perforieren, wenn er nicht sogar noch höher raufkam. Das Liebesabenteuer würde tödlich enden, und Minos würde mich einen Kopf kürzer machen. Wer hat denn die Attrappe gebaut, hä? Ich mußte einen Ausweg finden, denn abblasen konnte ich das Unternehmen jetzt nicht mehr.

Was spricht eigentlich dagegen, fragte ich mich, zwei Attrappen zu verwenden? So gut wie nichts. Ich hatte ein kleines Stierleinmodell gebaut, ich konnte auch ein großes bauen. Und mich selber da hineinstecken, ja. Die Königin, eingeschlossen in ihre Vollkörpermaske, mit beschränktem Durchblick durch ihre Kuhaugen, würde wahrscheinlich nicht merken, daß nicht der echte Stier sie besprang. – Ich machte mich an die Arbeit. Ein weiteres Problem war die Sache mit dem Rindersamen. Die Königin legte Wert auf exorbitante Füllung. Ich hatte ja selbst diese Erwartungen geweckt. Also mußte das Zeug original vom Stier beschafft werden. Ich ließ ihn von der Weide in meine Werkstatt bringen, verschaffte der »Kuh«, die leer war, sicheren Stand und ließ den Bullen los. Richtig! Ohne Besinnung sprang er auf die Attrappe, und ruckzuck hatte er sich in sie entleert. Den kostbaren Stoff fing ich in einem Beutel auf, der dort angebracht war, wo Pasiphaes Muschi sich später befinden würde.

Dann kam der Tag der Bespringung. Der echte Stier graste nichtsahnend auf seiner Weide, die Königin wurde von mir in ihr Kostüm verpackt und schnaufte erwartungsvoll unter der Kuhmaske, in der ihr süßes Köpfchen steckte. Eilig stieg ich in die Stierverkleidung, trabte an, umrundete die Königin einmal möglichst graziös und sprang ihr dann hinten drauf. Ich hatte einen maßgerechten, also sehr ermäßigten Ziemer gebaut, den ich ihr zielsicher reinschob. Dann machte ich es etwas länger, als der echte Stier es gemacht hätte, was ihr sicher nicht mißfiel, erzeugte dann mit meinen Schenkeln einen Druck auf die künstlichen Stierhoden, in denen ich den Samen deponiert hatte, spritzte zur gleichen Zeit selber, so daß sich die ungleichen Säfte vermischten, bevor sie in die Königin abgefüllt wurden. Dann trabte ich ab, scheinbar desinteressiert danach wie ein echter Stier.

Zu weiteren Begegnungen kam es nicht mehr. Vielleicht hatte sie die Sache doch etwas ernüchtert, vielleicht aber auch, weil sich bald herausstellte, daß sie schwanger geworden war. Und nun sah sie der Geburt eines Monsters entgegen. Sie legte Wert darauf, daß es in meiner Werkstatt zur Welt kam und nur ich dabei zugegen war. – Sie gebar einen hübschen, gesunden Knaben, meinen Sohn ohne Zweifel, an dem nichts Stierhaftes zu entdecken war. Alle fanden das höchst seltsam, und Minos stellte mich zur Rede.

»Es ist so«, erklärte ich. »Manchmal wirken sich erbliche Merkmale erst in der folgenden Generation aus. Jemand hat eine lange Nase. Der Sohn hat keine, erst der Enkel wieder. Das ist ein Gesetz, das Menelaos entdeckt hat. Man muß halt abwarten.«

Es wurde also abgewartet, und der Knabe, der allgemein Minotauros genannt wurde, wuchs in strengster Isolierung auf. Im Auftrag von Minos baute ich für ihn einen etwas unübersichtlichen Palast, das sogenannte Labyrinth, in dem er später wohnte und von mir versorgt wurde. Von seiner Mutter hatte er einen sehr heftigen und zur Perversion neigenden Geschlechtstrieb geerbt. Er mußte laufend mit Mädchen, später auch mit Jünglingen versorgt werden, denn er war eindeutig bisexuell. Als Minos die Athener besiegt hatte, forderte er als jährlichen

Tribut sieben Mädchen und sieben Jünglinge. Der Minotauros trieb es mit ihnen, und später wurden sie von ihm genußvoll umgebracht und anschließend verspeist. Ein ekelhafter Nekrophage. Von mir hatte er das bestimmt nicht. Später hat ihn dann Theseus, im übrigen ein unerträglicher Dummkopf, Raufbold und Angeber, um die Ecke gebracht. Ich hatte ihm den Tip gegeben, daß man auf Kreta ohne große Anstrengung eine Heldentat vollbringen könne. Sofort reihte er sich unter die jährlichen Jünglinge und kam angereist. Minos war froh, das Monster los zu sein, und gab ihm seine Tochter Ariadne zur Frau. Angeblich hat sie seine Heldentat durch Überlassung eines ihrer Strickknäuel unterstützt, aber das ist auch nur Gerede. Auf Naxos hat ihr Held sie dann einfach sitzenlassen. Schöne Heroen, nicht wahr?

Das war die Sache mit dem Minotauros, und nun ist dir wahrscheinlich der Appetit vergangen, gerade jetzt, wo endlich dein knuspriges Hähnchen vor dir steht. – Macht nichts? Das ist gut. Laß es dir schmecken! Und Prost!

Lot und seine Töchter

Mit Lot und seinen Töchtern war es so: Bei der furchtbaren Vertilgung Sodoms, der wüsten Stadt, war nur Lot, der Gerechte, verschont worden mit seinem Weib und seinen beiden Töchtern. Die Schwiegersöhne hatten nichts wissen wollen von einer Gefahr, waren dageblieben und auch vertilgt worden vom Gotteszorn. Und Lots Weib, wie jeder weiß, hatte sich auf der Flucht vorwitzig umgedreht nach dem Schwefelgewitter und war erstarrt zur Salzsäule. Lot, nun allein mit seinen beiden Töchtern, auf einem Berg, in einer Höhle, traute sich nirgend mehr hin, blieb da, richtete sich ein und dachte: So geht es ja auch, man ist noch mal davongekommen und man lebt. Das ist schon ein ganz schönes Wunder. Ja, es war ein Wunder, daran konnte man sich wärmen und in den Decken aus Schafswolle auch, die man sich machte, denn ich nehme an, daß sie ihre Herden mitgenommen hatten, und am Wein, denn es ist verbürgt, daß sie ihn pflanzten und kelterten, weil der später noch eine wichtige Rolle spielen wird in dieser unheiligen Geschichte aus der Bibel.

Vermißte Lot sein Weib? Es steht nichts davon in der Schrift. Wahrscheinlich vermißte er es nicht. Da lief wohl schon lange nichts mehr. Die Zeugerei war zu Ende, der Brunnen versiegt – des Weibes wohlverstanden. Irgendwie war er wohl drüber weg, der Lot, so darf man annehmen, und da er ein Gerechter war, hatte er sich nicht beteiligt an Schandsünderei, wie sie zu Sodom getrieben wurde. So kam ihn natürlich auch auf dem Berge in der Einsamkeit nicht das Gelüsten an, sich ein Schäflein zu greifen, um den Bock zu machen über ihm. Dazu war er nun einfach zu gerecht. So lebte er wohlgefällig dem HErrn und enthaltsam und dachte sich nichts weiter dabei. Es ist ferner anzunehmen, daß er sich auch nichts dachte hinsichtlich seiner Töchter, die immerhin die Männer verloren hatten im Gottesgericht. Eine schlichte Patriarchenseele macht sich keine Gedanken über die Gefühle von Töchtern. Hauptsache, sie versorgten das Haus, ernteten den Wein, schoren die Schafe, spannen die Wolle, kochten das Essen und überließen den Vater seinen gerechten Gottesbetrachtungen. Wenn sie abends zur Ruhe gingen, der Vater im einen Winkel der Höhle, die Töchter im anderen, wenn schwach das Feuer glomm und sie die Decken von Schafswolle über sich zogen, dann kümmerte es den Gottesmann nicht, wenn es unter den Töchterdecken noch fortwisperte und wohl auch gelegentlich kicherte und stöhnte. Wußte er nicht oder wollte er nicht wissen, daß die Schwestern dann ihre Männer nachmachten mit Fingern und Lippen, was doch, wenn man es recht bedachte, wieder eine Sündenschande war und Schwefelwolken herbeiziehen konnte?

Eines Nachts, als der Vater vom heurigen Wein gekostet, viel geredet hatte von seinem Bruder Abraham, den er sehr bewunderte und auch beneidete wegen seiner Gottesvertrautheit, und dann zum Lager getorkelt und sofort eingeschlafen war, ohne noch die Decke über sich zu ziehen, da begann er alsbald so dröhnend zu schnarchen, daß es widerhallte von den Wänden der Höhle und die Töchter kein Auge zutaten.

»Laß uns aufstehen und ihn rütteln«, sprach die Ältere zur Jüngeren, »dann dreht er sich auf die Seite, und der Lärm hat ein Ende.«

So taten sie und traten an Lots Lager und standen urplötzlich gebannt und schauten verwundert auf das, was sie da sahen im glimmenden Flackerschein. Hoch aufgerichtet stand des Schnarchenden Glied, als harre es lustvoll der Scheide, auf daß es umfaßt werde und gemolken von sanften Lippen. Völlig entgeistert standen die Mädchen und faßten sich bei den Händen.

»Das dürfen wir nicht sehen«, sagte die Jüngere. »Komm fort von hier. Sicherlich träumt er, aber wir wollen davon nichts wissen.« Und sie zog die Schwester, die den Blick nicht wenden wollte von der Pracht, wieder zum gemeinsamen Lager, wo sie noch lange wachten und mit den Fingerchen spielten.

Am nächsten Morgen, als der Vater bei den Herden war, sprach die Ältere zur Jüngeren:

»Es wird Zeit, daß wir ein ernstes Wort miteinander reden. Mit Kicherei und Fingerspiel ist es nicht getan auf die Dauer. Wir werden älter und älter. Einen Mann werden wir kaum noch bekommen, und also wird unser Stamm vertilgt sein von der Erde. Das brauchte uns freilich nicht zu bekümmern. Nach uns die Sintflut, könnten wir sagen, wenn die nicht schon gewesen wäre und der HErr nicht zu Noah gesprochen hätte: ›Seid fruchtbar und mehret euch und erfüllet die Erde.‹ Ein HErrenwort ist dies, und das muß doch wohl befolgt werden. Außerdem, wenn wir nur einmal an uns selber denken und so hohe Dinge wie Menschengeschlecht und Gottesplan außer Betracht lassen, so werden wir als alte Damen noch unser Kratzen haben in dieser Einsamkeit. Stell dir nur vor, wie wir uns mit rheumatischen Knien und wackligen Hüften wehren wollen gegen die Einfälle von Löwen und Wölfen. Die Herden werden sie uns zerreißen, und wir sterben des Hungertodes, der nicht angenehm sein soll. Wir brauchen Männer, die uns beschützen und pflegen im Alter als treue Söhne. Kurz gesagt also: Wir müssen Kinder kriegen.«

»Woher willst du sie kriegen, Schwester, wenn es keinen Mann gibt?«

»Noch gibt es einen.«

»Den Vater? – Aber das kann doch nicht dein Ernst sein.«

»Du wirst lachen – oder vielleicht auch schaudern, aber es ist mein Ernst.«

»Dann geh mal zu ihm und biete dich ihm an. Die Predigt, die er dir halten wird, kann ich dir Wort für Wort schon im voraus sagen.«

»Ach, Dummchen! Nichts werden wir ihm sagen und nicht uns ihm anbieten. Holen müssen wir uns den Samen von ihm während der Nacht.«

»Wir? Wir?«

»Ja, wir. Auch du mußt schwanger werden und gebären. Wenigstens zwei Kinder müssen wir zur Welt bringen, damit das Ganze einen Sinn hat.«

»Aber nun sag bloß, wie wir das anstellen sollen.«

»Das habe ich mir schon ersonnen während der letzten Nacht, in der ich ohnehin nicht schlafen konnte. Wir werden dafür sorgen, daß er wieder reichlich dem Weine zuspricht. Dann fällt er in tiefen Schlaf und merkt nichts. Sein Glied aber wird wieder hochstehen, und wir brauchen uns bloß darauf zu setzen und ein wenig zu reiten, damit es ihm kommt.«

»Pfui über dich! – Und weshalb ›wir‹? Du sagst schon wieder ›wir‹. Alle beide? Wie sollen wir das machen?«

»Nacheinander, das versteht sich. Erst die eine, dann die andere.«

»Da bist du aber hoffnungsvoll! Glaubst du, daß er es zweimal bringt in einer einzigen Nacht? Mein Gatte selig konnte immer nur einmal.«

»Dein Gatte war mit Verlaub ein Schlappschwanz. Er hat dir ja auch kein einziges Kind gemacht.«

»Der deinige dir ja auch nicht.«

»Lassen wir das. Vermutlich ist das eine Gottesgeschichte. Der HErr wollte Sodom austilgen, und deshalb ließ er unsere Schöße unfruchtbar.«

»Und jetzt, glaubst du, will er sie fruchtbar machen mit Vatersamen?«

»Hm. - Die Theologie ist unser beider Stärke nicht. Auch habe ich den Verdacht, daß man sich doch immer nur irrt, wenn man dem HErrn irgendwelche Absichten unterschiebt. Laß uns nur ruhig machen, ohne lange darüber nachzudenken. Wegen der zweifachen Samenmelkung in einer Nacht möchte ich dir recht geben. Ich werde also allein mit ihm schlafen und mir hernach ein Fingerchen voll wieder herausholen und dir hineinwischen.«

»Du? - Du allein? Das kommt gar nicht in Frage. Wenn schon gesündigt werden muß - und Sünde ist es, da gibt es keinen Zweifel -, dann will auch ich meinen Teil daran haben. Wir müssen es eben in zwei Nächten probieren.«

Dabei blieb es, und es war leicht, den Vater wieder ans Trinken zu bringen, denn gar zu gut war der Heurige geraten. Beschwatzen ließ sich der sparsame Hausvater, und die Töchter schenkten ihm fleißig nach und freuten sich, als er wieder anfing, endlose biblische Geschichten zu erzählen, die sie alle längst kannten, und taten so, als hörten sie sie heute zum ersten Mal. Als er schon ziemlich umnebelt war, kam er auf seinen Bruder Abraham zu sprechen.

»Jaja, der redete richtig mit dem HErrn, so wie ich mit euch rede. Der HErr kam zu ihm und erzählte ihm, was er alles so vorhatte, und Abraham sagte ihm ganz unverblümt, was er davon hielt. Eines Tages war der HErr endlich den Sodomitern auf die Schliche gekommen. Sofort kam er zu Abraham und erzählte ihm davon. ›Es ist ein

Geschrei zu Sodom und Gomorrha‹, sagte er, wörtlich ›ein Geschrei‹, aber etwas Genaues wußte er noch nicht, und deshalb wollte er hinabfahren und sehen, ›ob sie alles getan haben nach dem Geschrei, das vor mich gekommen ist‹. Und wenn es wirklich so sei, dann wolle er alles austilgen. Und Abraham, stellt euch vor, nahm das nicht hin. So etwas passe nicht zum HErrn, der aller Welt Richter sei. Es konnten doch Gerechte sein zu Sodom. Und sollten etwa auch die vertilgt werden zusammen mit den Ungerechten? Nein! Und das hat er dem HErrn auch gesagt, Erde und Asche, der er war, der Abraham, mein Bruder. Er wagte es, dem HErrn zu sagen, daß so etwas nicht gehöre ins Gottesbild. Fünfzig Gerechte, meinte Abraham, fünfzig Gerechte könnten doch gut in der Stadt sein, und ob er sie denn opfern wolle, wenn es fünfzig Gerechte gäbe. Nein, das wollte der HErr nicht und lenkte ein. ›Finde ich fünfzig Gerechte zu Sodom in der Stadt, so will ich um ihrer willen dem ganzen Ort vergeben.‹ – Hei, dachte Abraham, der HErr läßt mit sich handeln, und rieb sich die Hände, heimlich, versteht sich, unterm Tisch, und versuchte es dann mit fünfundvierzig Gerechten, und siehe, der HErr, milde gesonnen und nachdenklich, will sich begnügen mit fünfundvierzig Gerechten. Nicht aber Abraham. Nein! Der kam jetzt erst richtig in Fahrt. – Und vierzig Gerechte? Das macht doch kaum einen Unterschied. Ob der HErr denn wegen fünf fehlender Gerechter die ganze Stadt . . .? – Nein, der HErr sieht es ein, vierzig Gerechte sind eine gute Zahl. – Und Abraham faßte sich ein Herz und fragte, wie es denn mit dreißig wäre. Was soll ich sagen, der HErr geht auch darauf ein, und nun – er glaubte kaum, daß der Weltenrichter da noch mithalten wird – ging er runter auf zwanzig und wagte gar nicht anzuschauen den HErrn. – Und auch mit zwanzig ist der zufrieden. Jetzt sollte ich es gut sein lassen, dachte

Abraham. Am Ende wird er zornig, und der ganze schöne Handel ist kaputt. Aber er konnte es nicht lassen, und ganz leise fragte er noch, ob die Vergebung nicht auch für zehn zu bekommen wäre. – Und der HErr war es zufrieden. Fünf? – Nein, das ließ er bleiben, und es hätte ja auch nichts genutzt, denn es gab ja nicht mal fünf Gerechte, nur einen ... nur mich ... nur den Lot ... den Vater ... euren Vater ... euren lieben ... gerechten ...«

Da war es um ihn geschehen. Er lallte nur noch ein wenig und ließ den Kopf vornüber fallen. Die Schwestern trugen ihn zum Lager, entkleideten ihn und ließen ihn unbedeckt liegen, setzten sich zu beiden Seiten und lauerten, daß es sich rühre. – Da warteten sie nun eine Stunde um die andere, aber Lot schnarchte ihnen nur die Ohren voll, und das, womit sie beide gemacht, was sie anstarrten in kopfesrotem Verlangen, lag klein und weich auf dem Sacke. Schließlich, nach drei durchseufzten Stunden, nahm die Ältere es zwischen ihre Finger, um es ein wenig zu pressen und zu reiben.

»Bist du des Satans, Schwester! Wenn er nun erwacht!«

Er erwachte nicht, schnaufte nur etwas im Schlafe, und siehe, das Glied ermannte sich unter dem Reiben und stand alsbald in schräggeneigter Pracht. – Da bedeckten sie des Vaters Haupt mit einem Tuche, um sein Antlitz nicht sehen zu müssen während des Frevelrittes und auch, damit er sie nicht sähe, wenn er doch einmal für ein kurzes die Augen aufschlüge. Nacht sollte ihn dann umgeben, damit er weiterschlafe. Lange mußte sie reiten, beängstigend lange, und schon wollte sie absteigen, weil vielleicht die Pracht getäuscht hatte und doch nichts mehr in ihm war, da spürte sie, wie es ihr mächtig hineinschoß, und der Vater atmete in kurzen Stößen und schlug mit den Armen. Aber dann beruhigte er sich, und alsbald sägte er wieder in erlöster Ruhe. Die Schwestern zogen ihm das Tuch ab und schlichen auf ihr Lager.

Und noch einmal gelang es, dem Vater zuzusetzen mit Wein, einem älteren diesmal, von dem sie sagten, sie hätten ihn unvermutet in einem Winkel gefunden, und es gelte zu kosten, ob er noch nicht zu firne geworden. - Herrlich war der Wein, und der Vater trank und redete, bis er umfiel. Dann taten sie mit großer Behendigkeit wie schon einmal, nur sicherer jetzt und mit weniger Herzklopfen, und nun empfing auch die Jüngere, ohne daß Lot erwachte. - Von da an wuchsen ihre Bäuchlein unter der Decke, und sie drängten sich zärtlich aneinander und fühlten, wie es sich regte in ihnen.

Und dann gebaren sie beide im Abstand weniger Tage: die Ältere einen Sohn, den sie Moab hieß, und die Jüngere auch einen Sohn, den nannte sie Ammi. Von ihnen stammen ab die Moabiter und die Ammoniter.

Und was sagte nun der Vater dazu, der zugleich Großvater geworden war und doch auch wieder Vater? Er segnete die Kindlein und sprach vom Gotteswunder, ohne sich näher darüber vernehmen zu lassen. Und auch die Töchter, nie befragt nach dem Erzeuger, wiegten die Kindlein in stiller Freude und hielten den Mund. - Ob er denn wirklich geschlafen hat, als ihm die Töchter den Samen herauszogen, möchte jeder von uns natürlich nur zu gern wissen. Da Lot schwieg und die Schrift schweigt, gibt es da nur Mutmaßungen, leisen Argwohn oder kecke Behauptung. Er mochte sehr wohl erwacht sein bei der ungewohnten Gliedesreitung, trotz schwerer Besäufnis mit Heurigem und Gelagertem, konnte durchschaut haben trotz Hauptesverhüllung, was ihm da eingebrockt war, auf daß er's einbrocke, mochte es sogar gutgeheißen haben und erfreut gewesen sein, daß stille Frevelgedanken, die er längst gehegt, von den Töchtern ins Werk gesetzt worden waren, ohne daß er den Mund hatte zu öffnen brauchen. Wenn aber der HErr ihm erschiene, um ihn anzuklagen der Blutschande, so sollte der erst einmal beweisen, daß das nicht nur ein ›Geschrei‹ war, das vor ihn gekommen, daß er, Lot, nicht geschlafen habe und geträumt von vergangener Ehezeit, sondern lustvoll sich ergossen ins Töchterfleisch.

Und die Schwestern? – Sie saßen wohl manchmal, wenn sie die Kindlein säugten, redend und wägend beieinander und flüsterten von den Frevelnächten, aber große Sorgen machten sie sich nicht mehr um ein Feuer- oder Schwefelverhängnis, nachdem der Vater sich gnädig erzeigt und nicht weiter gefragt hatte.

»Weißt du«, sprach die Ältere, »ich habe keine Furcht vor dem HErrn. So genau weiß auch er nicht, was er nun wirklich will. Man muß nur zu reden wissen mit ihm.«

»Meinst du?«

»Aber ja. – Denk nur daran, wie er sich von Onkel Abraham die Gerechten hat abhandeln lassen. Na! – Wenn ich er gewesen wäre, so hätte ich spätestens bei dreißig gesagt: ›Was denkst du, Abraham, dir dabei, mit mir zu handeln. Glaubst du, ich sei ein Jud wie du?‹«

»Vielleicht ist er ja einer«, sagte, wie immer naiv, die Jüngere.

»Nein!« sagte die Schwester entschieden. »Das ist er nicht. Wie hätte er sich sonst derartig bescheißen lassen können?«

Linsen für Esau

Der Schriftsteller Harald Lensing wurde im letzten Jahr zweimal kurz hintereinander von demselben Ehepaar zum Abendessen eingeladen. Der Grund dafür war ein Linsengericht, welches die Gastgeberin ganz vorzüglich zuzubereiten wisse und der Schriftsteller unbedingt probieren wollte. In der ›Kronenhalle‹ in Zürich, so hatte der Gastgeber bei der ersten Einladung erzählt, habe er vor vielen Jahren ein Linsengericht gegessen, das ihm so ausgezeichnet geschmeckt habe, daß es augenblicklich zu seiner Lieblingsspeise avanciert sei. Da dieser Genuß nun nicht beliebig wiederholbar gewesen sei, habe sich seine Frau, eine vorzügliche Köchin, daran gemacht, es zu kopieren, und in der Tat, nach wenigen Versuchen sei es ihr gelungen, das Original absolut täuschend nachzukochen.

Solche Leidenschaft für ein Linsengericht brachte den Schriftsteller ganz naturgemäß auf die berühmte Bibelgeschichte von Jakob und Esau, und er erklärte, darüber etwas schreiben zu wollen. Was, das wisse er allerdings noch nicht. Zuvor das fabelhafte Linsenessen gekostet zu haben werde sich gewiß beflügelnd auf seine Phantasie auswirken, meinte der Schriftsteller, als die Gastgeberin den hochherzigen Vorschlag machte, in Kürze das Gericht für ihn zu kochen und also noch einmal zum Essen einzuladen.

Da war er ja nun schon fast die Verpflichtung eingegangen, eine Jakob-und-Esau-Geschichte zu schreiben, und so holte er zwei oder drei Tage vor der erneuten Einladung seine Bibel aus dem Regal, wo sie ganz oben stand, was einerseits ihrer Würde entsprach, sie andererseits aber auch schwer erreichbar machte. Er las im 1. Buch Mose das 25. Kapitel und die folgenden, und danach erschien es ihm nicht gänzlich ausgeschlossen, eine Geschichte daraus zu machen, die nicht bloß einfach den Bibeltext ausschmückte und -walzte, sondern die Sache ein wenig anders zu erzählen wußte. Wie, das war ihm allerdings noch immer schleierhaft. Erst mal die Linsen essen und dann weitersehen.

Es war ein heißer Sommertag gewesen, und auch am Abend war es noch außerordentlich warm. Die Gastgeberin und der Schriftsteller saßen auf der überdachten Terrasse hinterm Haus und tranken zunächst einmal kühlen Sekt zur Erfrischung, und der Gastgeber erkundigte sich schon recht bald voller Neugier, ob in puncto Linsengeschichte schon was in Gang gekommen sei.

»Ich habe die Linsen eingeweicht«, sagte der Schriftsteller. »Das macht man doch vorher, nicht wahr?« Die Gastgeberin nickte eifrig. Auch sie habe die Linsen, die es gleich geben werde, vier Stunden vorher eingeweicht, ganz recht. »Und dabei«, fuhr der Schriftsteller fort, »ist mir allerdings schon einiges aufgefallen. Jakob und Esau waren Brüder, das weiß jeder, sogar Zwillingsbrüder, was nicht so geläufig ist. Aber kaum jemand stellt sich so richtig plastisch vor, wie haarsträubend unterschiedlich die beiden schon als Babys waren. Ja, *haarsträubend*, das ist das richtige Wort, denn Esau, der Erstgeborene, war nicht nur rötlich, sondern *ganz rauh wie ein Fell*, als er herauskam, während der zweite, der dann Jakob genannt wurde, offenbar ganz normal war. Ich kann mir nur vorstellen, daß Rebekka, seine Mutter, einen ganz schönen Schrecken bekommen hat, als sie das Baby sah. Mußte nicht jeder denken, sie habe es mit einem Felltier getrieben und ihren Gatten Isaak ganz bestialisch betrogen?

Daß so was überhaupt nicht klappen kann, wußte man vielleicht damals noch nicht, jedenfalls nicht so naturwissenschaftlich genau wie heute. Aber dann kam ja sofort das zweite, das den Bruder mit der Hand an der Ferse festhielt, und das war glatt und blank, wie es sich gehörte, und jeder Verdacht war ausgeräumt. Für Vater Isaak muß es gar keinen Zweifel gegeben haben, daß das haarige Tierchen sein Erstgeborener war und er ihn zu akzeptieren hatte, was auch immer sich der HErr, der Unergründliche, dabei gedacht haben mochte. Na ja, sie wuchsen dann eben heran, und es wird nicht viel über sie berichtet, außer daß Esau ein Jäger wurde und auf dem Felde herumstreifte und Jakob *ein sanfter Mann*, der *in den Hütten* blieb. Wie die Sympathien der Eltern verteilt waren, wird in der Bibel klipp und klar gesagt: Isaak liebte Esau und aß gern die Wildgerichte, die dieser offenbar sehr gut zubereiten konnte. Ob da Vaterliebe durch den Magen ging? Und Rebekka bevorzugte eindeutig den Jakob. Na klar, er war der Hübschere, und den Schrecken beim Anblick des Erstgeborenen konnte sie wohl zeitlebens nicht verwinden. Und jetzt kommt die Sache mit dem Linsengericht, und die ist bei Licht besehen recht seltsam. Zunächst einmal . . .«

»Zunächst einmal«, unterbrach die Gastgeberin freundlich lächelnd den Schriftsteller, »sollten wir *mein* Linsengericht essen, bevor es kalt wird.« Es konnte zwar nicht kalt werden, weil sie es vorsorglich auf eine Wärmeplatte gestellt hatte, aber die Unterbrechung war dem Schriftsteller sehr lieb, denn er wußte zwar, was seltsam war an der Sache mit dem Jakobschen Linsengericht, noch nicht aber, welche Folgerungen er daraus für seine Geschichte würde ziehen können. Und überhaupt, dieser Eintopf sollte ja doch seine Phantasie beflügeln. Also wurde aufgefüllt und gegessen. Es schmeckte dem

Schriftsteller ganz ausgezeichnet, er schwelgte, rühmte, pries, und der Gastgeber, der ebenfalls kräftig zulangte, war es doch sein Lieblingsgericht, versicherte, daß es dem seinerzeitigen, dem Ur-Essen in der ›Kronenhalle‹, absolut vergleichbar sei, räumte allerdings ein, daß er sich an letzteres nach so langer Zeit und so vielen Nachkochungen nicht mehr bis in die letzte Nuance erinnere.

»Vielleicht wärst du sogar enttäuscht, wenn du jetzt wieder in der ›Kronenhalle‹ das Linsengericht bestellen würdest«, sagte die Gastgeberin zu ihrem Mann.

Möglicherweise. Ja, das war nicht auszuschließen.

»Sie sagten: ›Zunächst einmal . . .‹, und da habe ich Sie unterbrochen«, versuchte eine halbe Stunde später die Gastgeberin den Faden wieder anzuknüpfen. »Es ging um Jakobs seltsames Linsengericht. Hoffentlich habe ich nicht . . .«

»Nicht das Linsengericht war seltsam«, begann der Schriftsteller, der sich sofort wieder besann, »sondern die Umstände. Da kochte also Jakob ein Gericht, und Esau kam vom Felde und war müde, sah das Gericht und sprach zu Jakob: *Laß mich kosten das rote Gericht; denn ich bin müde.* Zunächst einmal ist seltsam, daß er von einem ›roten Gericht‹ spricht. Offenbar weiß er nicht, wie das Zeug heißt, und das läßt vermuten, daß er es noch nicht gegessen hat. Ob Jakob zum ersten Mal in der Geschichte der Menschheit versucht hat, Linsen zu kochen? Das glaube ich kaum. Esau hat sich bisher für vegetarische Kost einfach nicht interessiert. Wenn man, wie Thomas Mann es tut, annimmt, er sei mit komplettem Gebiß auf die Welt gekommen, war er auch imstande, sofort Fleisch zu essen. Esau, ein Jäger und begnadeter Wildbret-Koch.

Kaum hat er Appetit auf das ›rote Gericht‹ bekundet und als eigenartige Begründung angeführt, er sei müde –

warum nicht hungrig? –, fordert Jakob dafür, daß er ihm sein Erstgeburtsrecht verkaufe. Das ist doch im höchsten Grade seltsam. Und wenn man dann Esaus Antwort auf dieses absurde Tauschangebot liest, wundert man sich schon wieder: *Siehe, ich muß doch sterben; was soll mir denn die Erstgeburt?* Paßt solch resignative Einsicht ins allgemeine Menschenlos zu einem rauhen Jäger und sinnenfrohen Koch? Das ist doch alles Quatsch, das reimt sich doch nicht zusammen. Da muß ich ansetzen, wenn ich die Geschichte anders erzählen will.«

»Sehr interessant«, sagte der Gastgeber, der dem Schriftsteller vom badischen Kerner nachschenkte. »Sie würden einen anderen Dialog erfinden?«

»Nein. – Wahrscheinlich nicht. Die Worte können ruhig so gesprochen worden sein, aber sie waren alles andere als spontan, denn die ganze Situation war schon längst im voraus geplant, und andere Gespräche waren diesem vorausgegangen. – Der Esau hatte nicht die geringste Lust, dermaleinst die Rolle des Stammesvaters zu spielen. Denn das hätte bedeutet, daß er die Aufsicht über Hütten und Herden, über die vielen Frauen und Kinder, Knechte und Mägde führen mußte, und mit dem Herumschweifen auf den Feldern, dem Belauern des Wildes, dem sorgsamen Auswaiden und Braten und Würzen war es dann vorbei. Er hätte es begrüßt, wenn Jakob, der schon immer die Herden gehütet hatte, ohne große Umstände als Erstgeborener eingesetzt worden wäre. Mit Jakob, bei dem er häufig vorbeischaute, hatte er sich schon oft darüber unterhalten. ›Bruderherz‹, mag er gesagt haben, wenn man damals so etwas wie ›Bruderherz‹ überhaupt gesagt hat, ›wollen wir nicht tauschen? Du wirst der Führer der ganzen Mischpoche, und ich bleibe Jäger. Das wäre mir am liebsten. Mein Erstgeburtsrecht kannst du geschenkt haben.‹

›So einfach geht das nun leider nicht, mein lieber Esau‹, antwortete Jakob. ›Erstens ist es gegen Sitte und Gesetz, und unser Vater Isaak würde mir bestimmt nicht seinen Segen dafür geben. Und zum anderen kann man so etwas Wichtiges wie das Erstgeburtsrecht nicht einfach verschenken. Allenfalls könnte man es verkaufen. Da würde der HErr nichts dagegen haben, der sehr viel Sinn hat fürs Geschäftliche.‹

Und dann machten sie aus, daß Esau, wenn er einmal etwas von Herzen begehre, was Jakob gehöre, dies für den Preis der Erstgeburt erwerben könne, einerlei, ob beide Güter von gleichem Wert seien. Ein symbolischer Kaufpreis genüge vollauf, meinte Jakob, und Esau ging zufrieden von dannen. – An dem Tag, an dem Jakob das berühmte Linsengericht kochte und Esau nach der Jagd mal wieder vorbeischaute, wurde dann das formelle Kaufgespräch geführt. Esau verkaufte an Jakob sein Erstgeburtsrecht und durfte dafür die Linsen essen. Das Rezept, für das er sich, nachdem es ihm sehr gut geschmeckt hatte, sofort interessierte, bekam er dann natürlich auch. Dieses Rezept gehört auch in die Geschichte, und ich hoffe sehr, daß ich Ihr Linsenrezept nachher von Ihnen bekommen werde«, wandte sich der Schriftsteller an die Gastgeberin. Es wurde ihm sofort zugesagt.

»Ohne den Segen Isaaks galt dieser Handel natürlich noch nicht, und so kam es, daß viele Jahre später, als Isaak alt und *seine Augen dunkel wurden zu sehen*, der Segensschwindel in Szene gesetzt wurde. Isaak, der sich dem Tode nahe fühlte, ließ Esau kommen und trug ihm auf, ein Stück Wild zu erlegen und es zuzubereiten, wie er es gern hatte. Nach kräftigender Mahlzeit wollte er ihn dann segnen. In der Bibel heißt es: *Rebekka aber hörte solche Worte*, aber ich denke mir, daß es heimlichen Lauschens gar nicht bedurfte. Esau wird sofort zu seiner

Mutter und seinem Bruder gelaufen sein, um ihnen die Neuigkeit mitzuteilen.

›Nun seht bloß zu, daß Jakob den Segen kriegt. Laßt euch etwas einfallen. Ich werde mir auf der Jagd Zeit lassen, und wenn ich zurück bin und das Wild gebraten ist und ich nichtsahnend zum Vater gehe, dann muß der Segen schon weg sein.‹

So wurde alles eingefädelt und lief so ab, wie man es in der Bibel lesen kann. Mutter Rebekka ließ Jakob zwei Böcklein schlachten, die sie dann so zubereitete, daß sie nach Wild schmeckten. Einen gesegneten Appetit muß der Segensspender da wohl noch gehabt haben - zwei Böcklein! Dann wurde Jakob als Esau kostümiert und an Hals und Händen mit Böckleinfell umwickelt, damit er so rauh war wie der Erstgeborene. Rebekka also war längst eingeweiht in den Schwindel, hieß ihn gut und unterstützte ihn nach Kräften. Ohne sie hätte all das nicht geklappt. Der blinde Isaak wurde übertölpelt, jedenfalls scheint es so. Er segnete Jakob, den er für Esau hielt, wie er zuvor das zahme Böckleinfleisch für wildes gehalten hatte, und er verfluchte erwartungsgemäß den viel später mit seinem Wildbret eintreffenden Esau. Es kann natürlich sein, daß auch er längst wußte, was gespielt wurde, und sich nur pro forma täuschen ließ, um so den HErrn zu täuschen, der sich seinerzeit beim Arrangement von Erst- und Zweitgeburt wahrscheinlich vertan hatte und deshalb nun auch beide Augen zudrückte beim großen Mischpochenschwindel.

Pro forma regte sich natürlich Esau entsetzlich auf, als der Segen an Jakob vergeben war, und Jakob mußte fliehen und außer Landes gehen, wobei er dann, wie man weiß, zu Laban, dem Bruder Rebekkas, kam, wo er sieben Jahre um dessen Tochter Rahel diente. Und als die Zeit um war, da beschummelte ihn der Onkel und steckte Lea, die ältere Tochter, die mit dem *blöden Gesicht*, ins Brautbett, weil die schließlich als erste an den Mann gebracht werden mußte. Eine Woche später kriegte er dann auch noch seine geliebte Rahel. Aber das ist bereits eine ganz andere Geschichte.«

»Joseph und seine Brüder«, sagte die Gastgeberin.

»Richtig«, sagte der Schriftsteller, der inzwischen die Schokoladenpastete, die es zum Nachtisch gab, mit Behagen verspeist hatte, und steckte sich eine Zigarre an. »Ich gedenke, in der Geschichte, die ich schreiben will, einen großen Sprung zu machen: Joseph ist in Ägypten und Generalbevollmächtigter beim Pharao geworden. Da kommt eines Tages ein ›rötliches Gericht‹ auf den Herrschertisch. Alle verwundern sich, denn so etwas haben sie noch nicht gegessen, aber Joseph erinnert sich sofort, bei seinem Vater Jakob dieses Linsengericht in seiner Kindheit, bevor er von den fiesen Brüdern verkauft wurde, öfter gegessen zu haben. Er fragt nach dem Koch, und der entpuppt sich dann als Josephs leibhaftiger Onkel Esau, der inzwischen nach Ägypten ausgewandert und nun Koch beim Pharao ist. Seinen rauhen Pelz hat er sich mit scharfen ägyptischen Rasiermessern geschoren und sieht nun so zivilisiert aus, daß man den alten Esau in ihm schlechterdings nicht mehr erkennen kann. Davon steht natürlich überhaupt nichts in der Bibel, aber ich finde es sehr hübsch, wenn der erste Teil der rührenden Familienzusammenführung von Joseph und seinen Brüdern und dem alten Jakob wieder durch das ominöse Linsengericht eingeleitet wird. Ja, so werde ich es machen.«

Der Schriftsteller war sehr zufrieden mit sich und steckte seine Zigarre wieder an, die ihm über der schönen Vision ausgegangen war. Und dann bat er um das Rezept für das Linsengericht. Die Gastgeberin diktierte es ihm bereitwillig. Dabei stellte sich allerdings heraus, was schon beim Essen bemerkt, aber nicht erwähnt worden war, daß ein Pfund Kasseler sowie vier Mettwürste einen nicht unwesentlichen Bestandteil ausmachten.

»Das wird Jakob wohl kaum reingetan haben«, bemerkte der Gastgeber. »Schweinefleisch. Da müssen Sie was anderes erfinden.«

»Warum?« fragte der Schriftsteller. »Die mosaischen Gesetze wurden erst Generationen später erlassen, als die Kinder Israels Ägypten wieder verlassen hatten. Und wenn darin der Genuß von Schweinefleisch verboten wird, so folgt daraus, daß man es vorher gegessen haben muß. Sonst wäre das Verbot doch sinnlos gewesen. Warum soll Jakob nicht gepökeltes Schweinefleisch gegessen haben? Nur ›Kasseler‹ wird er es damals noch nicht genannt haben. Die Mettwürste lasse ich lieber weg.«

»Man muß sich zu helfen wissen als Schriftsteller«, sagte der Gastgeber.

»Ja«, meinte der Schriftsteller. »Sonst kann man es gleich lassen.«

Das Leid der Verkleinerung

Wieviel Kurzweil und überraschende Begegnung bringt doch das Reisen! Wohl bleiben mancherlei Beschwernisse und zuweilen auch ein heftiger Ärger nicht aus, doch zeigt es sich nicht selten, daß gerade diejenigen Vorkommnisse, über die man besonders sich erregt, weil sie den vorgenommenen Plan durcheinanderbringen oder gar zunichte machen, oft eine Wendung nehmen, die alle ungünstigen Empfindungen vergessen lassen. Im nachhinein preist man dann gar ein Mißgeschick, weil ohne sein Eintreten ein besonderes, vielleicht unvergeßliches Erlebnis gleichfalls nicht eingetreten wäre.

Wie verwünschte ich an jenem Novembertag die Ungeschicklichkeit unseres Postillion, der nicht mehr allzu fern von Baden-Baden, dem Ziel meiner Reise, in einer Kurve den Wagen umwarf, so daß ihm die Achse brach. Nachdem alle Reisenden dankbar festgestellt, daß außer ein paar Beulen und Kratzern kein ernstlicher Schaden entstanden war, machte sich, so ist nun einmal die menschliche Natur beschaffen, sogleich Unmut breit, daß es unmöglich sein werde, an diesem Abend noch die Reise zu endigen. Ehe ein neues Gefährt heran war, würde so viel Zeit vergangen sein, daß sich der Aufbruch nicht mehr lohnte. Wir konnten froh sein, daß ein Fuhrmann, der mit leerem Lastwagen des Weges kam, sich erbot, unser Gepäck und auch uns auf sein unbequemes Fahrzeug zu nehmen und bis Gaggenau zu fahren, wo er uns den Gasthof ›Zum Ochsen‹ für die Nacht sehr angelegentlich empfahl.

Verdrießlich, nach einem durchaus nicht unangenehmen Hirschragout, saß ich in der Gaststube vor einem Glas Württemberger Weines und schaute der flinken Kellnerin zu, welche die unerwarteten Gäste mit großer Freundlichkeit bediente. Auch war sie nicht unansehnlich, und ich versuchte, mich ein wenig dadurch zu erheitern, daß ich mir in der Phantasie ein Bild von ihr malte, das sie gänzlich ohne Hüllen zeigte. Es war ein müßiges Vergnügen, das wußte ich selber, denn es würde mir nicht gelingen, die hübsche Magd, auf die ich, je länger ich ihr zusah, immer heftigere Lust bekam, mir für diese Nacht zu verbinden. Ich trank, um möglichst oft das Vergnügen ihrer Bedienung zu haben, ein Glas nach dem anderen, und so kam es, daß der Wein, als der Abend später wurde, meine Zunge löste und ich, ganz gegen meine sonst recht schweigsame und Fremden gegenüber eingezogene Art, den jungen Kaufmann ansprach, der neben mir am Tische saß und schon viele Stunden lang in einem Buche gelesen hatte, wobei er dem Weine gleichfalls unermüdlich zusprach.

Ich machte ihm gegenüber eine lockere Bemerkung über das entzückende Mädchen, aber dieses Thema schien ihn nicht im mindesten einzuladen. Mit säuerlicher Miene gab er mir einige halbwegs höfliche Antworten und vertiefte sich sogleich wieder in seine Lektüre.

»Ei«, sagte ich, nun schon recht bezecht, indem ich das Buch an mich nahm und seinen Titel betrachtete, »was lesen Sie denn da? Schopenhauer? Das ist aber nun keine belustigende Lektüre für einen angehenden Erfolgs- und Weltmann.«

Er lächelte nachsichtig, und ich bedauerte ihn im stillen recht herzlich, weil er mir nun ganz fraglos als ein Patient erschien, der von der philosophischen Krankheit befallen war. Wie sehr irrte ich! Aber der geneigte Leser wird es mir nachsehen, daß ich nicht darauf kam, was es mit ihm auf sich hatte, denn zu unerhört in der Tat war das Schicksal, das ihm begegnet war, als daß man es auch mit der tollsten Phantasie hätte erfinden können. Es dauerte lange, ehe er sich mir offenbarte, noch viele Gläser roten und weißen Württemberger Weines mußte die schöne Kellnerin herbeitragen, ehe sich seine Zunge löste und er mir mit leiser Stimme von seinem Leid erzählte.

Jung verheiratet und mit seinem geliebten Weibe alle Freuden des Ehelebens durchkostend, war er vor drei Jahren beim Stöbern auf dem Boden des Hauses, das er vor kurzem für sie beide und spätere Kinder erworben hatte, hinter einem Dachbalken auf ein altes, halbverschimmeltes Büchlein gestoßen, das er mit hinuntergenommen und zusammen mit seiner jungen Frau an mehreren vergnüglichen Abenden mit der größten Belustigung entziffert und gelesen hatte. Dieses Büchlein enthielt, und das war der Grund für ihre Heiterkeit, allen Ernstes Anweisungen zur Zauberkunst, als sei das alles lern- und machbar und schon oft erprobt worden. Besonders einläßlich war dort ein Verfahren geschildert, mittels dessen man sich klein- und wieder großzaubern konnte. Natürlich glaubten sie davon kein Wort, beschlossen aber doch eines Abends, den Anweisungen zu folgen und zum Spaß die beschriebenen Vorkehrungen zu einer Verkleinerung zunächst einmal der Frau zu treffen. Wer beschreibt die Überraschung des Mannes, als plötzlich vor ihm auf dem Tisch die eigene Ehefrau lag, nur eine Spanne lang und nackt, denn das Kleid, auf das sich der Zauber nicht auswirken konnte, hatte sie zuvor ausziehen müssen. Er betrachtete das kleine Wesen mit dem größten Vergnügen, nahm es in die Hand, wendete es hin und her und schaute nach, ob alles daran war, was ihn in originaler Größe immer wieder aufs neue entzückt hatte. Nichts fehlte, und er mußte feststellen, daß ihre Weiblichkeit auch als verkleinertes Spielzeug ihren Reiz keineswegs eingebüßt hatte, ja daß es fast noch mehr in seiner Hose zog und drängte. Währenddessen verwunderte sich das Weiblein über die plötzliche Größe der Gläser und Teller auf dem Tische und spähte schaudernd von der Kante des Tisches in den gähnenden Abgrund hinunter. Da fiel ihm ein, daß sie einmal in einer Laune, die ihn etwas verletzt hatte, auch wenn die Bemerkung, wie sie versicherte, keinesfalls von Unzufriedenheit zeugen sollte, Bezug nehmend auf gute Feen und freie Wünsche, geäußert hatte, daß sie, sollte ihr einmal eine Fee einen Wunsch freistellen, ihn dazu verwenden würde, ihm einen etwas größeren Schwanz zu bescheren. Daran nun dachte er, und weil es sich gerade so schön streckte und bäumte da unten, öffnete er kurz entschlossen den Latz und legte den Michel vor ihr auf das damastene Tischtuch.

Da war sie nun höchstlich entzückt, umfing den strammen Schaft mit beiden Armen und hängte sich daran, und er trug sie im Zimmer herum. Dann schwang sie sich auf das Glied, als sei es ein Pferd, und begann darauf, sich mit den Händen haltend in der locker umspannenden Haut, vorwärts und rückwärts rutschend, zu reiten mit festem Schenkelschluß, daß seine Säfte wallten und schließlich hinausschossen in breitem Strahl in die Kompottschale, die er sorgsam herbeigerückt hatte.

Das war eine schöne Abwechslung und neuartige Pfiffigkeit im Leben ihrer Ehe, aber freilich: Das ungeheure Glied war doch ein wenig zu groß für ihre verlangende Scheide, und so mußte er sich gleichfalls auf ihre Größe zaubern, um eindringen zu können in sie, wie die Natur es vorgesehen hatte. Aber diese Verkleinerung bot doch nichts Neues, denn wenn auch ihre Umgebung gewachsen erschien ins Riesenhafte, so waren sie beide zueinander doch wieder in gleichem Maße, und der Wunsch nach gesteigerter Fülle, der durch die Umarmung des monumentalen Phallus jählings wieder erwacht war, ließ sich nur mühsam durch den gewohnten Umfang befriedigen.

Nun suchten sie eifrig in dem alten Buche nach Zauberformeln für das Vergrößern einzelner Körperteile, aber da ließ sich durchaus nichts finden. Einzelne Körperteile ließen sich mit Hilfe des Zauberbuches zwar verkleinern, nicht aber vergrößern. Da kam der schlauen, lüsternen Frau ein rettender Einfall. Ein Verkleinern im einzelnen kann ein Vergrößern im Ganzen sein, überlegte sie. Wenn ihr Mann nun den Schwanz so verkleinerte, daß er immer noch recht groß war für sie, wenn sie ihren ganzen Körper verkleinerte, lief es darauf hinaus, daß ihr der Stengel größer vorkommen mußte, als es vorher gewesen, und wenn nach dieser Verkleinerung des einzelnen Teiles ihr Mann anschließend den übrigen Körper den Maßen des ihren anglich, dann war doch erreicht, wonach ihr Sinnen stand: zwei gleiche Körper mit einem ungleich größeren Lustspender.

Gesagt, getan. Erst verminderte die Frau vermöge des Zauberspruchs ihre Größe auf eine Spanne, dann ließ er das Glied schrumpfen, das sie derweil in den Armen, dann in den Händen hielt, bis sie, »halt! halt!« rufend, das Zeichen zur Beendigung des Abnehmens gab. Nun fühlte sie sich wirklich angenehm und hinlänglich ausgefüllt. Und jetzt verminderte der Mann, wieder mit Hilfe des vorgesehenen Zauberspruches, seine Körpergröße, um ihr auch im übrigen gewachsen zu sein. Aber da hatten sich beide verrechnet, denn nun schrumpfte auch noch das Glied in gleichem Maße und war überhaupt zu nichts mehr zu gebrauchen. Ein kümmerliches Hängselchen war es nur noch, mit dem bloßen Auge nicht mehr auszumachen. Er mußte sich also wieder großzaubern, um wenigstens dem Zwergenmaße genügen zu können. Soviel sie sich aber auch mühten, den einmal als einzelnes Teil verkleinerten Schwanz wieder zu seiner ursprünglichen, wenn auch beanstandeten Größe zu bringen, es blieb vergebens. Im ganzen Buche fand sich kein Spruch, keine Vorkehrung, das zu erreichen, was für die Körper im ganzen ja doch möglich war. Nun erst entdeckten sie, daß dem Buch einige Seiten fehlten. Zu vorschnell waren sie an die Arbeit gegangen, in der törichten Hoffnung, daß jeder Zauber sich auch wieder werde aufheben lassen.

Es blieb ihnen nichts anderes übrig, als fortan nur so miteinander zu verkehren, daß die Frau sich verkleinerte und, in den unteren Haaren des Riesen sich festkrallend, das Teil sich einverleibte, das nur in diesem Zustand der Ungleichheit ihr gleich und angenehm war. Sie beteuerte, es mache ihr nichts aus, in solch waghalsiger Bergsteigerstellung zu lieben. Die Eheleute erfanden dann auch noch einen Gürtel, den er sich anlegte, an dem sie mit Seilen sich befestigen konnte, um ohne Sorgen um jähen Absturz sich der Liebe hingeben zu können.

Er jedoch hatte wenig Freude davon. Die Lust am kleinen Frauchen war recht bald verflogen, und wenn sie es einmal umgekehrt versuchten, also wenn er sich verkleinerte und sie ihre natürliche Größe behielt, so war das auch eine mühsame, ängstliche und gefährliche Arbeit, denn nun mußte er mit seinem ganzen Körper tun, wozu er sonst seinen fleißigen Diener einsetzen konnte, mußte in selbeigener Person einfahren in den Berg und dort wirken und schaffen, hinauf- und hinunterfahren, in ewiger Gefahr, wegzuglitschen, zu ersticken oder zu ertrinken.

So schilderte mir der junge Kaufmann seine Leiden mit immer beredteren Worten, und längst war die Gaststube geleert, und die schöne Kellnerin gähnte und sah schon längst nicht mehr so fröhlich zu uns herüber. Auch ein weiteres Glas Wein wollte sie uns nicht mehr bringen. Da unterstützten wir einander gegenseitig, um unser Lager aufzusuchen. Vorher aber trieb es uns noch einmal auf den nächtlichen Hof hinaus, wo wir gegen die Mauer den verwandelten Wein entließen.

»Wollen Sie einmal«, begann er während unseres Geschäftes mit zaghafter Stimme, »wollen Sie sich einmal überzeugen, daß ich Ihnen kein Märlein vorgelogen habe?« Und er nahm meine Hand und führte sie durch seinen Hosenschlitz an die Stelle, wo man seine Männlichkeit unter Beweis stellen kann. Aber da war nun gar nichts zu fühlen, und wenn das Fehlen des erwarteten Gehänges sogleich zu der Meinung verführte, man habe es mit einer Frau zu tun, so bot sich dem tastenden Finger auch nicht Furche oder Spalte. Es war verwirrend. Schließlich, die Suche wurde peinlich, schließlich entdeckte ich da etwas zwischen den Kräuselhaaren, etwas wie ein Würmchen, nicht unähnlich einer ausgepellten Nordseekrabbe.

»Ist es das?« fragte ich flüsternd.

»Ja, das ist es. Nun sehen Sie, daß ich kein Seemannsgarn gesponnen habe.«

»Alle Wetter«, sagte ich. »Das ist kleiner als bei einem Neugeborenen. Und das haben Sie erst seit kurzem und nicht etwa schon seit Geburt?«

»Ich schwöre«, lallte der junge Kaufmann.

»Aber ein Grund zum Verzagen ist es doch auch wiederum nicht«, sagte ich, während wir beide uns unsere Hosen wieder zuknöpften, »Sie können jede Frau besitzen, die sie wollen. Sie müssen sie eben nur zuvor kleinzaubern.«

»Eben das ist ja die Perfidie. Meinem Weib gefällt der Zustand sehr wohl, und sie läßt mich nun auch ganz unbesorgt auf Geschäftsreisen gehen. Sie weiß, daß ich ihr nicht untreu werden kann und für ewig nur auf sie und ihr winziges Körperchen angewiesen bleibe, wenn es mir überhaupt zu vögeln beliebt.«

»Wie das? Sie haben doch den Zauberspruch, der Ihnen jede Frau in die rechte Größe bringt.«

»Nein, den habe ich nicht. Das Buch hat meine Frau eines Tages verbrannt, wohl wissend, daß ihr aus diesem Gefahr drohen könnte.«

»Und wie zaubert sie sich nun selber mal klein, mal groß?«

»Überhaupt nicht. Sie hat sich entschlossen, klein zu bleiben, um immer bei mir sein zu können. In einem kleinen Strohköfferchen begleitet sie mich auf allen meinen Fahrten. Auch jetzt befindet sie sich oben auf meinem Zimmer und wartet bereits ungeduldig auf mich. Schlafen Sie gut, mein Herr. Sie sind der erste und werden der einzige bleiben, dem ich mein Leid geklagt habe, und auch das nur, weil wir so viel getrunken haben. Mein Gott, wie ist mir schlecht!«

Er wankte zum Gasthaus zurück und tastete sich die enge Stiege hinauf nach oben in seine Kammer, die unmittelbar neben der meinen war. Auch ich begab mich zur Ruhe und horchte angestrengt auf Geräusche von nebenan. Ich hörte ein Flüstern und Wispern, ein Rascheln und Stöhnen, dann wurde es still. Noch lange mußte ich über seine seltsame Erzählung nachdenken.

Am nächsten Morgen, als der Schaden am Postwagen behoben und wir alle nach dem Frühstück gegen Baden-Baden rollten, saß er mir gegenüber und hatte wirklich ein kleines Strohköfferchen auf den Knien liegen. Der Blick jedoch, mit dem er mich anschaute, war so kalt und abweisend, daß ich es nicht riskierte, ihn zu fragen, ob sie da drinnen sei. In Baden-Baden trennten wir uns fast wie Fremde, und wenn ich nicht meine Hand so lebhaft und verblüfft in seinem Hosenschlitz hätte wühlen lassen, ich müßte fast glauben, ich hätte diesen Aufenthalt und die unbegreifliche Zaubergeschichte geträumt.

Tischlein deck dich

Es war Teo schon bald aufgefallen, daß der einzelne Herr, der das Zimmer rechts neben ihm bewohnte, immer nur das Frühstück einnahm, aber niemals das Abendessen. Ein Mittagessen wurde im Hotel »Hess« in Engelberg nicht angeboten, vermutlich weil die Nachfrage zu gering war, und so bestand immerhin die Möglichkeit, daß der Herr, der übrigens rosig und wohlgenährt aussah, darauf nicht verzichten wollte und anderswo speiste. Aber warum verschmähte er dann das Abendessen und ließ sich den Genuß der wirklich exzellenten Küche entgehen? Wahrscheinlich war er gewohnt, nur eine einzige warme Mahlzeit am Tage zu sich zu nehmen, mittags, und am Abend Butterbrote zu verzehren. Ob er sich die auf seinem Zimmer schmierte? Teo sagte sich, daß ihm das eigentlich völlig schnuppe sein könne, aber wie das im Urlaub eben so ist: Weil man nichts anderes zu tun hat, macht man sich über völlig unwichtige Gäste Gedanken.

Sie grüßten sich, wenn sie sich auf dem Flur begegneten oder beim Frühstück sahen, aber zu einem Gespräch kam es an den ersten Tagen nicht zwischen ihnen. Er sah den Rosigen in solider Wanderkleidung jeden Tag das Hotel verlassen und gegen Abend zurückkehren. Kein Mensch, mit dem Teo hätte unbedingt Bekanntschaft machen müssen. Er wirkte korrekt und gepflegt, aber vollkommen durchschnittlich. Außer der Tatsache, daß er im Hotel nur schlief und frühstückte, war wirklich nichts Bemerkenswertes an ihm. Trotzdem, es ließ Teo keine Ruhe. So lächerlich er dieses Verlangen auch fand, er mußte herauskriegen, warum der Kerl nicht im Hotel aß. Vegetarier vielleicht, Rohköstler oder sonst was Sektiererisches. – Nein. Zum Frühstück nahm er Schinken vom Büffet und sogar kleine Bratwürstchen. Vielleicht zu geizig. Schlug sich morgens die Plauze voll und sparte den Preis für Halbpension. Teo schämte sich seiner Neugier und brachte es nicht fertig, den Rosigen einfach anzusprechen.

Der Zufall führte ihn nach fünf Tagen mit dem Menü-Muffel, wie er ihn jetzt insgeheim nannte, nachmittags in der Seilbahn zum Titlis zusammen. Sie nickten sich zu, schauten ins Tal hinab, und nun gab sich Teo einen Stoß und sagte:

»Jetzt werde ich noch eine schöne kleine Wanderung machen, und dann mit Appetit zum Abendessen.«

»Ja, das tun Sie nur. Das ist gut.«

»Ich habe Sie noch nie am Abend im Speisesaal gesehen. Sie essen nicht im Hotel?«

»Nein.« Er hatte mit der Antwort gezögert. Offensichtlich waren ihm Teos Fragen lästig. Er blickte angestrengt aus dem Fenster der Gondel. Jetzt nicht ablassen! Noch wußte er ja nichts, was er nicht schon vorher gewußt hatte.

»Sie gehen in ein anderes Restaurant?«

Der Mann errötete. Es war deutlich zu sehen. Er errötete und hielt sich hüstelnd die Hand vor den Mund. Dann antwortete er leise: »Ich verpflege mich selbst.«

»Das ist ...« stotterte Teo, »das ist natürlich ... auch nicht schlecht. Da hat man ... da weiß man ... da weiß man, was man hat.« Die Situation war hoffnungslos verfahren.

»Ja«, sagte der Mann nur noch, und dann sprachen sie nichts mehr, und als sie bei der Station angekommen waren, trennten sie sich wortlos.

Schon am selben Abend traf er den Kostverächter, wie er ihn nun bei sich nannte, in der Bar des Hotels, wo dieser an allen Abenden zuvor noch nie gesessen hatte. Ein alter, überaus charmanter Pianist unterhielt die Gäste mit unaufdringlicher Musik. In einer plötzlichen Regung trat Teo an den Tisch, wo der Kostverächter allein vor einem Glas Whisky saß, und machte eine kleine Verbeugung:

»Ich habe mich noch gar nicht vorgestellt, und wir wohnen doch Tür an Tür. Ich darf es nachholen: Gardeleben.«

»Poretzky«, sagte der Nachbar, der jetzt nicht nur rosig, sondern regelrecht rötlich aussah, und lüftete sich ein wenig vom Sessel. »Nehmen Sie doch Platz. Ich lade Sie zu einem Drink ein.«

Teo Gardeleben setzte sich. Dieser Poretzky hatte offensichtlich schon etwas mehr als einen Whisky getankt. Man merkte es an seiner Stimme.

»Ich fühle mich hier wohl, sauwohl. Ja, heute abend geht es mir gut. Nach langer Zeit geht es mir wieder gut. Richtig gut. Das muß ich feiern. Prost! – Ach, Sie haben ja noch nichts. Was trinken Sie denn? Auch einen Whisky?«

Teo nickte, und Poretzky bestellte ihm einen. Der würde sich jetzt wahrscheinlich pausenlos ergießen, ihn total zulabern. Das war eben die Strafe für seine Neugier. Er machte sich auf eine lange Sitzung gefaßt.

»Ich bin heute von einer schweren Plage erlöst worden«, begann Poretzky mit sichtlicher Vorfreude auf seinen Bericht. »Ich habe meinen Quälgeist verschenkt. Morgen wird er abgeholt, und dann bin ich ihn los.« Er schwieg, um Teo zu der Frage zu ermuntern, was für ein Quälgeist das denn sei. Teo liebte diese Art von Eröffnungstaktik gar nicht, aber damit es weiter ging, fragte er.

»Mein Tischlein-deck-dich«, sagte Poretzky und provozierte damit schon wieder eine Frage. Offensichtlich hatte er Spaß daran. »Jaja, ein richtiges Tischlein-deck-dich, genau wie im Märchen. Das habe ich besessen. Das besitze ich noch. Bis morgen besitze ich es noch. Sie können es mir glauben oder es auch bleiben lassen. Beweisen kann ich es Ihnen nicht, und das erschwert meine Position. Ich will Ihnen erzählen, woher ich es habe und wie es funktioniert. Ich habe es vor drei Jahren von einem gastritischen Fagottisten geschenkt bekommen, den die Ärzte auf strengste Diät gesetzt hatten, eine Diät, die das Tischlein nicht liefern wollte; und so trennte er sich davon, weil er es nicht mehr brauchen konnte.«

»Einfach so geschenkt?« fragte Teo belustigt. »So ein Tischlein hat doch sicher einen irren Wert. Warum hat er es nicht verkauft?«

»Geht nicht. Das Tischlein kann nur verschenkt werden. Wenn man Geld dafür nimmt, funktioniert es beim neuen Besitzer nicht. Woher der Fagottist es hatte, weiß ich nicht. Wahrscheinlich existiert es schon ziemlich lange. Es besteht aus einer Platte von poliertem Nußbaum und hat vier gedrehte Beine, die man abschrauben kann. Alles zusammen packt man in einen alten, schon etwas abgeschabten Koffer aus Seehundsfell, wenn man auf Reisen geht. Ich kann es Ihnen zeigen. Ich habe es oben in meinem Zimmer.«

»Dann könnten Sie es mir ja auch vorführen«, meinte Teo grinsend.

»Nein. – Das Tischlein arbeitet nur für seinen Besitzer und nur dann, wenn kein anderer im Raum ist. Ich könnte Ihnen nicht mal eine der Speisen, die es bietet, aus dem Zimmer herausholen. Das habe ich alles versucht. Man braucht nur eine Platte oder eine Schüssel aufzuheben, um damit zur Tür zu gehen, schon lösen sie sich in Luft auf. Was habe ich nicht alles versucht, um anderen, die mir nicht glaubten, einen Beweis zu liefern. Sie können, wenn ein herrlich duftender Braten auf dem Tischlein steht, nicht einmal durchs Schlüsselloch oder die Ritzen der Tür etwas riechen. Einmal habe ich mich in einem Zimmer nahe ans Fenster gesetzt und die Vorhänge offengelassen. Erst klappte alles wie gewohnt, aber als im gegenüberliegenden Haus mein Freund mit seinem Fernglas ans Fenster trat, um auf den Tisch zu schauen, war schlagartig alles verschwunden, sogar die Gabel mit dem Bissen, den ich grade zum Munde führen wollte. Woher das Tischlein merkt, daß es beobachtet wird, kann ich nicht sagen.«

»Sie sind ja ein toller Märchenerzähler.«

»Sehen Sie, das ist es. Man glaubt mir nicht. Jeder meint, ich binde ihm einen Bären auf. Das ist meine Tragik.«

»Mit so einer Tragik läßt sich aber doch ganz gut leben. Sie haben immer satt zu essen, brauchen nichts einzukaufen, nichts zu kochen. Wie geht das überhaupt? Melden Sie morgens Ihre Wünsche an, oder bestimmt das Tischlein, was es gibt?«

»Es ist so: Das Tischlein serviert jeden Tag eine warme Mahlzeit. Frühstück und Abendbrot kriegt man nicht. Man kann sich auch nichts wünschen. Aufs Tischlein kommt, was das Tischlein will. Man kann sich nur überraschen lassen. Den Zeitpunkt für die Mahlzeit kann man frei bestimmen. Wichtig ist nur, daß man überhaupt etwas ißt, jeden Tag etwas ißt. Man kann einiges liegenlassen, das macht nichts, aber es empfiehlt sich schon, nicht nur pro forma einen Bissen zu nehmen. Ein halbes Tellerchen voll sollte es schon sein.«

»Wer bestimmt denn das? Etwa das Tischlein?«

»Richtig. Das Tischlein. Wenn man an einem Tag seine Dienste nicht beansprucht, bekommt man am nächsten

Tag garantiert etwas vorgesetzt, was man nicht mag, also ein Gericht, von dem man bei früherer Gelegenheit so gut wie nichts gegessen hat. So was merkt sich das Tischlein. Das soll eine Strafe und Warnung sein. Ißt man am zweiten Tage auch nichts, kann man damit rechnen, daß am dritten alles versalzen, angebrannt, zähe oder zerkocht ist. Das muß man dann allerdings mit Todesverachtung runterwürgen, denn wenn man auch am dritten Tag nichts ißt, stellt das Tischlein seine Tätigkeit für sieben Jahre ein. So weit habe ich es noch nie kommen lassen, also noch nicht persönlich erlebt. Das gehört zu den Informationen, die ein Besitzer an den nächsten weitergibt. Wenn man nicht wenigstens drei Löffel und drei Gabeln voll verzehrt, nimmt das Tischlein das übel, und bei der nächsten Mahlzeit ist irgendwas verpatzt.«

»Ein launisches Tischlein«, lachte Teo.

»Es setzt einem ganz schön zu im Laufe der Jahre. Das können Sie mir glauben. Ich bin froh, daß ich es jetzt loswerde. Wenn man regelmäßig und mit gutem Appetit futtert, ist das Essen tadellos, äußerst schmackhaft und abwechslungsreich. Mit einer Einschränkung allerdings: Es serviert nur Gerichte, die im 19. Jahrhundert im westfälischen Münsterland gegessen wurden. Darunter sind natürlich viele Sachen, die es auch anderswo gibt: Forelle blau, Forelle Müllerin, Karpfen, Wildente, Fasan, Hase, Schweinebraten, aber dann solche speziellen Dinge wie Pfeffer-Potthast, Töttchen, Saure Rolle, Blutwurst mit Zunge, westfälisches Blindhuhn, Knisterfinken, Wuortelpott. Wahrscheinlich stammt das Tischlein aus der Gegend um Münster. Französische und italienische Küche sind ihm völlig unbekannt. Wer zwei warme Mahlzeiten am Tag verkraften kann, für den ist das kein Problem. Erst am Tischlein speisen, dann auswärts. Oder umgekehrt. Oder man nimmt nur so viel vom Tischlein, daß es nicht beleidigt ist, und geht dann zum Italiener, Griechen, Jugoslawen oder Chinesen. So habe ich es oft gemacht.«

»Das klingt doch alles wunderbar. Was für Probleme haben Sie denn mit dem Tischlein?«

»Richtig klar wird es einem erst im Laufe der Zeit. Anfangs ist man hingerissen von den kulinarischen Leistungen des Tischleins. Was man bisher für ein Märchen hielt, gibt es wirklich. Erst später merkt man, daß das Tischlein nur etwas für konsequente Junggesellen oder Junggesellinnen ist. Es duldet nicht, daß man einen Partner hat. Es vereitelt hinterhältig jeden Versuch, mit einer anderen Person zusammenzuleben. Als ich das Tischlein bekam, hatte ich eben eine Beziehung beendet und noch keine neue angefangen. Ich habe den Zustand wahnsinnig genossen. Ich wurde liebevoll bekocht und konnte mich den Mahlzeiten hingeben, ohne dabei argwöhnisch auf die nächste niederträchtige Bemerkung zu warten. Aber dann lernte ich Moni kennen, Monika, und sofort begann der Ärger. Ich zeigte ihr das Tischlein - mußte ich ja tun, damit sie nicht auf falsche Gedanken kam - und erzählte die Geschichte dazu. Sie war natürlich prompt sauer, daß sie von den Mahlzeiten ausgeschlossen sein sollte, nicht mal sehen durfte, was ich zu essen bekam. Also gut: Ich nahm täglich nur eine symbolische Mahlzeit vom Tischlein und begann wieder, selber zu kochen, für Moni und mich. Prompt ging es los mit den Strafessen. Mit drei Löffeln und drei Gabeln voll begnügte sich das tückische Biest jetzt nicht mehr. Es mußte schon die Hälfte der Mahlzeit sein. Ich habe in der Zeit wahnsinnig zugenommen, aber ich blieb standhaft. Erst speiste ich mit Moni, dann drückte ich mir Münsterländer Kost in den Bauch. Ich hatte das Gefühl ... nein, so war es auch: Das Tischlein-Essen wurde immer schlechter. ›Warum quälst du dich?‹ fragte Moni verständnislos. ›Ignorier doch das Scheiß-Tischlein, wenn dir das Zeug nicht mehr schmeckt.‹ – ›Dann ist es für sieben Jahre nicht mehr zu gebrauchen.‹ – ›Na und? Dann mußt du eben so lange mal selber kochen oder ins Restaurant gehen. Du bist ja vollkommen hörig.‹ – Das stimmte. Ich war hörig. Ich brachte es nicht fertig, das Tischlein in den siebenjährigen Streik zu treiben. Es kam so weit, daß Moni mich vor die Wahl stellte: entweder sie oder das Tischlein. So zerbrach unsere Beziehung. Das Essen war danach wieder hervorragend. Können Sie sich vorstellen, was für eine Plage das Tischlein-deck-dich für mich war? Einen Goldesel oder meinetwegen auch einen Knüppel-aus-dem-Sack hätte ich besser gebrauchen können. Möchte wissen, ob die auch bei jemandem sind. Das Tischlein ist jedenfalls das lausigste von den dreien. Ein Scheißding! Ein elendes Scheißding! Jawohl!«

Herr Poretzky war nun dunkelrot und ziemlich betrunken. Auch Teo Gardeleben sah nach etlichen Gläsern Whisky sein Gegenüber zuweilen schon doppelt. Er legte dem Leidgeprüften seine linke Hand auf die rechte Schulter und tröstete ihn:

»Sie haben es ja nun verschenkt. Sie sind es ja nun los. Also freuen Sie sich doch mal!«

»Ja, ich bin es los. Gott sei Dank! Obwohl es mir, wenn ich ehrlich bin, schon wieder leid tut. Vielleicht werde ich es ja doch behalten.«

»Wem haben Sie es denn geschenkt?«

»Einem sechzigjährigen katholischen Priester. Ich habe ihn hier in Engelberg zufällig kennengelernt. Er kommt aus Münster in Westfalen und leidet sehr unter einer japanischen Haushälterin. Immer diese rohen Fische! Das Tischlein würde ihn sehr glücklich machen. Wahrscheinlich wird er das Tischlein auch glücklich machen. – Könnte sein. Vielleicht wurde es ja ursprünglich für einen katholischen, münsterländischen Priester erschaffen. Wer weiß?«

»Erschaffen? Wer soll es denn erschaffen haben? Der liebe Gott?«

Herr Poretzky dachte angestrengt nach. »Glaube ich nicht. Der hat noch nie so was gemacht. Bleibt nur der Teufel. Tja, wahrscheinlich der Teufel.«

»Dann schenken Sie es ruhig dem Priester«, sagte Teo und stand schwankend auf. »Das ist die beste Lösung. Glauben Sie mir.«

Guten Tag, Frau Holle

In den Brunnen hinab, das ist freilich klar, führt der Weg zu Frau Holle. Auch ich werde, wenn ich das Gespräch mit ihr suche, da hinuntermüssen. Undenkbar, daß sich etwas geändert haben sollte. Daß Frau Holle mit der Zeit gegangen ist – kaum anzunehmen. Das hat sie nicht nötig. Man muß sie nehmen, wie sie ist, oder vergessen. Da sie aber nicht vergessen wurde, wird sie so geblieben sein, wie sie war. Es würde mich enttäuschen, wenn es anders wäre. Zu ihr also und hinab in den Brunnen! Der Heutige hat einen Anspruch darauf, etwas mehr über sie zu erfahren, als das karge Märchen sagt. Zweifelhaftes gibt es da, Ungereimtheiten, und wenn auch die Frau Holle auf ewig so bleibt, wie sie war, so hätte doch unser Wissen über sie zuzunehmen. Auch die Sterne stehen länger am Himmel, als es Menschen gibt, und haben sich kaum verändert, und wieviel größer ist heute unser Wissen über sie als vor tausend Jahren! Über Frau Holle – wir sollten uns schämen! – wissen wir immer noch nicht mehr als die kleinen Kinder. Interviews, Interviews! Allüberall Interviews. Wer noch nicht interviewt wurde, ist selber schuld. Und Frau Holle? Hinab in den Brunnen, sage ich mir, auf zu Frau Holle!

Ist denn jeder Brunnen recht? Münden sie alle auf jener lieblichen Wiese, die ich erwarte? Es müßte so sein, ich vermute es, obwohl es natürlich keinen Beweis gibt. Ob die Tiefe dabei eine Rolle spielt? »Tief ist der Brunnen der Vergangenheit.« Ob Frau Holle Thomas Mann gelesen hat? Unsinn, Schluß! Solche Flachsereien muß ich mir aus dem Kopf schlagen. Dafür hat Frau Holle nichts übrig. Wer es aus seinem Plumeau auf die ganze Welt hinunterschneien läßt, der hat weder Literatur noch ironische Späße im Kopf. Es wird mir zwar schwerfallen, solche unangebrachten Bocksprünge zu unterdrücken, aber einer Elementarperson vom Rang der Frau Holle gegenüber muß man geraderen, schlichteren Sinn zur Schau tragen. Das schärfe ich mir ein. Und nun vertraue ich darauf, daß wirklich alle Brunnen zu ihr führen, und werfe mich in den gut erhaltenen Schachtbrunnen eines westfälischen Bauernhauses bei Haselünne, nachdem ich eine Notiz auf meinem Schreibtisch zurückgelassen habe, aus der man ersehen kann, daß ich, falls mein Sprung ein tragisches Ende nehmen sollte, nicht als Selbstmörder gesprungen bin, sondern als Besucher von Frau Holle.

Ich verliere die Besinnung. Ich merke gerade noch, wie ich die Besinnung verliere. »Gottlob, ich verliere die Besinnung«, kann ich mir eben noch selber sagen, denn auch die Mädchen im Märchen, das faule wie das fleißige, verlieren die Besinnung, so steht es zu lesen, und schon habe ich die Besinnung verloren und wache sofort auf.

Ich sitze mit etwas blödem Kopf auf einer blühenden Wiese. Hei, da gäb's zu botanisieren, wenn ich mich darauf verstünde! So viele verschiedene Gräslein, Kräuterlein, Blümelein sah ich noch nie beieinander. Urwiese, Wiese schlechthin, Traumwiese, *locus amoenus*, und doch ganz wirklich, ganz nah und duftend, einladend zu endlosem Verweilen. Quellen murmeln, zwei Bächlein, handbreit, umfließen meinen Sitzplatz, vereinigen sich zu meinen Füßen, gurgeln in eine Senke hinunter. Blauer Himmel, wolkenlos, schwalbendurchzogen. Bin ich von da heruntergefallen? Oder heraufgefallen durch eine der Quellen? Hügeliges Land, Baumgruppen, Gebüsche, ganz fern die dunkle Masse eines Waldes. Ob dort Rotkäppchens Großmutter wohnt, der Wolf? Ach was! Dies ist Frau Holles Land, das Holleland. Holland? Stammt Frau Holle aus Holland, hat sie Holland erfunden? – Käse! Hör auf mit der Blödelei! Du stehst auf mythischem Boden, nimm dich zusammen!

Ich raffe mich auf und gehe vorwärts mit knickrigen Beinen, atme tief durch. Eine tolle Luft hier! »Es war einmal eine Luft . . .« Märchenluft. Ich stapfe über die Wiese, durchquere ein kleines Gebüsch, sehe ein paar Eichbäume vor mir, und dahinter – ich bin herzklopfend beruhigt – stoße ich auf ihn. Ich befinde mich auf dem richtigen Weg: der Backofen. Er steht ziemlich unvermittelt und beziehungslos im Gelände. Kein Haus weit und breit. Da ich ja nun die Zusammenhänge kenne, frage ich mich um so mehr, warum die Frau Holle ihren Ofen in diese Einsamkeit gesetzt hat. Um sich zu Spaziergängen zu zwingen, sich Bewegung zu verschaffen durch einen kleinen Trick. Frau Holle, das unterstelle ich einfach mal, ohne sie gesehen zu haben, ist mollig. Ich habe sie mir jedenfalls immer so vorgestellt. Da schaffen die notwendigen Wanderungen zum Brotofen ein wenig Ausgleich. Ich betrachte den Ofen. Er sieht aus wie der, den sich mein Freund Dr. Harro Schmitz-Mayen im Garten hinter seinem Bungalow im letzten Jahr gebaut hat, um Steinofenbrot aus selbstgemahlenem Mehl darin zu backen. Genau so. Der war doch nicht etwa schon vor mir hier und hat ein Buch über Frau Holle schon fertig, ehe ich . . .

Still! Da wird gesprochen! Das Brot! Das Brot muß ja jetzt reden. Und wirklich, es redet: »Ach, zieh mich raus, zieh mich raus, sonst verbrenn ich: Ich bin schon längst ausgebacken.« Also noch immer die gleiche Platte. Übrigens spricht das Brot im Chor, das kann man ganz deutlich hören. In diesem Punkte sind die Brüder Grimm ungenau, das hatte mich schon immer gestört. »Das Brot aber rief . . .« Welches Brot? Es ist ja nicht nur eins im Ofen, wie sich gleich zeigt. In welchem Brot aber soll sich die Stimme befunden haben? Nahm Grimm einen Brot-chef an, einen Anführer der Brote, der für alle sprach? Neinnein, dann hätte er »wir« sagen müssen und »uns«. Auch die Europäische Märchengesellschaft hat mir auf Anfrage dies Problem nicht befriedigend lösen können. Verschiedene Theorien, wie immer. Na ja, nun ist alles klar: ein Chor, ein sehr präzise sprechender Chor, so daß die ungeschulten Ohren der beiden Mädchen sich täu-schen ließen. So ist es.

Ich trete hinzu, bediene mich des Brotschiebers und hole alles nacheinander heraus. Ich überlege einen Augen-blick, ob ich von dem Brot versuchen soll. Ob man das darf? Man kann kaum widerstehen. Es ist freilich noch zu heiß, um es zu essen, aber man könnte ein Stück abbre-chen und als Wegzehrung mitnehmen auf den weiteren Marsch. Die vorbildliche Jungfrau ist offenbar nicht auf den Gedanken gekommen. Darin hat sie sich wohl auch als vorbildlich erwiesen. Überhaupt: Könnte es nicht sein, daß dieser Ofen lediglich ein pädagogischer Ofen ist, der zu Prüfungszwecken erbaut wurde und nur im Be-darfsfall, also wenn jemand in einen Brunnen gesprungen ist, angeheizt wird? Dann entfielen natürlich die Überle-gungen bezüglich der Gewichtsregulierung bei Frau Holle. Keiner ißt das Brot, auch Frau Holle nicht. Es ver-schimmelt da im Gras, vergammelt, vertrocknet, wird von den Vögeln verpickt, was weiß ich.

Weitergehend, denke ich über den Brotchor noch ein wenig nach. Ich werde, sollte ich wieder auf die Erde zu-rückkehren, an die Herdindustrie schreiben, Neff, AEG und so weiter. Der sprechende Backofen wäre doch eine schöne Sache für Leute, die schon alles haben. Der Braten ruft mit tiefer Rinderstimme oder schweinisch grunzend, daß er gar ist. Wird vorher programmiert, und die Gäste sind entzückt. Die zart flötende Kuchenstimme, der Auflauf-Chor mit Nudel-, Käse-, Schinkenstimmen. Der röhrende Hirsch in der Backröhre. Laß das Kalauern sein! Du wirst noch scheitern bei Frau Holle. Weiterschreiten!

Da ist auch schon der Apfelbaum, und nun heißt es aufgepaßt, wer wird hier reden, der Baum oder die Äpfel.

»Ach schüttel mich, schüttel mich, wir Äpfel sind alle miteinander reif.«

Wie bei Grimm. Derselbe Unsinn. Ja, wie denn nun? Mich? Wir? Da redet doch nicht der Baum allein. Das ist ein komplettes Durcheinander. Ich verlange, daß man es wiederholt, und dieser Bitte wird entsprochen, mit einem leisen Unterton von Beleidigtsein. Warum stelle ich mich so an? Ich kenne doch den Text. Aber nun ist es ganz deutlich. Der Baum, tiefe, etwas heisere Stimme, sagt: »Ach schüttel mich, schüttel mich.« Mehr nicht. Die Äpfel aber: »Ach schüttel ihn, schüttel ihn, wir Äpfel sind alle miteinander reif.« Sie haben helle, saftige Stimmchen. In der Stärke unterschieden je nach der Größe der einzelnen Früchte. Auch sind sie ja unterschiedlich weit von mir entfernt. Das bedingt den Eindruck eines gewissen Durcheinanders. Aber nun ist alles geklärt. Es hätte mich auch gewundert, wenn Frau Holle, denn sie nur kann den Text verfaßt haben, sich stümperhafter hätte anstellen sollen als ein Opernlibrettist. Zugleich! Tenor: »Ich freue mich!« - Sopran: »Du freuest dich.« - Chor: »Er freuet sich.« Ich bedanke mich für die Wiederholung, zeige mich höflich, dann schüttle ich den Stamm, und es fällt alles herunter. Ich bekomme auch einige Äpfel auf den Kopf, jawohl. Die faule Jungfrau hatte gar nicht so unrecht mit ihrer Befürchtung. Einen Schutzhelm hätte Frau Holle wirklich an den Baum hängen sollen. Gab es doch damals auch schon, Ritterhelme. Ich sehe mich um. Nichts.

Diesmal widerstehe ich nicht und beiße in einen der Äpfel hinein. Holzig. Das hätte man sich denken können. Wer schüttelt auch wertvolle Qualitätsäpfel einfach so vom Baum? Es sind pädagogische Äpfel, harte, pädagogische Prüfungsäpfel. Und ich gehe weiter.

Es ist ein weiter Weg, hügelauf, hügelab. Die Sonne brennt wie oben auf der Erde. Oben? Na einerlei. Sie brennt. Der Schweiß rinnt mir in den Nacken. Habe ich mich verlaufen? Gerate ich gleich in ein anderes Märchen? Aber da schiebt sich mit jedem Schritt hinter einer Tannengruppe ein Jägerzaun hervor, ein Dach, ein Schornstein, ein Häuschen mit grünen Fensterläden und sanften Mullgardinen. Eines der Fenster ist erwartungsgemäß geöffnet und wird ausgefüllt von Frau Holle. Ich weiß, daß sie es ist. Bereits die faule, im Volksmund auch Pechmarie genannte Jungfrau wußte es aus dem Bericht ihrer Stiefschwester.

Riesig, unregelmäßig, schief ragen ihre Zähne aus dem Mund, auch wenn er geschlossen ist. Da kann man sich schon fürchten. Zahnklammern gab es eben noch nicht in Frau Holles Kindheit. Ich versuche, mir Frau Holle als Kind vorzustellen, und rufe mich sofort zur Ordnung.

»Guten Tag, Frau Holle«, sage ich und trete beherzt näher. Sie lächelt, rückt ihre Haube zurecht und lädt mich ohne Umschweife in ihr Haus ein. Ich bin am Ziel. Wenn man erst einmal drinnen ist, kommt einem alles viel größer vor, als es von außen den Anschein hatte. Sie führt mich in ihr Wohnzimmer, wo es nach Kaffee duftet und Kuchen. Von hinten sieht sie aus wie eine riesige Kaffeekanne in gerüschtem Wärmer. Silberne Löckchen quellen überall aus der Haube hervor. Auch mit einer Wolke hat sie Ähnlichkeit. Ihre Zuständigkeit für den Schnee leuchtet unmittelbar ein. Was mich überrascht, ist ihre Einrichtung: reines Biedermeier. Wie das denn nur? Ein Sofa mit geschwungener Lehne und gestreiftem Bezug, runder

Tisch mit Spitzendecke, Stiche an den Wänden. Tischbein? Chodowiecki? Wie reimt sich das zusammen? Was hatte ich denn erwartet? Mittelalter? Germanische Frühzeit? Na, doch irgendwie altdeutsch-rustikal von möglichst unbestimmtem Zeitbezug. Aber nun Biedermeier? Hat sie sich nach dem Erscheinen der Kinder- und Hausmärchen neu eingerichtet, Tantiemen von den Brüdern Grimm bezogen?

»Wie kommen Sie zu diesen schönen Möbeln? Das ist doch gar nicht Ihre Zeit.«

»Wenn du bei mir bleibst, wird es dir gut bei mir gehen. Ja, es ist schön hier.«

Ich stelle fest, daß sie auch Eigenes sagen kann und nicht wörtlich auf die Brüder festgelegt ist. Da läßt sich hoffen, daß ich doch noch etwas aus ihr herausbringe, auch wenn sie meine Frage bezüglich ihrer Einrichtung offensichtlich nicht verstanden hat.

Nun nötigt sie mich zu Tisch, schenkt mir Kaffee ein in Nymphenburger Porzellan. Kaffee mit Zichorie. Es gibt Windbeutel und zartes Nußgebäck, Waffeln mit Konfitüre und Puderzucker, Gugelhupf und Streuselkuchen. Und ich muß zulangen. Mir geht die Puste aus. Unglaublich, was sie sich alles mit mildem Lächeln zwischen ihren großen Zähnen hindurchschiebt. Ich versuche zunächst einmal klarzustellen, daß ich nur auf einen Besuch zu ihr gekommen bin und nicht die Absicht habe, ihr zu dienen und die Federbetten zu schütteln.

»Das wird sich finden«, sagt sie. »Die Betten müssen immer fleißig geschüttelt werden, daß die Federn fliegen, dann schneit es in der Welt; ich bin die Frau Holle.«

»Das weiß ich. Aber was machen Sie, wenn Sie keine Hilfskräfte haben? Schütteln Sie dann Ihre Betten selber, oder wie?«

Sie schaut mich an, schaut durch mich hindurch,

lächelt durch mich hindurch, steckt mit weißen Fingern einen Krümel Streuselkuchen in den Mund und spricht:

»Die Fleißigen werden belohnt, und die Faulen erhalten ihre Strafe. Das ist doch ganz einfach. Es muß ja doch schneien auf der Welt.«

Nichts zu machen. Es wäre doch wirklich von allgemeinem Interesse, wenn man auf die Gestaltung der Winter wenigstens Einfluß nehmen könnte. Ich bin gar nicht so überzeugt, daß es immer unbedingt schneien muß. Wie ist es denn im Sommer? Werden da die Betten nicht geschüttelt? Verreist Frau Holle dann in die Sommerfrische? Und wenn alles nur davon abhängt, wie faul oder fleißig die Dienstboten sind, dann könnte man das ja irgendwie steuern. Man läßt Beauftragte mit unterschiedlichen Direktiven in den Brunnen springen. Mal lautet die Parole: schütteln, was das Zeug hält, mal: so tun, als sei man faul. Dienstbotenwechsel je nach Erfordernis. Sie hört mir überhaupt nicht zu. Sie spricht von Federn und Schnee, von Kuchen und Schlagsahne und fragt, was es denn zum Abendbrot geben soll. Sie ist mächtiger als ich. Ich komme mir albern vor mit meinen Problemen. Die frechste Frage, die mir kommt, verbeiße ich: Ist es nicht ein Zeichen dafür, daß die Inletts von Ihren Federbetten hoffnungslos zerschlissen sind, wenn dauernd die Federn rausfliegen beim Schütteln, und wie können Sie das als ordentliche Hausfrau mitansehen? – Nein, das kann ich wirklich nicht fragen. Die Frage muß ungeklärt bleiben. Jeder wird das einsehen.

Immerhin versuche ich der Frau Holle zu erklären, daß ich ein Schriftsteller bin, auch für Zeitschriften arbeite gegen Bezahlung, und daß es ein mühsames Brot sei, immer etwas Originelles aufzutreiben, und daß ich so auf die kühne Idee gekommen sei, in einen Brunnen zu springen und sie zu besuchen – und später darüber zu schreiben natürlich.

»Jaja«, sagt sie freundlich. Und ob ich denn mal ein schönes Stück Brot mit Gänseschmalz und Harzerkäse essen wolle. Das mache so recht Appetit zwischen den Mahlzeiten. An einem Schnäpschen solle es auch nicht fehlen.

Ich esse, ich esse ohne Unterbrechung. Ich sitze auf dem Biedermeiersofa und stopfe alles in mich hinein, und Frau Holle schwebt milde herein und hinaus, trägt Schüsseln mit Klößen, Piroggen, Pasteten, Filets und Keulen, Rotkohl und Bohnen, Grießbrei und Pflaumenkompott auf weichen Armen. »Gesottenes und Gebratenes« heißt es bei Grimm. Mein Gott, wenn ich das geahnt hätte. Ich kann nicht mehr. Sanft lächelnd kaue und schlucke ich. Ich rede schon lange nichts mehr. Vielleicht hält man das überhaupt nur aus, wenn man jeden Tag acht Stunden lang die Betten schüttelt, bis die ganze Welt in Schnee versinkt. Aber die faule Jungfrau ... Früher vertrug man eben mehr. Wenn man nur an Ludwig den Vierzehnten denkt ... Mir fallen die Augen zu. Ich schlafe wohl schon in der Sofaecke. Dann wache ich noch einmal auf, es ist dunkel um mich herum, ich taste, fühle ein mächtiges Federbett, hochaufwachsend über mir wie ein Felsmassiv. Schwacher Schein von rechts: ein Fenster. Der eine Flügel etwas geöffnet. Ein Windhauch. Frau Holle hat mich zu Bett gebracht. So weit ist es gekommen.

Als ich nach tiefem Schlaf erwache, steht die Sonne hoch am Himmel. Ich springe auf. Meine Sachen liegen säuberlich auf einer Truhe. Mein Hemd sieht gewaschen aus, hat einen altertümlichen Duft. Lavendel? Ich ziehe mich an, steige eine Treppe hinunter und komme wieder in das Wohnzimmer von gestern. Auf einen guten Kaffee hätte ich nun schon Lust, aber der Tisch ist für das Mittagessen gedeckt, und Frau Holle kommt zur Tür herein mit einer Schüssel voll Hühnersuppe. Ich habe das Frühstück verschlafen, und Frau Holle ist nicht die Frau, die damit auf einen wartet. Alles zu seiner Zeit. Wo käme man sonst hin! Dann schneite es schließlich wirklich noch im Sommer.

Ich esse aus Höflichkeit einen Teller Suppe, nehme widerstrebend auch noch etwas von der Forelle und vom Fasan, lehne das Wildschwein jedoch entschieden ab und erkläre, meine Zeit sei nun um. Ich bedanke mich überschwenglich für die Gastfreundschaft und will mich verabschieden. Das Gespräch mit Frau Holle wird doch nichts mehr bringen.

Sie steht auf, geht mir voran, will mich geleiten. Wir gehen durch den Garten und stehen plötzlich vor einem hohen Tor. Mein Gott! Auch das noch! Jetzt kommt das Gericht. Und dabei bin ich doch überhaupt nicht ihr Knecht gewesen, kann also gar nicht gemessen werden an ...

Da kippt schon der Eimer, und es strömt schwarz hernieder. Pech!

Fast augenblicklich bin ich wieder daheim. Ich sitze an meinem Schreibtisch. Wie komme ich dahin? Es ist kein Traum. Ich brauche nur meinen Anzug anzusehen, meine Hände. Alles schwarz. Ich gehe hinüber ins Badezimmer, um die Bescherung im Spiegel zu betrachten. Schwarz. Alles. Das Gesicht, die Haare. Erst mal die Klamotten ausziehen, die werden ja wohl einiges abgehalten haben. Irrtum. Auch darunter ist alles eingeschwärzt. Das geht ja nun niemals ab, das weiß man. Trübsinnig kehre ich in mein Arbeitszimmer zurück.

Wie haben sie das nur mit der Goldmarie gemacht? Die war doch ganz mit Gold überzogen. Ich erinnere mich, einmal ein Puppenspiel gesehen zu haben, da hatte die Puppe nachher nicht nur goldene Kleider, sondern auch ein goldenes Gesicht. Ging das denn wenigstens ab? Ganz sicher! Knick! Ein goldenes Fingernägelein. Das gibt Speis und Trank für acht Wochen. Knack! Ein Nasenspitzchen! Dafür kauft man Weihnachtsgeschenke für alle Anverwandten. Und so immer weiter, und überall, wo man knickt und knackt, kommt die rosarote Pfirsichhaut wieder zum Vorschein. Es sollte ja schließlich eine Belohnung sein.

Ich beschließe, mich in mein Schicksal zu fügen. Man hat mich bestraft. Ich hätte das voraussehen müssen. Schriftsteller! Das ist doch kein Beruf für Frau Holle. Sie hat das, naiv, wie sie nun einmal ist, mit Faulenzer gleichgesetzt. Das Frühstück verschlafen! Was soll ich tun? Schreiben. Ich lege ein neues Farbband ein und beginne mit meinem Bericht.

»In den Brunnen hinab, das ist freilich klar, führt der Weg zu Frau Holle. Auch ich werde . . .«

Ich bin fertig. Ich habe den ganzen Tag geschrieben, bin nicht hinausgegangen. Das kann ich ja wohl auch nicht. Ich gehe ins Badezimmer, um das Wasserglas zu holen für den Whisky, den ich jetzt brauche. Ich sehe mich im Spiegel. Ich bin beschriftet. Ja, lauter weiße Buchstaben laufen mir über das Gesicht. Wenn ich die Brille aufsetze, kann ich sie lesen:

»In den Brunnen hinab, das ist freilich klar, führt der Weg zu Frau Holle . . .«

Das Weiße der Schrift ist meine Haut, die unter der schwarzen Farbe sichtbar geworden ist, Zeile für Zeile. Ich habe mir alles auf den Leib geschrieben, oder vom Leib herunter? Ringsum freilich steht das Schwarz noch immer, aber indem ich mir das Mirakel anschaue, schließen sich die Lücken nach unten hin. Die Schwärze rückt zusammen, und dafür wird ein breiter Streifen, das ganze Gesicht fast, wieder frei.

Nun weiß ich den Weg. Schreiben, schreiben, fleißig schreiben, bis ich wieder ganz sauber bin bis zur letzten Zehe. Das kann dauern. Aber immerhin. Frau Holle ist doch eine pädagogische Dame.

Erleichtert kehre ich an den Schreibtisch zurück. Da fällt mein Blick auf die Uhr mit der Kalenderanzeige. 20. Oktober? Das kann nicht sein. Am 20. Oktober bin ich in Haselünne in den Brunnen gesprungen. Die Nacht verbrachte ich bei Frau Holle. Also muß es schon der 21. sein. Ich rufe einen Freund an. Klöne etwas herum und frage zwischendurch nach dem Datum: Donnerstag, der 20. Oktober, was denn sonst?

Ich habe es geahnt: Frau Holle lebt in keiner Zeit. Die schöne Chance, so sechs bis sieben - natürlich sieben! - Jahre bei ihr zu bleiben, Kissen zu schütteln und zu futtern und keinen Tag zu altern, habe ich verpaßt. Auch das gute Essen wäre sicher nicht ins Gewicht gefallen. Schade. Jeder kann nur einmal zu Frau Holle. Das ist so im Märchen.

Felderhoferbrücke

»Der Dichter Josef Winckler soll hier auch als Gast leben«, verkündete mein Vater hocherfreut beim zweiten Mittagessen in unserem Ferienhotel. Mir sagte das nichts. Ich war damals zehn Jahre alt und kannte nur Shakespeare. Von dem allerdings lediglich den *Hamlet*, und auch das war nur Zufall. Weil mein Vater plötzlich keine Zeit gehabt hatte, mit meiner Mutter ins Theater zu gehen, und weil die Karten schon gekauft waren und weil meine Mutter gemeint hatte, wenn sie mir das Stück vorher ordentlich erklärte, würde ich es schon verstehen, deshalb kannte ich Shakespeare. Und seit ich Shakespeare kannte, wollte ich nicht mehr Ingenieur werden, sondern Theaterdichter. Ich hatte damals, also im Sommer 1943, schon ein paar Stücke geschrieben, tieftraurige Sachen, in denen es am Ende Tote hagelte, wie sich das für Trauerspiele gehört. Ich wollte nur Trauerspiele schreiben, wie Shakespeare, keine Komödien. Damals wußte ich eben noch nicht, daß Skakespeare auch einer der größten Komödienschreiber gewesen ist, wenn nicht überhaupt der größte.

Dieser Josef Winckler, für den mein Vater so schwärmte und den er unbedingt kennenlernen wollte, wenn er schon im selben Hotel wie wir wohnte, schrieb jedenfalls keine Theaterstücke. Romane waren seine Sache, humorvolle, saftig-kraftvolle Romane. Ich las keine Romane, aber mit einem Dichter zusammen in demselben Hotel zu wohnen, fand ich schon gut. Immerhin, irgendwie war er ja ein Kollege. Man mußte nur herausfinden, wer von den Gästen, die zu Frühstück, Mittag- und Abendessen regelmäßig und pünktlich herbeiströmten, der Dichter Josef Winckler war. Man konnte sich ja nicht gut hinstellen, wenn sich alle über ihre Teller beugten, und mit lauter Stimme fragen: »Wer ist hier der Dichter Josef Winckler?« Wahrscheinlich wäre das dem Dichter peinlich gewesen. Vielleicht wollte er hier gar nicht erkannt werden. Mit berühmten Leuten, das habe ich allerdings erst später herausgefunden, ist das so eine Sache: Oft stört es sie erheblich, wenn sie überall gleich erkannt werden, aber wenn sie überhaupt keiner erkennt, dann stört sie das meistens noch mehr, denn dann könnte es ja sein, daß ihre Berühmtheit langsam zu schwinden beginnt. Josef Winckler war damals ziemlich bekannt, jedenfalls seine Bücher. Heute ist er so gut wie vergessen. Wenn man seinen Namen nennt, schüttelt so gut wie jeder den Kopf. Nur wenn man den Titel eines einzigen Buches von ihm nennt: *Der tolle Bomberg*, dann gibt es noch etliche, die das kennen. Aber daß der Verfasser Josef Winckler heißt, das weiß niemand. Wer von den Gästen war Josef Winckler?

Mein Vater suchte unter den speisenden Gästen nach einem Mann, der so aussah, als könnte er der Dichter sein, und bald hatte er einen gefunden, der zu Wincklers Romanen sehr gut paßte: einen mittelgroßen, stämmigen, kräftigen, dickschädeligen Westfalentyp, der mit großem Appetit seine Mahlzeiten verzehrte und vor Gesundheit strotzte. Mein Vater wußte, daß der Dichter überzeugter Westfale war, der von Pumpernickel und geräuchertem Schinken sehr schmackhaft zu erzählen wußte. So kräftig wie dieser Mann da drüben konnte nur Josef Winckler zulangen. Für meinen Vater gab es keinen Zweifel mehr.

Ihn jetzt einfach anzusprechen, traute er sich nun doch nicht. Aber er teilte seine Vermutung einer der beiden Kusinen mit, die das Hotel leiteten, und da erlebte er eine Enttäuschung: Der Mann, den er für den Dichter gehalten hatte, war in Wirklichkeit ein Textilkaufmann aus Köln. Mit dem echten Dichter wollte Kusine Marianne meinen Vater bei nächster Gelegenheit bekanntmachen.

Dieser Textilkaufmann war übrigens ein vitaler, vierschrötiger Mann. Nicht unsympathisch, aber aggressiv und unternehmend. Einmal fragte er mich, ob ich Lust hätte, mit ihm Pilze suchen zu gehen. Ich hatte nichts dagegen. Ich war schon mehrfach mit meiner Mutter zum Pilzesuchen ausgezogen. Wenn meine Mutter und ich Pilze suchten, schlichen wir behutsam und nach allen Seiten spähend durch den Wald. Wir taten fast so, als dürften wir die Pilze nicht erschrecken, damit sie sich nicht versteckten, bevor wir sie entdeckt hatten. Ganz anders war das mit Herrn Windel, so hieß der Textilkaufmann. Er hetzte durch den Wald, er machte eine Treibjagd auf Pilze. Kreuz und quer durchkämmte er den dichten Tann. Mal hechelte er einen Abhang hinauf, mal stolperte er einen anderen hinunter. Pilzesuchen war für ihn in erster Linie eine Sache der Geschwindigkeit. Ich verstand überhaupt nicht, warum er sich so beeilte. Er kam schwer ins Keuchen dabei, aber das gehörte wohl dazu. Immerzu mußte er sein Taschentuch aus der Hose ziehen und sich die tropfende Stirn wischen. Hier war ein Profi am Werk, das mußte ich zugeben. Und ich hatte bisher gedacht, Pilzesammeln sei eine ruhige, bequeme Sache, die Spaß mache – wie Ostereiersuchen. Ich war hinterher völlig geschafft. In kürzester Zeit möglichst viel Gewinn. Nicht umsonst war er eben Geschäftsmann.

Ob der Dichter, der Herr Windel nicht war, wohl auch Pilze suchte? – Nein. Der hätte sich so etwas wohl nur ausgedacht und aufgeschrieben, aber nicht selber unternommen. Es hatte sich nämlich inzwischen herausgestellt, daß er völlig anders war als seine Bücher. Darauf wäre mein Vater wirklich nie gekommen: Josef Winckler war ein kleines, schmales, bebrilltes Männchen, zart von Gesundheit, regelrecht schwächlich wirkend und kränklich. Sehr wahrscheinlich vertrug er gar keinen Pumpernickel. Mein Vater war völlig fassungslos über seinen Irrtum. Aber dann stellte sich alsbald heraus, daß dieser Dichter ein ganz toller Geschichtenerzähler war, dem pausenlos etwas einfiel. So schnell konnte Herr Windel bei allem Geschnaufe keine Pilze finden, wie dieser Dichter seltsame Erlebnisse berichtete und dabei wohl zum größten Teil erfand. Stundenlang haben meine Eltern und ich ihm in diesem Sommer zugehört. Es nahm überhaupt kein Ende, aber leider mußte ich irgendwann ins Bett, und deshalb habe ich längst nicht alles gehört, was er erzählt hat. Aber an einiges erinnere ich mich noch.

Einer seiner Romane heißt *Der Großschieber* und handelt von einem Mann, der durch dunkle Geschäfte in der Zeit nach dem Ersten Weltkrieg reich geworden war, und mit dem Geld machte er sich gelegentlich den Jux, andere Leute zu ärgern. Da sagte er zum Beispiel eines Tages zu einem Nachbarn: »Sie haben meinen Zaun gestohlen.« Der gute Mann war entsetzt, denn kein Wort war davon wahr. Aber der Großschieber blieb dabei und erstattete Anzeige. Es kam zum Prozeß, und der Mann hatte davon viel Ärger und der Großschieber großen Spaß, denn das war es ja nur, was er gewollt hatte. Da man natürlich dem Mann nichts nachweisen konnte, wurde er schließlich freigesprochen und der Großschieber verurteilt. Dem machte das gar nichts. Er zahlte und freute sich über seinen gelungenen Streich. Er war ein außergewöhnliches Ekel, und der ganze Roman handelt von seinen Unternehmungen. Diesen Großschieber hatte sich der Dichter keineswegs ausgedacht, sondern es gab ihn wirklich. Er hatte ihn persönlich gekannt. Mit richtigem Namen hieß er Hölken. So konnte man ihn im Roman natürlich nicht nennen, denn das wäre ja ein gefundenes Fressen gewesen für den Prozeßhansel. Also nannte Winckler ihn Klönner. Trotzdem hatte er, als das Buch herauskam, ein etwas mulmiges Gefühl. Und richtig: Er wurde verklagt. Aber, und das war der Witz, gar nicht von dem, der gemeint gewesen war, sondern von einer Baufirma mit Namen Klönne, die er überhaupt nicht kannte. Was sollte er nun tun? Etwa vor Gericht sagen, der Mann, der gemeint sei, heiße Hölken und wohne da und da, und bei dem und dem könne das hohe Gericht sich erkundigen, daß es mit den erzählten Schandtaten seine Richtigkeit habe? Das ließ er wohl besser bleiben, denn sonst wäre er ja vom Regen in die Traufe gekommen. Also behauptete er, dieser Großschieber sei nichts als eine Erfindung von ihm und alle Geschichten erstunken und erlogen. Das half ihm alles nichts, denn das Gericht war der Meinung, durch diese Geschichten, egal ob erfunden oder nicht, könnte der Name der nicht ganz unbekannten Firma in Verruf kommen, also dürfe das Buch nicht weiter verkauft werden.

Es war eine lange, spannende Geschichte, die der Dichter großartig und mit vielen Einzelheiten zu erzählen wußte. Ich war sehr beeindruckt, und kurze Zeit später schrieb ich eine Geschichte, in der ich einer Person den Namen eines Mannes gab, den ich kannte. Es war der Gärtner und Heizer des Hauses, in dem wir in Bonn zur Miete wohnten, und der hieß Kerger. Meinen Mann nannte ich Kerler und kam mir ungeheuer kühn vor. Aber erstens war der Gärtner Kerger ein netter Mann und zweitens mein Herr Kerler auch, und drittens hatte meine kleine Geschichte nicht die geringste Aussicht, jemals gedruckt zu werden. Es bestand also nicht die mindeste Gefahr eines Prozesses. Aber die Sache hat mich nicht losgelassen. Vierzig Jahre später schrieb ich eine Erzählung, in der ich einer echten Filmschauspielerin, die ich mit ihrem richtigen Namen auftreten ließ, eine Liebesbeziehung zu einer erfundenen Person andichtete. Die Erzählung wurde gedruckt und erschien, aber ich wartete vergeblich darauf, daß die Dame sich darüber aufregen und mich verklagen würde. Bis heute ist nichts passiert. Sie hat sie wohl einfach nicht gelesen.

Vielleicht hat Josef Winckler diese Prozeßgeschichte mit der Baufirma auch erfunden. Man wußte bei ihm nämlich nie, wann er zu flunkern anfing. »Unter dem Namen Lügenjüppchen bin ich bei meinen Lesern bekannt«, sagte er voller Stolz. Und dann kam schon wieder eine Geschichte. – Da standen zwei Herrn vor dem Schaufenster einer Buchhandlung. »Sieh mal«, sagte der eine zum anderen und zeigte auf ein Buch in der Auslage, »das Lügenjüppchen« hat wieder ein neues Buch geschrieben.« Da legte sich ihm eine harte und fremde Hand auf die Schulter, und ein Unbekannter sagte drohend: »Sie haben soeben den Reichsminister für Propaganda beleidigt. Kommen Sie mit!« Wie das? Nun, im Schaufenster lagen nebeneinander die Bücher von zwei ungleichen Jüppchen. Der eine Josef hieß Winckler und der andere Goebbels. – »Ich meinte nicht den Reichsminister, ich meinte Josef Winckler. Der wird allgemein das ›Lügenjüppchen‹ genannt.« – »Das ist eine faule Ausrede. Sie sind verhaftet.« – »Aber nein«, sagte der Mann entsetzt, »das ist ein Irrtum. Ich werde es Ihnen beweisen. Kommen Sie mit mir in den Laden.« Sie traten ein, und der Mann sagte zum Buchhändler: »Geben Sie mir bitte das neueste Buch vom Lügenjüppchen.« Und ohne einen Augenblick zu zögern, gab ihm der Buchhändler den neuesten Roman von Josef Winckler.

Irgendwann in diesen Ferien habe ich dem Dichter

meine feste Absicht mitgeteilt, auch ein Dichter zu werden. »Das ist gut«, sagte er. »Das wirst du bestimmt schaffen. Du mußt es nur so machen wie ich. Erst gehst du weiter in die Schule, dann studierst du und machst einen Doktor, und dann wirst du Schriftsteller.« – Ja, er war ein richtiger Doktor, ein Zahndoktor. Einige Zeit war er Werkszahnarzt gewesen, bevor er mit dem Dichten so viel verdiente, um allein davon leben zu können. Er hatte sich von seinem Geld auch Häuser gekauft, immer wieder hatte er neue Häuser gekauft, aber nicht etwa, weil er Häuser sammeln wollte, sondern weil es ihm in keinem so richtig gefallen hatte. Kaum war er mit seiner Frau eingezogen, da störte ihn etwas. In Bad Godesberg zum Beispiel waren es die vielen alten Damen, die frühmorgens mit ihren Hündchen an seinen Fenstern vorbeispazierten, so daß ihn »wuff!« und »waff!« und »wiff-wiff-wiff!« aus dem Schlaf rissen. Er mußte ausziehen, das Haus vermieten und sich ein neues suchen. Und jetzt lebte er hier in Felderhoferbrücke zusammen mit seiner Frau in zwei Hotelzimmern. Er war kein Feriengast wie die anderen. Er war hierher aus seinem Haus in Bensberg bei Köln vor den Bomben des Krieges geflüchtet. Hier auf dem Land, im abgelegenen Bröltal, fühlte er sich halbwegs sicher. Morgens hörte man ihn auf der Schreibmaschine tippen.

Felderhoferbrücke – so hieß der winzige Ort zwischen Hennef und Waldbröl, und so heißt er natürlich heute noch. Ich bin nie wieder dort gewesen. Daß meine Eltern damals dahin in die Sommerferien gefahren sind, hing auch mit dem Krieg zusammen. Als die Bombenangriffe häufiger wurden, trauten sich viele nicht mehr, weite Reisen zu unternehmen. Ganz früher waren wir in jedem Sommer an die Ostseeküste bei Riga gefahren, und als das nicht mehr ging, weil die Russen sich Lettland angeeignet hatten, fuhren wir nach Bayern und dann immer nur ganz in die Nähe: nach Felderhoferbrücke. Zu dem Hotel hatte vor Jahren mal ein bekanntes Feinschmeckerrestaurant, ein sogenanntes Schlemmerlokal, gehört, in das die Leute von Bonn oder Köln oder noch weiter angereist kamen. Aber damit war es schon lange vorbei. Im großen Speisesaal waren französische Kriegsgefangene untergebracht, die tagsüber bei den Bauern in der Umgebung arbeiteten, und vor der Terrasse, die mit Stacheldraht eingezäunt war, hatte man einen Schützengraben ausgehoben. Den sollten die Franzosen aufsuchen, wenn es mal einen Bombenangriff gab. Das war natürlich Blödsinn, fand ich. Wer sollte hier schon eine Bombe abwerfen. Auch das Lügenjüppchen hielt das für ausgeschlossen. Sonst hätte er sich ja nicht hierher geflüchtet. Es gab hier nur Felder, Wiesen und Wald, ein paar Häuser, eine Molkerei und einen einzigen Krämerladen, in dem mich hauptsächlich die Stockfische interessierten, von denen ein paar hart und platt an einem Regal baumelten. Ich konnte mir nicht vorstellen, daß die gut schmeckten, wenn sie wieder aufgeweicht und gekocht waren. Bestimmt nicht. Wenn man jemanden, mit dem gar nichts los war, einen Stockfisch nannte, konnte an den echten auch nichts dran sein. Ich habe nie erlebt, daß jemand einen gekauft hätte. Adelheid, die eine der beiden Hotelkusinen, tat das auch nicht. Sie hatte manche Beziehungen hier auf dem Lande und brachte es fertig, auch in diesen mageren Kriegsjahren immer ein gutes Essen für ihre Gäste auf den Tisch zu bringen.

Vor allen Dingen aber gab es hier eine Eisenbahn und die Bahnstation *Felderhoferbrücke*. Eine richtige Kleinbahn mit Dampflokomotiven und rumpelnden Wägelchen. Leider wurde sie ja nur zweimal von uns regulär benutzt: einmal bei der Anreise und einmal bei der Abfahrt. Ich aber brachte es fertig, jeden Tag mehrmals mit der

Eisenbahn zu spielen. Das Hotel lag auf einer kleinen Anhöhe in der Nähe der Station, und jeden anrollenden Zug konnte man schon von weitem beim Passieren von verschiedenen Bimmelstellen hören. Dann rannte ich zum »Bahnhof« hinunter, baute mich neben dem Gleis auf, und wenn der Zug einlief, nahm ich Anlauf und sprang auf das Trittbrett eines der Wagen auf. Wenn der Zug dann wieder abfuhr, erhöhte sich der Spaß: Ich lief ein paar Schritte nebenher, sprang auf und fuhr ein Stückchen mit. Von Sekunde zu Sekunde erhöhte sich die Geschwindigkeit: jetzt ... nein, jetzt noch nicht ... jetzt auch noch nicht ... aber jetzt, jetzt abspringen. Es war ein Vergnügen, das überhaupt nicht an Reiz verlor. Ich hatte beobachtet, daß das Auf- und Abspringen eine Art von Schaffnersport war, wofür es gar keinen vernünftigen Grund gab. Auch bei den großen D-Zügen, mit denen wir zu Weihnachten nach Hannover zu meiner Großmutter fuhren, war das so: Der Zug lief in den Bahnhof ein, und der Schaffner stand schon an der geöffneten Tür, und dann sprang er so bald wie nur irgend möglich ab, in Fahrtrichtung, klar, sonst wäre er ja auf die Nase geflogen, und bevor er zum Stehen kam, mußte er noch ein paar Schritte rasch laufen, sonst hätte es ihn immer noch umgerissen. Und wenn der Zug abfuhr, dann ließ der Schaffner einen ganzen Wagen, manchmal sogar zwei an sich vorbeirollen, bevor er aufsprang. Es war Ehrensache für mich, aus jedem Zug, mit dem wir fuhren, bei der Ankunft schwungvoll abzuspringen, auch wenn meinen Eltern das gar nicht paßte. Heute ist es damit längst aus und vorbei, weil alle Türen automatisch schließen und nicht geöffnet werden können, bevor der Zug steht. Eine Gemeinheit gegenüber den Kindern!

In Felderhoferbrücke brachte ich es im Auf- und Abspringen zur Meisterschaft, und als ein gleichaltriger Junge mit seinen Eltern ankam, machten wir das zu zweit in großem Stil. Immer länger wurden die Strecken, die wir mitfuhren, immer höher die Geschwindigkeiten, bei denen wir absprangen. Es war natürlich immer ein Problem, den ebenfalls auf- und abspringenden Schaffnern zu entgehen, die uns bald auf dem Kieker hatten. Einmal, als wir gerade wieder abspringen wollten, stand plötzlich einer hinter uns und hielt uns fest.

»Hier wird nicht abgesprungen. Hier wird gewartet, bis der Zug wieder hält. Und das ist bei der nächsten Station. Und das kostet . . .«

»Wir wollten doch überhaupt nicht mitfahren. Wir wollten . . .«

»Abspringen, ich weiß. Aber hier kann man nur mitfahren. Und das kostet . . .«

»Wir haben kein Geld.«

Und jetzt hielt uns der Schaffner eine schwere Standpauke mit allem, was dazugehört: Gefahr, Gefährdung, Verbote, Bestimmungen, die Eltern, die Adresse, ein Strafbefehl und . . . da waren wir bei der nächsten Station angelangt. Der Schaffner sprang ab und wollte uns in Empfang nehmen, aber wir stiegen zur anderen Seite hin aus, und damit hatte er nicht gerechnet.

»Also ihr . . . ihr kommt jetzt . . . jetzt sofort . . . !« schrie der Schaffner voller Empörung.

Ehe wir uns schleunigst verdrückten, fand mein Freund noch Zeit, dem Schaffner zuzurufen: »Machen Sie doch den Kopf zu!« Dann waren wir verschwunden.

Als die Schule wieder anfing, bekamen wir prompt das beliebte Aufsatzthema »Mein schönstes Ferienerlebnis«, und ich erzählte die Geschichte mit der Eisenbahn und dem Schaffner. Der Lehrer fand den Aufsatz nicht schlecht, aber er fragte mich, was das denn heißen solle:

»Machen Sie doch den Kopf zu!« Das hatte der nicht verstanden.

Es war zu riskant geworden, sich weiterhin mit der Kleinbahn zu beschäftigen, und so mußte ich für den Rest der Ferien darauf verzichten. Das war nicht so schlimm, denn einige Zeit später reiste mein Freund ab, und allein hätte es mir sowieso keinen Spaß mehr gemacht. Dafür aber machte ich noch eine ganz eigenartige Bekanntschaft mit einer Weißnäherin.

Weißnäherin - so war ihre Berufsbezeichnung. Sie nähte Kopfkissenbezüge, Bettlaken, Handtücher, eben alles, was weiß war, und dafür kam sie in die Häuser, wo man Arbeit für sie hatte. Eine Woche lang hatte sie in diesem Sommer im Hotel »Schneider« in Felderhoferbrücke zu tun. Neue Bezüge nähte sie wohl nicht, es gab ja nichts mehr zu kaufen, aber sie hatte jede Menge auszubessern und zu flicken. Ich machte mal eine Tür im Hotel auf, und da saß sie mit ihrem Weißkram, eine mollige Frau mit Brille, und schaute von ihrer Arbeit auf.

»Komm doch rein!« rief sie mir zu, als ich mich schnell wieder zurückziehen wollte. Ich hatte überhaupt keine Lust. Was sollte ich hier? Aber sie ließ mich nicht wieder laufen, wollte wohl ein wenig Unterhaltung haben bei der langweiligen Nadelarbeit. Sie fragte mich erstmal tüchtig aus, sagte, daß sie mich schon mehrmals vom Fenster aus gesehen habe und daß bestimmt mal etwas Besonderes aus mir werden würde. Ja, das habe sie im Gefühl.

»Ich bin nicht nur eine Näherin. Ich bin eigentlich etwas ganz anderes. Ich bin eine Erfinderin. Ich habe das Erfinden gelernt - bei einem großen Erfinder. Und wenn man es einmal gelernt hat, dann weiß man, worauf es beim Erfinden ankommt. - Und was willst du einmal werden?«

Das mit der Erfinderin kam mir ja reichlich komisch vor, aber es erschien mir nun angebrachter, wieder Ingenieur und nicht Schriftsteller werden zu wollen.

Sie nickte. »Das ist gut. Dann wirst du vielleicht eines Tages auch einmal eine von meinen Erfindungen in die Tat umsetzen.«

»Wieso?« fragte ich. »Wenn man Erfinder ist, macht man das doch selber.«

»O nein, das braucht man nicht. Dafür sind die Ingenieure da. Ein Erfinder hat eine Idee, und die teilt er dem Ingenieur mit. Der Ingenieur hat sein Handwerk gelernt und weiß, wie man Erfindungen verwirklicht.«

»Was haben Sie denn zum Beispiel alles so erfunden?«

»Ich habe eine sehr wichtige Erfindung gemacht, die vielleicht diesen Krieg entscheiden wird«, sagte sie sehr bedeutungsvoll und strich ein Bettlaken glatt.

»Und was ist das?«

»Das darf ich nicht sagen. Das ist ein Staatsgeheimnis. Wenn die Erfindung in die Hand des Feindes gerät, könnte es ihm gelingen, diesen Krieg zu gewinnen. Und das wollen wir doch wirklich nicht.«

»Haben Sie Ihre Erfindung denn schon mal jemandem gesagt?«

»Nein. Das habe ich noch nicht. Der Augenblick ist noch nicht gekommen. Aber es wird nicht mehr lange dauern, dann werde ich dem Führer schreiben.«

Ich hielt die Frau selbstverständlich für plemplem. So machte man doch keine Erfindungen, einfach so beim Kopfkissennähen. Nicht einmal eine technische Zeichnung konnte sie machen. Dafür waren die Ingenieure zuständig.

Als Erfinder müsse man nur geniale, in die Zukunft weisende Ideen haben, und solche Ideen, die habe sie eben. »Stell dir mal vor«, sagte sie, »daß man die feindlichen Flugzeuge auch bei Nacht erkennen kann. Dann braucht die Flak nicht mehr blind zum Himmel hinaufzuballern. Das wäre ohne Frage eine wichtige Erfindung.«

»Und Sie haben sie gemacht?« fragte ich.

»Nein. Und selbst wenn ich sie gemacht hätte, würde ich das jetzt nicht sagen.«

Als später die Radargeräte in Tätigkeit traten, habe ich mich scherzhaft gefragt, ob die wohl von der Weißnäherin erfunden worden waren. Aber noch von anderen wichtigen Errungenschaften wußte sie zu berichten:

»Eines Tages wird man einfach zu einem Piloten sagen können: ›Meier, steigen Sie sofort auf. Die Wolke da oben muß runter.‹ Dann steigt der Pilot in sein Flugzeug und startet, und oben in die Wolke, da streut er etwas hinein, was bewirkt, daß die Wolke sofort abregnet.«

»Ist das jetzt Ihre Erfindung?« fragte ich.

»Nein, das ist sie nicht. Das ist eine Erfindung für den Frieden. Vielleicht wirst du sie einmal machen.«

Inzwischen kann man das bekanntlich, aber ich habe es nicht erfunden und die Weißnäherin vermutlich auch nicht. Ich zweifelte nicht daran, daß sie ein Rad ab hatte, aber die Unterhaltungen mit ihr hatten für mich etwas Unwiderstehliches. Sie war unbeirrbar und tiefernst von sich überzeugt. Auf keinen Fall machte sie den Eindruck, als ob sie mich nur mit ihren Erfindungen unterhalten wollte, um selbst Unterhaltung zu haben. Stundenlang hockte ich bei ihr herum, und meine Mutter schimpfte mit mir, weil draußen doch so schönes Wetter war. Warum war ich von dieser verrückten Näherin nicht wegzukriegen?

Einmal saß sie im Büro des Hotels und schrieb einen Brief. Sie hatte sich wohl ausbedungen, hier an einem echten und würdigen Schreibtisch den Brief schreiben zu dürfen – den Brief an den Führer. Ich trat hinter sie und blickte ihr über die Schulter und las: »Mein Führer!« So redete man diesen Hitler wohl an. »Sehr geehrter Herr Hitler!« ging nicht, und »Hochverehrter Herr Führer« war auch nichts. »Mein Führer!« Das war ehrerbietig und vertrauensvoll zugleich. Sie legte sofort ein Löschblatt auf das, was sie außer der Anrede noch geschrieben hatte. Es handelte sich um ein wichtiges Staatsgeheimnis. Ja, das war der angekündigte Brief. Jetzt machte sie Ernst mit ihrer Erfindung. Ob da jetzt alles genau drinstehe, wollte ich wissen. Nein, der Brief enthalte nur wesentliche Andeutungen, sagte sie. Eine so wichtige Sache könne man nicht einem Brief anvertrauen. Man wisse ja nicht, in welche Hände er falle.

Wenige Tage später bekam die Näherin einen Riesenkrach mit den beiden Hotelkusinen. Ich habe nicht erfahren, worum es ging. Offenbar war sie unglaublich unverschämt geworden und für die Weißnäherei ab sofort nicht mehr tragbar. »Infame Kanaille!« hatte sie zu einer der Kusinen gesagt, und da hatte es gereicht. Vielleicht war es ihr zu Kopf gestiegen, daß sie eine Korrespondenz mit dem Führer eröffnet hatte. Sie wurde jedenfalls rausgeschmissen. Es war Abend und draußen regnete es, und sie mußte gehen – auf der Stelle. Ich habe das gesehen. Sie zog sich ihren Mantel an und blickte überlegen, herrisch und eisern – eine Vertraute des Führers. Dann nahm sie ihren Koffer und sagte zu allen, die da standen – auch Josef Winckler war dabei:

»Ich gehe hinaus in den deutschen Regen. Deutsche Männer und Frauen! Heil Hitler!«

Dann ging sie hinaus, blieb vor der Tür stehen und sang draußen im deutschen Regen die erste Strophe des Deutschlandliedes. Und dann verschwand sie.

Es war allen etwas mulmig zumute. Ganz ohne Zweifel

war die Frau verrückt, aber konnte sie nicht gefährlich werden? Mein Vater entschloß sich, die Sache komisch zu finden, Josef Winckler malte die Geschichte ins Groteske aus, und Kusine Adelheid meinte, man werde nie wieder etwas von der Dame hören. Damit war der Fall für sie erledigt.

In den letzten Tagen unserer Ferien passierte auch nichts mehr. Wir reisten ab, fuhren mit der Kleinbahn zurück, und ich befürchtete, der Schaffner von damals könnte wieder auftauchen und mich erkennen, aber auch das passierte nicht. In Beuel, gegenüber von Bonn, endete der Zug. Mein Vater beschloß, eine Taxe für uns und unser Gepäck zu nehmen, und es gab wirklich eine. Allerdings hatte sie keinen Kofferraum mehr, denn in den war ein Holzkohleofen eingebaut. Die Taxe fuhr mit dem darin erzeugten Gas - eine kriegsbedingte Erfindung. Das Gepäck wurde auf dem Dach verstaut.

Bevor wir einstiegen, sah ich sie. Sie ging auf dem Bahnsteig auf und ab und hielt einen Brief in der Hand: die Weißnäherin.

»Sieh mal«, flüsterte ich meinem Vater zu. »Da ist sie. Was sie hier wohl macht?«

Sie hatte uns gesehen. Sie kam auf uns zu. Wir saßen schon in der Taxe. Sie klopfte an das Fenster, an dem ich saß, und ich kurbelte es herunter. Da hielt sie den Brief ins Auto und zeigte die Rückseite des Umschlages: »Führerhauptquartier« stand darauf.

»Du hattest dich doch so für meine Erfindung interessiert«, sagte sie. »Hier ist die Antwort.« Und dann nahm sie den Brief wieder an sich und ging fort. - Es war mir aufgefallen, daß sie den Brief überhaupt noch nicht geöffnet hatte, und das wunderte mich. Noch oft habe ich später darüber nachgedacht. So einen Brief macht man doch sofort auf. Warum war sie nicht vor Neugier geplatzt, was ihr Führer ihr zu sagen hatte? Wahrscheinlich hatte sie gefürchtet, daß nicht allzuviel drinstehen würde. Irgendein Beamter wird da pflichtgemäß eine Antwort geschrieben haben, irgend etwas Unverbindliches. Aber solange der Brief noch verschlossen war, konnte darin ja die Botschaft stehen, die sie auf dem schnellsten Wege ins Führerhauptquartier berief, um ihre siegbringende Erfindung kundzutun. Daß es nicht so war, läßt sich schon daran erkennen, daß der Krieg nicht gewonnen wurde.

Klosett mit Aura

Schon seit langem hatte ich auf die Gelegenheit gelauert, Schmitz-Dubois eins auszuwischen, ihn mal so richtig vor allen seinen Gästen zu blamieren, diesen Angeber, diesen hohlen Lackkarton, diesen unerträglichen, selbstberauschten Goldwasser-Pinkler, diesen ... Aber es hatte sich nie die richtige Gelegenheit ergeben, oder ich war einfach nicht schnell genug gewesen, hatte zu lange überlegt, geprüft, abgewogen, und dann war es schon zu spät gewesen.

Dreimal in jedem Jahr lud Schmitz-Dubois zu sich ein. Dreimal. Das war Tradition. Im Frühjahr und Herbst waren es jeweils etwa zehn Personen, die er bewirten ließ, im Sommer, auf einer großen Party mit Gartenzelt, Tanzkapelle und Show-Einlagen, waren es etwa zweihundert. Ich wurde oft von ihm eingeladen. Ich gehörte zu den ganz wenigen Leuten, die mehr als einmal bei ihm zu Gast waren. Ein Privileg war das allerdings nicht. Es war nichts weiter als schnöde Berechnung. Er lud mich nur ein, um mit mir angeben zu können. Das war immer dann, wenn es sich gut machte, einen Schriftsteller als intimen Freund vorweisen zu können. Zu der großen Sommerparty ging ich nie. Ich hasse Freßbüffets, auch wenn sie aus einer guten Küche stammen. Man lädt sich immer unpassende Sachen nebeneinander auf den Teller, weil man nicht ahnt, wie sie schmecken werden, und weiß erst nachher, in welcher Reihenfolge und Auswahl man hätte vorgehen sollen. Den Einladungen zum Essen in kleinem Kreis folgte ich immer, auch wenn ich Schmitz-Dubois haßte.

Er stellte Verpackungen her, was wirklich gut zu ihm paßte, Zeug fürs Auge und den Müll. Schon sein Doppelname war eine aufschneiderische Verpackung, mit der er einen simplen, ehrlichen Schmitz kaschierte. Der ganze Kerl war nur für den Abfall geschaffen. Kein Wort über ihn! Hohl, nichts drin. Das muß reichen. Er war natürlich herrlich eingerichtet, hatte immer die neuesten Lampen und Sitzmöbel. Ich glaube, wenigstens einmal im Jahr wurde sein ganzes Haus umdekoriert. Da gab es immer wieder dies herrliche Staunen bei den Gästen. Nein, wie geschmackvoll! Und wie das alles zueinander paßt! Die Gäste bestanden stets aus solchen, mit denen, und solchen, vor denen er angeben wollte. Die letzteren waren naturgemäß in der Überzahl.

Bei dem letzten Essen, es war im vergangenen April, von dem ich berichten will, gab es zwei Personen, die vorgeführt werden sollten: ich und seine neue Freundin, ein Fotomodell wieder einmal, das sich wirklich einen ganzen Abend lang gut anschauen ließ. Wer die anderen Gäste – acht an der Zahl – waren, habe ich vollkommen vergessen. Geschäftsleute, Kunden seiner Verhüllungsfirma – so was. Das Essen, wie immer in seiner Küche gekocht vom Chefkoch des untadeligsten Restaurants der Stadt, war hinreißend. Aber damit will ich mich jetzt nicht aufhalten. In den ersten beiden Stunden das übliche Gequatsche über Urlaubsziele und Hotels, Versuche, sich gegenseitig zu übertrumpfen, aus denen erwartungsgemäß Schmitz-Dubois als Finalsieger hervorging. Dann – beim Dessert – war ich an der Reihe.

»Sag mal – du schreibst doch sicher gerade wieder einen neuen Roman?« Schmitz-Dubois sah mich an. Alle sahen mich an.

Nun war es heraus. Ein Schriftsteller saß mit am Tisch. Mußte man den jetzt kennen? Mußte man von dem was gelesen haben? Offenbar, sonst hätte Schmitz-Dubois ihn sicher nicht eingeladen. Und der ließ mich auch erst gar nicht zu Wort kommen, wollte überhaupt nicht wissen, ob ich und was ich schrieb, sondern lobte mich über den grünen Klee, nannte einige Titel von meinen Büchern, die er natürlich alle nicht gelesen hatte, und prophezeite seinen Gästen meinen baldigen Nobelpreis. Ich sei bereits im Gespräch, ja, das wisse er. Damit hatte ich mir bereits mein Essen verdient. Zum Dessert war ich serviert worden als einer, der bald wahnsinnig berühmt sein würde. Schmitz-Dubois konnte sicher sein, daß keiner seiner Gäste in der Lage war, diesen maßlosen Bluff zu durchschauen. Keiner von denen interessierte sich für Literatur. Da konnte ich abwiegeln, soviel ich wollte, keiner mochte es sich nehmen lassen, mit einem Nobelpreisträger getafelt zu haben. »Neulich waren wir zum Essen eingeladen, zusammen mit einem Nobelpreisträger. Einem Dichter. Ich hab bloß vergessen, wie der hieß.«

Nachdem er mich so schön plaziert hatte, kam Schmitz-Dubois mit einer eleganten Überleitung zum Angabethema des Abends.

»Es steckt ja alles voller Geschichten. In jedem Ding, wenn es nicht gerade funkelnagelneu ist, steckt eine Geschichte. Ein Schriftsteller müßte das bloß mal sammeln, alles, was man von bestimmten Dingen noch so weiß. Da habe ich zum Beispiel . . .« Er stand auf und holte aus einer Vitrine eine alte Mausefalle, so ein käfigartiges Gebilde, in dem man Mäuse, die so leichtsinnig waren, durchs offene Türchen hineinzumarschieren, lebend fangen konnte, weil das heimtückische Türchen sich inzwischen geschlossen hatte.

». . . zum Beispiel hier eine alte Mausefalle. Nichts Besonderes, sollte man meinen. Trödel. Auf irgendeinem Flohmarkt gekauft. Und wenn es dazu nicht eine Geschichte gäbe, wäre sie es auch nicht wert, ausgestellt zu werden. Aber nun gibt es zufällig eine Geschichte.« Er stellte die Mausefalle auf den Tisch, von dem gerade die Dessertteller abgeräumt wurden, und nun wollten natürlich alle die Geschichte hören.

Er wies auf ein kleines hölzernes Schildchen, das an einem Gitterstab des Käfigs befestigt war und auf dem in verblichener Tinte und schräggeneigter Sütterlin-Schrift der Name »Theophano« stand, und ein Datum: »† 13. 1. 1904«. Der Todestag einer gefangenen Maus? Ja. – Und zu diesem Namen erzählte Schmitz-Dubois nun die zugehörige Geschichte: Da hatte es in Hamburg um die Jahrhundertwende einen Gymnasialprofessor mit Namen Fleckeysen gegeben. Justus Fleckeysen, Altphilologe und Historiker. Junggeselle war er gewesen und natürlich auch ein bißchen komisch. Er rauchte nicht, er trank nicht, aber während der Arbeit pflegte er dauernd Plätzchen zu knuspern, Haferflockenplätzchen, auf die er offenbar besonders ansprach. Eines Tages mußte er feststellen, daß er nicht allein knusperte. Es fanden sich angebissene, angenagte Plätzchen, und die Haushälterin, empört hereingerufen, konstatierte, daß es sich um Mäuse, zumindest um eine Maus handeln müsse. Die Mausefalle trat in Aktion, und am nächsten Tag hatte sich schon eine Maus darin gefangen. Aber da hatte der Professor »oin mitloidiges Hörz« und wollte die Maus am Leben erhalten. Und nicht nur das, er wünschte sie bei seinen Studien um sich zu haben. Die Falle wurde zum Käfig, und Theophano, so nannte er die Maus nun, verblieb auf dem schulmeisterlichen Schreibtisch und wurde mit Haferflockenplätzchen gefüttert, auf die sie offenbar ebenfalls gut ansprach. Es war nicht ganz klar, ob der Professor sich bei dieser Namensgebung auf eine historische Persönlichkeit bezogen hatte, was immerhin nahelag. Da aber gab es zwei Frauen desselben Namens: Die eine, Gattin von Otto II., war eine hochgebildete Dame von politischem Einfluß gewesen, die andere aber ein arges Luder von niederer Herkunft, die ihren zweiten Gatten von ihrem Geliebten umbringen ließ, der dann an dessen Stelle Kaiser wurde, schnöderweise aber sodann Theophano verbannte. Wie nun auch immer, die Falle war nach dem Tode des Professors in den Besitz der Haushälterin übergegangen, die, ebenfalls unverheiratet und kinderlos, den Gegenstand ihrem Neffen überließ, aus dessen Nachlaß - er starb 1988 - sie schließlich an einen Antiquitätenhändler verkauft wurde, von dem der Verpackungsmensch sie kürzlich erworben hatte.

»Das ist total neu«, sagte er. »Da gibt es bis jetzt nur eine Adresse in Deutschland, wo so was geführt wird. ›Dinge mit Seele‹. Stimmt doch. Ohne die Geschichte wäre es doch nichts als Trödel. Aber so, da hat es doch . . . da ist es doch gleich . . . also, wie soll man sagen . . .

». . . eine hübsche Fälschung«, warf ich dazwischen, und alle schauten mich entgeistert an. »Ich meine die Geschichte und die Inschrift, nicht die Mausefalle. Die ist höchstwahrscheinlich echt.«

»Woher willst du das denn wissen?« Schmitz-Dubois war sichtlich verärgert. Ich hatte einen Treffer gelandet. Jetzt kam es drauf an, den zweiten Schlag genauestens zu plazieren.

»Woher ich das wissen will? - Ganz einfach. Weil ich mir die Story selber ausgedacht habe, ausgedacht, aufgeschrieben und verkauft. Die exklusive Adresse, wo du das Ding gekauft hast, kenne ich ganz bestimmt nicht, aber wo der das Zeug bezieht, das weiß ich, darf ich allerdings nicht verraten. Ich bin an dem Geschäft nämlich mitbeteiligt. Bevor ich meinen Nobelpreis habe, brauche ich hin und wieder einen kleinen Nebenverdienst.«

»Ist das wahr?« wollte das hübsche Fotomodell wissen und schaute mich mit großen Augen an.

»Ja, das ist wahr. Ich habe schon manchen Trödel in ›Dinge mit Seele‹ verwandelt. Neulich erst einen alten Porzellangriff von einer Klosettkastenkette. Die Öse war zerbrochen. Für seinen ursprünglichen Zweck war er vollkommen unbrauchbar geworden. Da erfand ich für ihn eine Bismarck-Anekdote. Im März 1890 wurde Bismarck durch Wilhelm II. entlassen. Der eiserne Kanzler zeigte preußische Beherrschung und ließ sich nichts anmerken, aber als er nach Hause kam, ging er erst mal aufs Klo, um sich zu erleichtern. Und dann riß er mit Wut und Kraft an der Kette, um den ganzen Dreck wegzuspülen, und prompt hatte er den zerbrochenen Griff in der Hand. Er schmetterte ihn in die Ecke, und das Dienstmädchen hob ihn später auf, nahm ihn an sich als Erinnerungsstück und vererbte ihn. Ihr Urenkel schließlich verkaufte ihn als ›Ding mit Seele‹ an eine exklusive Adresse. So einfach geht das.«

Schmitz-Dubois redete an diesem Abend nicht mehr sehr viel und mit mir überhaupt nicht mehr. Mit seinem kriminellen Nobelpreisträger hatte er sich ganz fabelhaft blamiert. Ich war in der ausgelassensten Stimmung. Das war ein Einfall gewesen! Einer der besten, die ich je gehabt hatte. Und daß die Gäste mir diese »Enthüllung« alle geglaubt hatten – und Schmitz-Dubois sogar auch! Beseligt fuhr ich nach Hause.

Einige Wochen später bekam ich von meinem Freund P., von dem ich lange nichts mehr gehört hatte, einen Brief:

». . . und schließlich habe ich noch eine Bitte. Ich verkaufe seit einiger Zeit mit wachsendem Erfolg alten Trödel, zu dem ich abenteuerliche Geschichten, seine Herkunft betreffend, erfinde. Ich kann gar nicht genug davon beschaffen. So was ist jetzt absolut in. Und nun gehen mir allmählich die Geschichten aus. Dir fällt doch dauernd was ein. Könntest Du mir nicht, gegen gute Bezahlung, Storys liefern? Laß es Dir mal durch den Kopf gehen. Ich rufe Dich wieder an.«

Die Dichterlesung

*Der Schauplatz ist ein Raum, in dem Dichterlesungen
stattfinden könnten. Ein intimer Theatersaal, ein nüchter-
ner Vortragssaal oder eine Buchhandlung. Keine Kulissen
also, sondern die üblichen Gegebenheiten. Für den erwarteten Autor ein Tisch mit Stuhl und Stehlampe, ein Wasserglas und eine Karaffe, vielleicht eine Bodenvase mit Blumen. Mehr nicht.*

*Das Publikum wartet bereits eine geraume Zeit, als eine
Dame hereinhastet; es ist die Veranstalterin - sie ist nervös,
gleichwohl darum bemüht, Zuversicht zu verbreiten.*

Die Veranstalterin Meine sehr verehrten Damen und
Herren! Ich bitte Sie zu entschuldigen, daß wir heute
etwas verspätet beginnen. Der Autor unseres heutigen
Abends ist etwas später als erwartet ... Aber er wird
gleich kommen, gleich hier sein. Ich werde ihn gleich
einführen. Ich möchte nur die Gelegenheit benutzen,
Sie auf unsere nächsten Veranstaltungen hinzuweisen.
Sie haben ja alle das Jahresprogramm, und bisher
konnten alle vorgesehenen Abende auch stattfinden,
und wie es aussieht, werden auch alle kommenden
stattfinden können. Man vergißt ja nur leider immer
wieder, in den Plan zu schauen, rechtzeitig in den Plan
zu schauen. Deshalb eine kleine Erinnerung an unsere
nächsten Termine. - Am-me nächsten Mittwoch ...
liest Otto Bendesdorfer Gedichte und Prosa aus dem
letzten Jahrzehnt. Otto Bendesdorfer wird den älteren
unter Ihnen wahrscheinlich noch in lebhafter per-

sönlicher Erinnerung sein. Ich habe in unserer Chronik gelesen, daß er bereits 1948 zum ersten Mal hier gelesen hat. Da war ich noch Schülerin, ja. *(Sie schaut unruhig zum Eingang, macht eine Pause.)* Otto Bendesdorfer also am nächsten Mittwoch. Er ist natürlich im Vergleich zu einem Autor wie Franz Greif, der gleich seine Lesung hier beginnen wird, ein Autor, der . . . Ich meine seine Volkstümlichkeit ist ja doch, wenn auch . . . Ich meine, wir wollen nicht immer avantgardistisch sein. Das Recht, meine ich, das Recht des Lesers auf wertvolle, wenn auch einfachere Literatur ist ja doch . . . unbestritten. Heute Franz Greif also, ein international bekannter . . . ein Weltautor, ein Nobelpreisträger, und morgen Otto Bendesdorfer. Nicht morgen, nein, am nächsten Mittwoch. Ich meine, Otto Bendesdorfer hat seinen treuen Leserkreis, und der will belohnt werden. Es ist noch . . . wir haben . . . Herr Greif ist noch nicht . . . hier. Ich könnte dann auch noch den übernächsten Termin . . . Es spricht also . . . wir haben Professor Hugo Mehleysen von der Universität Osnabrück eingeladen, und er wird zu uns über das Thema sprechen »Der Mensch im Konjunktiv«. Professor Mehleysen ist Sprachwissenschaftler, und ich habe mir sagen lassen, daß seine Vorträge von großem Interesse, von hohem Aktualitätsgehalt, also sehr wichtig und bedeutend sind. Ich habe mir sein Buch, »Unsterbliche Grammatik«, ich habe mir das einmal besorgt, und finde es sehr komisch. – Neinnein, es könnte ein falscher Eindruck . . . Es sind durchaus komische Stellen darin. Also es ist nicht immer alles so ernst, wie man es von einem Professor . . . Es dürfte also auch etwas zu lachen geben, wenn der Konjunktiv so komisch ist wie die Grammatik. Ich meine das Buch wie der Vortrag. Der Vortrag wie das Buch. – Ich hoffe, daß auch diese Veranstaltung zahlreich von Ihnen besucht werden wird.

(Sie macht eine Pause und schaut wieder zum Eingang hin. Jemand aus dem Publikum scheint etwas gefragt zu haben. Die Veranstalterin kommt dem Platz des Fragers etwas näher.)

Wann? Ach ja. Das habe ich vergessen. Am 12. November Professor Hugo Mehleysens »Der Mensch im Konjunktiv«, am 12. November ... Was haben wir noch? - Ich meine, das wird erst einmal ... Ich sollte jetzt nicht noch mehr Termine ... Man kann sich das doch nicht ... Ich könnte dann ... ach ja. Es wurde die Anregung an mich herangetragen, ob wir nicht, wie früher wohl schon einmal, kleine Kärtchen für die Mitglieder ausgeben könnten, Ausweise, auf denen es kleine Felder gibt, in die für jedes Veranstaltungsjahr eine Gebührenmarke, verschiedenfarbige Gebührenmarken, damit man am Eingang auf einen Blick erkennen kann, ob der Betreffende schon ... Ja, das könnte man natürlich machen. Ich werde diese Anregung auf jeden Fall sehr gründlich ... Ich werde das Ganze auch einmal hinsichtlich der Kosten durchrechnen. Auf jeden Fall ... auf jeden Fall möchte ich mich sehr herzlich bedanken. - Es war übrigens Herr Schilling, der den Vorschlag ... Vielen Dank, Herr Sch ... Ist Herr Schilling da? - Nein, Herr Schilling scheint heute nicht da zu sein. - Immerhin, es ist der Erwägung wert. - Ja, nun ist es wirklich ... Nun will ich einmal sehen, wo Franz Greif ... wo Herr Greif denn bleibt. Er ist mit mir zusammen hierhergekommen, etwas verspätet hierhergekommen, und nun ... Aber da kommt er schon. Ja - nun ... Herr Greif, ich begrüße Sie. Wollen Sie bitte ... Hier vorne ist für Sie ein Platz ... Ich wollte Sie nur noch mit ein paar Worten ...

(Der Autor hat den Raum betreten. Mit schweren, leicht schwankenden Schritten kommt er, nachdem er sich zunächst auf einem der hinteren Plätze niedergelassen hat, nach vorn und läßt sich auf den bezeichneten Platz fallen. Er schaut die Veranstalterin von unten herauf an.)

Ich begrüße also mit besonderer Freude hier in Ottershafen Franz Greif, der es möglich gemacht hat, heute zu uns zu kommen, obwohl ihn ein reiches Pensum, eine Fülle von Verpflichtungen gerade in diesem Jahr ... verpflichten. Ich brauche Ihnen Franz Greif nicht vorzustellen. Sein Name ist seit Jahren durch eine Reihe von außergewöhnlich beachteten Werken, Romanen, ja Romanen, auch Erzählungen in der literarischen Welt, der modernen literarischen Welt, immer bekannter geworden, bis er im letzten Jahr durch den Nobelpreis seine internationale Ehrung, seine verdiente Ehrung gefunden hat. Wenn man seine Werke nennt, wird man seine Romane *Die Eule, Die Gefrorenen, Nebelgesang, Die Gewöhnung* nennen müssen. Ich hoffe, daß ich kein wesentliches ... doch, doch, ich habe ein Werk übersehen, *Die Täuschung*, und dann noch der Erzählungsband, dessen Titel ich im Augenblick ... aber Sie werden, verehrter Herr Greif, wohl selber noch ... Wir dürfen Ihnen sagen, daß wir sehr gespannt sind auf das, was Sie uns jetzt lesen werden, und ich darf Sie mit einem nochmaligen Dank dafür, daß Sie zu uns in die Provinz gekommen sind, bitten, Ihre Lesung zu beginnen. – Ich hoffe, daß es alles recht ... die Lampe hell genug, die Akustik ... ja.

(Die Veranstalterin zieht sich seitwärts gehend zurück. Der Autor verharrt noch einige Augenblicke auf seinem Platz in der ersten Reihe. Dann erhebt er sich, geht, leicht schwankend, zum Tisch hinüber, legt das Buch,

das er unter dem Arm getragen, auf die Tischplatte, nimmt Platz, zieht seine Brille aus der Tasche, setzt sie auf und blättert im Buch. Längeres Schweigen.)

DER AUTOR Ich werde versuchen, Ihnen etwas aus meinem Roman *Die Täuschung* vorzulesen. Ich würde Ihnen gerne etwas vorlesen, was noch nicht gedruckt wurde, aber ich habe nichts. Ich habe seit der *Täuschung* nichts mehr geschrieben, nichts, was man vorlesen könnte. Im übrigen ist dieses Verlangen nach Ungedrucktem töricht. Die meisten haben noch nicht einmal das Gedruckte gelesen. *Die Täuschung* ist einer von meinen Romanen, die recht gut verkauft worden sind. Aber gelesen hat ihn kaum jemand. Gekauft und in den Bücherschrank gestellt, geschenkt bekommen und in den Bücherschrank gestellt. Ich riskiere nicht viel, wenn ich Ihnen aus der *Täuschung* vorlese. Ein für Lesungen sehr geeignetes Buch. Man braucht nicht viel vorauszuschicken. Man kann überall anfangen. Ein angenehmes Buch für Lesereisen. Ich schlage es irgendwo auf, quäle mich nicht lange mit Überlegungen der Auswahl, überlasse es dem Zufall. So.

(Er schlägt das Buch, das er inzwischen wieder geschlossen hatte, auf und beginnt langsam und stockend zu lesen.)

»Wenig bedeutete ihm auch der Wald, an dessen tiefster Stelle er die Hälfte des Frühjahrs verbrachte, während ... während ihm ... in dieser ...« nein: »*an* dieser ...« doch: »*in* dieser vollkommen verschütteten und ...«

Es tut mir leid. *(Er schließt das Buch.)* Ich kann nicht lesen. Im Laufe des Abends wird es mir gelingen, das ist sicher. Aber im Augenblick nicht. Die Zeilen verschwimmen. Sie verdoppeln sich, schieben sich ineinander. Eine Folge der Trunkenheit. – Ja. – Ich geniere mich nicht, Ihnen einzugestehen, daß ich betrunken bin. Sie werden bemerkt haben, daß ich etwas geschwankt habe, als ich hereinkam. Dieses gelegentliche Schwanken, bei dem ich allerdings nie stolpere oder zu Fall komme, und die Irritation der Sehnerven sind die einzigen, etwas unangenehmen Folgen für mich, wenn ich mehr als zwei Flaschen Wein vor einer Lesung trinke. Es kommt selten vor, daß ich mehr trinke. Sehr selten. Die Weine, die man auf Lesereisen in den Restaurants bekommt, sind zu schlecht. Kaum ein Mensch, geschweige denn ein Gastwirt, versteht etwas von Weinen. Man sollte nur Bier und Schnaps trinken. Da weiß man, was man bekommt. Aber ich mag vor einer Lesung weder Bier noch Schnaps. Zum Essen, gut, ja. Aber ich esse nicht vor Lesungen. Mit einem Essen, einigen Bieren und Schnäpsen im Bauch schläft man ein. Die eigenen Texte, die Monotonie der eigenen Stimme, schläfern einen ein. Man kriegt den Mund nicht mehr auf. So bleibt es immer wieder bei den Weinen und bei der Enttäuschung über die Weine. Ich bestelle argwöhnisch eine Flasche und sehe mich bestätigt. Ein fader Wein, ein zu süßer, kleiner Wein, ein schlecht gelagerter Wein. Meistens kriege ich eine einzige Flasche davon nicht auf. Mißmutig beginne ich die Lesung. Ich bin glücklich, wenn es mir gelingt, einen Wein zu bekommen, von dem ich, ohne unüberwindlichen Widerwillen zu spüren, zwei Flaschen vor der Lesung trinken kann. Ich schwanke nicht, ich kann lesen, meine Stimmung ist gut. Heute ist sie sehr gut, aber ich kann nicht mehr lesen. Ich habe bei Ihnen, in dieser Stadt, in der man keinen vernünftigen Wein vermuten sollte, einen Rheingauer gefunden, einen Johannisberger, von dem ich gern ein Fuder besäße. Ich habe zusammen mit Ihrer Frau ... Ihrer Frau ...

Die Veranstalterin *(höflich einhelfend)* Rittberger.

Der Autor Ja, Rittberger, Ihrer Frau Rittberger ... Sind Sie diese Eislauftante, die Erfinderin von dem doppelten Dingsberger ...?

Die Veranstalterin Nein. Vielleicht etwas verwandt, sehr weitläufig verwandt.

Der Autor Ich verstehe nichts von Eiskunstlauf. Rittberger. Ich kann nie erkennen, wie das geht. Vielleicht wissen Sie ...?

Die Veranstalterin Von vorwärts einwärts mit ganzer Drehung nach rückwärts auswärts auf dem gleichen Bein.

Der Autor *(verständnislos)* Aha. - Komisch, wirklich komisch! Mit einer entfernt verwandten Frau Rittberger habe ich so viel getrunken - drei Flaschen -, daß ich nicht mehr ganz sicher auf den gleichen Beinen bin. - Sie hat übrigens nicht mitgetrunken, Ihre Frau Rittberger. Sie hat eine Brause getrunken. Wahrscheinlich hat es Ihr entfernter Verwandter auch so gehalten. Zwangsläufig. Bei einem einzigen gleichen Bein. - Nun, ich will einmal sehen ... *(Er schlägt wieder das Buch auf und versucht zu lesen)* Nein. Es geht noch nicht. Ich muß Sie enttäuschen. Sie sind zu einer Dichterlesung gekommen, und der Dichter kann nicht lesen. Was soll ich tun? Ich kann nichts auswendig. Ich plaudere, um meine Leseschwäche zu überbrücken. Dabei habe ich natürlich sofort Dinge gesagt, die besser verschwiegen worden wären. Dieser Nobelpreisträger ist ein Säufer. Immerhin, das steht in keiner der vielen Dissertationen, die dauernd über mich gemacht werden. Nicht einmal ein Rezensent hat das bis jetzt spitzgekriegt. In Ottershafen ist es an den Tag gekommen. - Ich sehe, daß Ihnen das Spaß macht. Soll ich Ihnen mehr über mich erzählen? Vielleicht entschädigt

Sie das dafür, daß Sie heute wahrscheinlich nichts Bedeutendes von mir zu hören kriegen.

DIE VERANSTALTERIN Ich glaube, im Namen aller zu sprechen, wenn ich Sie ermuntere, etwas über sich ... über Ihre Arbeit ... wie kommen Sie überhaupt auf Ihre Themen? ... Die Zielgruppe, für die Sie schreiben ... Das wäre für uns alle höchst interessant. Wie wird man ein Nobelpreisträger? Das mag sich doch mancher ... Also, ich glaube, wenn Sie ein wenig aus dem Nähkästchen ... oder wie sagt man bei Schriftstellern ...?

DER AUTOR Wie Sie wollen. Eine gewisse Intimität hat sich ja nun bereits durch das Eingeständnis meiner Betrunkenheit ergeben. Vielleicht wollen Sie nun noch Schlimmeres hören. Frauengeschichten. Was weiß ich.

DIE VERANSTALTERIN Es sollte schon wesentlich mit Ihrem Werk zusammenhängen.

DER AUTOR Sind Sie so sicher, daß Frauengeschichten das nicht tun? Ich will Ihnen sagen, was ich tue, wenn mir nichts einfällt, wenn ich mit einem Satz nicht weiterkomme, ein Thema nicht in den Griff kriege, wegschlaffe, ermüde, faul werde. Ich sehe mir die nackten Mädchen in alten Magazinen an. Ich besitze einen ganzen Stapel. Ich ziehe das unterste Heft heraus, blättere es durch, lege es oben auf den Haufen. Und so weiter. Von Zeit zu Zeit ein Heft. Nichts kann meine Phantasie mehr anregen. Es muß genug von diesen Mädchen zu sehen sein. Genug, aber nicht zuviel. Diese glatten, langweiligen PLAYBOY- oder LUI-Mädchen sind die besten. Schiller hatte seine faulen Äpfel. Ich habe meine geruchlosen Mädchen. Das ist alles. Ziehen Sie daraus keine falschen Schlüsse. Gegessen hat Schiller natürlich frisches Obst.

Sie sind enttäuscht. Das sehe ich Ihnen an. Wenn ein

pornographischer Autor so etwas macht, wäre es verständlich. Nun aber, das wissen Sie, wenn Sie nur eine Zeile von mir gelesen haben, schreibe ich keine Pornographie. Witterungsverhältnisse beschreibe ich genau, übergenau. Windbeschreibungen. Meine vielgerühmten Windbeschreibungen. Kein Frauenkörper, kein Beischlaf. Eine sinnliche Prosa, aber kein Geschlechtsverkehr. Es wird Sie enttäuschen, wenn Sie sich vorstellen, daß eine Passage, die Sie ergreift, nach der Betrachtung irgendeiner aufpolierten Miss Februar geschrieben wurde. – Ich kann mir nur schaden, wenn ich über mich rede. Ich sollte lesen. *(Er schlägt das Buch auf, schaut hinein, schüttelt den Kopf und schließt es wieder.)* Nichts zu machen.

Ich habe mich oft gefragt: Wozu diese Dichterlesungen? Wem bringen sie etwas? Dem Autor ein Honorar, ein lächerlich geringes Honorar, für das er sich einen ganzen Tag, manchmal zwei, um die Ohren schlägt. Beschwerliche Reisen, schlechte und teure Hotels, miserable Weine. Haben einem Publikum die Bücher eines Autors gefallen, bevor er zu einer Dichterlesung kam, werden sie nachher um so enttäuschter sein. Meistens kann er nicht lesen. Er entstellt sein Werk durch seine Zunge. Nie paßt seine Person zu dem, was er vorzutragen hat. Man hat ihn sich eigentlich anders vorgestellt. Darf man Fragen stellen, bekommt man von ihm banales Zeug zu hören. Was ein Autor so dahinredet, ist auch nicht besser als das, was jeder andere von sich gibt. Enttäuschend. Sprache muß ihm doch von der Zunge fließen wie Honig. Und nun stammelt er da herum und gebraucht Allerweltsworte. Nein! – Er sollte nicht reden, er sollte nicht vorlesen, er sollte gar nicht da sein. Jeder sollte ihn sich vorstellen können, wie er will. Wenn einer in seinen Büchern boshafte Sachen sagt, und man begegnet ihm, und er ist gar nicht boshaft; er ist höflich und ein wenig verlegen, was dann? Dann lacht man über ihn und sagt sich, daß die ganze Boshaftigkeit nur eine Masche ist. Jemand schreibt sehr zarte Gedichte und hat einen Specknakken. Alle starren auf den Specknacken und ekeln sich vor den Gedichten.

Und ich muß plaudern, weil ich nicht lesen kann. Ich muß das Schrecklichste tun, was ein Autor tun kann: Ich muß mein Bild zerstören. Genüßlich schauen und hören Sie zu, wie ich mein Bild zerstöre. Das ist der geheime Sinn von Dichterlesungen: die Zerstörung der Dichter. Man lockt sie aus ihren Häusern und Wohnungen, lädt sie ein, empfängt sie wie verwöhnte Herrscher, bezahlt den Wein, den sie trinken. Und wenn es gelingt, einen Dichter rechtzeitig betrunken zu machen, dann ist das wirklich ein Glückstag. Jetzt kann er sich nicht mehr hinter seinen Büchern verstecken. Jetzt liegt er nackt und zappelnd da und muß sich untersuchen lassen, sich selbst erklären und ausstellen. Ein Dichter, der schlecht oder zu leise liest, schadet sich schon ganz schön. Aber einer, den man zum Reden bringt, ist verloren. Man stellt sie auf Postamente, damit man sie effektvoller runterhauen kann. Und das ist das Vergnügen der Zuhörer. Deshalb nur kommen sie. Exekutionen. Überall Exekutionen. Wenn man es erkennt, ist es schon zu spät.

DIE VERANSTALTERIN Ich möchte aber, Herr Greif, ich möchte aber doch bemerken... Ich habe Sie doch nicht betrunken gemacht. Ich habe abgeraten. Ich habe Sie immer wieder auf den Abend hingewiesen. Ich habe Sie ja förmlich mit Gewalt hierher...

DER AUTOR Es ist undenkbar, daß ein Veranstalter es je zugeben wird, daß die Dichterlesungen geheime

Schlachtfeste sind. Alle glauben, es gehe um die Förderung der Kultur, aber es geht um Vergeltungsschläge gegen die Dichter.

DIE VERANSTALTERIN Das kann ich nicht auf mir sitzenlassen, Herr Greif! Unsere literarische Gesellschaft besteht seit fünfzig Jahren, einundfünfzig nun. Thomas Mann war hier, Gerhart Hauptmann, Hermann Hesse und alle modernen Autoren, sogar Brigitte Arens. Ich bitte Sie, das ist doch ... wenn wir die alle geschlachtet ... Na, das ist doch absurd. Herr Greif, wirklich, haha, Sie sind betrunken.

DER AUTOR Das ist nichts Neues. Das sage ich selber. Oder sollte ich wieder lesen können? *(Er schlägt das Buch auf, versucht zu lesen.)* Nein. Ungewöhnlich hartnäckiger Johannisberger.

DIE VERANSTALTERIN Warum kommen Sie überhaupt zu Dichterlesungen? Sie werden doch nicht gezwungen. Man fragt höflich an, wartet Wochen auf eine Antwort. Dann kommen Sie, betrinken sich und beschimpfen uns. Nein, wirklich ... Gegen Ihre Qualitäten als Autor will ich nicht das Geringste ... aber Ihr Verhalten hier, bei dieser Veranstaltung ... ist wirklich *(einem Zuhörer beipflichtend, der offenbar etwas bemerkt hat)*, ja, allerdings, das meinen wohl alle hier im Saal - unverschämt. Das kann ich nicht anders ...

DER AUTOR Na sehen Sie, das ist doch etwas. Ein unverschämter Nobelpreisträger. Da nehmen Sie doch was mit nach Hause, etwas, das nur Ihnen hier in Ottenhafen gehört, eine Erfahrung, die nur Sie gemacht haben. Wenn in Zukunft die Rede auf Franz Greif kommt - haben Sie sein neuestes Buch schon gelesen? -, dann können Sie dem, der nicht hier war, antworten: Nein, er ist mir zu unverschämt. Ich habe ihn kennengelernt. Er ist unverschämt. Von einem unverschämten Autor braucht man nichts mehr zu lesen. Bekannt - erledigt. Unverschämt. Das reicht. Es reicht überhaupt, wenn man einen Autor kennengelernt hat. Man lernt ihn kennen, damit es einem reicht. Wissen Sie denn, Frau Rittmeister, wer damals noch Thomas Mann gelesen hat, nachdem er ihn kennengelernt hat?

Dichterlesungen und Interviews sind die Waffen gegen die Autoren. In beiden Fällen beginnt es mit Schmeicheleien. »Wir würden uns glücklich schätzen«, »Es wäre für uns eine große Freude«, »Das literarische Publikum hat einen Anspruch darauf, von Ihnen als Nobelpreisträger zu hören . . .« und so fort. Interviews. Nie habe ich ein Interview gegeben. Alle Bittsteller stets abgewiesen. Neulich bin ich schwach geworden. Ich weiß nicht, weshalb. Ich könnte mich vor den Kopf schlagen. Da kam so ein bedeutungsvoller Schnösel angereist. Kassettenrecorder. »Ich darf ihn doch laufen lassen. Gedächtnisstütze. Authentizität.« Na gut. Dann kann ich nachher nicht sagen, das hätte ich nicht gesagt. Dann ist er frech geworden, hat mir lauter Beleidigungen an den Kopf geworfen. Provozieren nannte er das, damit das Interview Pepp bekäme. Was ich mir überhaupt so erwarte, und warum ich, wenn ich nicht an besondere Wirkungen glaube, überhaupt noch schreibe? Warum ich bestimmte Dinge immer wieder gestalte? Warum ich mich wiederhole? Ob ich nicht genug Geld verdient hätte? Ob ich überhaupt noch schreiben müsse? Neidisch hat er sich überall umgeschaut. »Einen schönen Garten haben Sie, ein herrliches Haus. Wenn Sie da zum Fenster rausschauen, da müßten Ihnen eigentlich freundlichere Sachen einfallen. Oder würden die Ihnen erst einfallen, wenn Sie in einem Elendsquartier hausten? Den Menschen in Ihren Romanen geht es jedenfalls nicht so gut wie Ihnen.« Im Vorbeigehen öffnet er meine Garagentür. »Ich darf doch mal?« Ein Chevrolet steht da drin, und schon grinst der Kerl, als habe er einen Betrüger entlarvt. Den ganzen Nachmittag hat er versucht, mich aufs Kreuz zu legen mit seinem Inquisitionsverhör, und dabei hat er Torte gefressen, Kaffee und alten Cognac getrunken, eine Importe - Montecristo - nicht verschmäht. In seinem nächsten Feuilleton konnte ich dann sein Urteil lesen. Alles authentisch. Sein neidisches Vorurteil hat er sich authentisch von mir bestätigen lassen. Man braucht mich jetzt nicht mehr, wenn man mich überhaupt je gebraucht hat, denn eigentlich habe ich nur die anderen gebraucht, um ihnen meine Privatheiten zu offerieren, meine Erfindungen und Ausgeburten. Eine Unverschämtheit. Aber die Interviewer dürfen ungestraft unverschämt sein. Dafür werden sie bezahlt.

DIE VERANSTALTERIN Ich möchte ja nun nicht . . . es wäre mir peinlich, wenn der Eindruck . . . Wir möchten gern etwas von Ihnen erfahren, aber nun vielleicht etwas Positiveres, etwas, das mit Ihrer Arbeit zu tun hat, ich meine, direkt. Der Schaffensprozeß, die Entwicklung von der Idee zum Manuskript, die . . . Arbeitsmethode und so weiter. Wäre das nicht . . . Ich glaube, uns allen . . . ja? Wenn Sie darauf noch etwas . . .

DER AUTOR (*schweigt längere Zeit, scheint nachzudenken. Er steckt sich eine Zigarre an*) Jaja, Sie weichen dem Streite aus. Das sehe ich schon. Sie wollen hier keine Mißstimmung aufkommen lassen. Der Abend darf nicht platzen. Vor allem ist es zu wenig, zu wenig für einen Nobelpreisträger, was herausgekommen ist. Es reicht zu einer Blamage, aber noch nicht zur Vernichtung. Es könnte sogar sein, daß ich mich durch meine kleinen Unverschämtheiten bei Ihnen noch beliebter gemacht habe. Im Grunde träumt man von einem Autor, der sich auf ungewöhnliche Weise danebenbenimmt. Aber ich bin Ihnen mehr schuldig. – Ich überlege das. Ich lasse mir das durch den Kopf gehen. – Ich bin vielleicht nicht abgeneigt, mich Ihnen darzubringen, als Opfer darzubringen. Ein Opfer, das Sie nicht verdient haben. Gewiß nicht. Ein Opfer, das jedes andere Publikum in jeder anderen Stadt genausoviel oder genausowenig verdient hätte. – Sie werden sich wundern. Sie werden stolz sein, daß ich das, was ich – vielleicht – jetzt sagen werde, in Ihrer Stadt, in Ihrem Kulturverein gesagt habe. Die »Ottenhafener Erklärung« würde das in der Literaturgeschichte dann heißen. – Es könnte mich reizen, sie jetzt abzugeben. – Gut, ich mache es.

(Der Autor setzt sich nach diesen Vorbereitungen sehr genüßlich auf seinen Platz und spricht das Folgende mit sichtbarem Vergnügen.)

Ich muß bei meiner Studienzeit beginnen. Ich studierte Jura, weil ich nicht wußte, was ich überhaupt studieren sollte. Jura und Wirtschaftswissenschaften. Davon versprach ich mir ein solides Einkommen. Damit sage ich Ihnen noch nichts Neues. In jeder meiner Biographien, die absolut blödsinnig sind, kann man es lesen. Ich interessierte mich für Literatur. Ich wäre gern ein Schriftsteller gewesen. Ich stellte mir dabei immer einen wohlhabenden Schriftsteller vor. Da einem ja nun Wohlhabenheit niemand garantiert, wollte ich einen Brotberuf haben. Ich interessierte mich keine Spur für das, was ich studierte. Es war ein vollkommener Unsinn, daß ich überhaupt studierte. Freunde hatten mir prophezeit, ich würde nie wieder von der Juristerei lassen können, wenn ich einmal angefangen, einmal Blut geleckt hätte. Ich habe das Blut der Juristerei geleckt. Ekelhaftes Blut. Eitriges Blut. Von den Geschwüren der Gesetze verdorbenes Blut. Ich habe Jura studiert, und was dabei herauskam, waren unzulängliche, weil vernünftige Hausarbeiten und ein grauenhafter Haß, der mich krank machte. Es wurde mir klar, daß ich etwas anderes unternehmen mußte. Schreiben. Warum nicht schreiben? Ich schrieb – und hatte Erfolg. Ich hatte sofort Erfolg. Ich hatte den richtigen Ton nach einigen Schreibübungen getroffen, und der Verlag riß mir das Manuskript aus den Händen, forderte ein weiteres. Ja, nun überlegen Sie, welches Werk das wohl gewesen sein mag. *Die Gefrorenen*? Nein, *Die Gefrorenen* noch nicht. Die kamen später. – Ich werde es Ihnen nicht sagen. Ich werde es Ihnen nicht zu leicht machen. Sie müssen das, wenn Sie es wissen wollen, schon selber herauskriegen. Es war, soviel kann ich immerhin verraten, ein Werk, das Sie einen Trivialroman nennen würden, auch wenn kein Mensch weiß, was das eigentlich wirklich ist. Ich schrieb ihn unter einem Pseudonym, weil ich mir meinen Namen nicht verscherzen wollte, unter einem weiblichen Pseudonym. Ich hatte mir das sehr schlau ausgedacht, und es schien zu funktionieren. Auch der Verleger hielt mich für eine Frau. Mit leicht zu erzeugendem Kram wollte ich mir ein Vermögen zusammenschreiben, um dann, unter meinem richtigen Namen, ein kompromißloser Dichter sein zu können. Nun stellen Sie sich das bitte nicht so einfach vor. Der leicht zu erzeugende Kram fließt einem nicht sofort gekonnt aus der Feder. Das kann doch jeder! Nein, das kann nicht jeder. Schreiben Sie mal einen Roman, der vom breiten Volk verschlungen wird. Sprechen Sie mal die Frauenseele im Volk richtig an, daß sie schluchzt und erbebt und nach mehr verlangt. Setzen Sie sich einmal hin und versuchen Sie es. Der Verleger wird Sie auslachen. Mich hat er nicht ausgelacht. Ich habe zahllose solcher Romane studiert und mir eine spezielle Mischung gekocht, auf die ich heute noch stolz bin.

Alle sechs Wochen ein Roman. Eine grauenhafte Schinderei. So schnell wird man nun doch nicht reich. Schreiben und wegschicken, schreiben und wegschicken. Zu etwas anderem kam ich natürlich überhaupt nicht mehr. Manchmal, wenn ich mir einen Tag Ruhe gönnte und mal ans Meer fuhr, fragte ich mich, was ich denn eigentlich schreiben würde, was ich schreiben wollte, wenn ich etwas Zeit hätte. Es fiel mir nichts ein. Ich lief am Strand auf und ab. Es war ein schrecklicher Wind einmal, ich weiß es noch genau. Ich lief da auf und ab, und wenn ich südwärts ging, hatte ich immer die Haare im Gesicht, und nichts fiel mir ein. Ich bin fast wahnsinnig geworden. Ich habe die Ausflüge an die See eingestellt. Es fiel mir nichts ein an der See. Kein Thema »brannte mir auf den Nägeln«. Anspruchsvolle Literatur, jawohl, natürlich. Es brauchte sie nicht einmal jemand zu verstehen, niemand zu kaufen. Ich würde sie als Privatdrucke erscheinen lassen. Mir fiel nicht mal für einen Privatdruck etwas ein – an der See. In den Bergen ging es überhaupt nicht. Ich habe einmal acht Tage in einer Almhütte gesessen, Käse gegessen und Milch getrunken und auf die Felswände gestarrt. Schließlich habe ich mit dem halbverblödeten Mädchen, das mir immer die Milch und den Käse brachte, geschlafen. Es war grauenvoll. Die ganze Zeit über hat sie so gespenstisch dabei gekichert. Und jetzt glaubte ich: Jetzt habe ich es! Und als ich wieder nach Hause kam, hatte ich den Entwurf für einen Trivialroman in der Tasche, der in den Bergen spielte. Irgendwie mußte der Aufenthalt sich ja gelohnt haben. Ich war auf dem Wege, vollständig verrückt zu werden. Sollte ich mich damit abfinden, ein talentierter Schreiber von Konsumromanen zu sein? Ich war in der Lage, jeden Stil zu parodieren. Damit erheiterte ich meine Freunde. Aber warum hatte ich keinen eigenen?

Sehen Sie, das habe ich in meiner Biographie verschwiegen, weil ich nicht wollte, daß jemand die alten Scharteken ausgrub. Einen Germanisten hätte ich damit beglücken können. Der hätte eine Arbeit darüber geschrieben, sich vielleicht damit habilitiert. »Franz Greif als Autor von Trivialliteratur«. Nun sage ich es. In Ottenhafen sage ich es. Und wenn hier ein Germanist ist, kann er an die Arbeit gehen. Die alten Titel allerdings nenne ich nicht. Die muß er schon selber aufstöbern.

(Es entsteht eine Pause. Der Autor scheint nachzudenken. Er blättert in seinem Roman, hat aber nicht die Absicht, daraus zu lesen. Dann setzt er von neuem an.)

Das ist noch nicht alles, was ich Ihnen zu erzählen habe. Ich muß, damit Sie mich richtig verstehen, auch noch von meinem Freund sprechen. Rudolf. Seinen Nachnamen verschweige ich. Er tut nichts zur Sache. - Rudolf war das absolute Gegenteil von mir. Er war krank. Er war völlig ohne Vermögen. Erteilte Nachhilfeunterricht in Französisch. Das Studium hatte er aufgegeben. Er hatte eingesehen, daß es Zeitvergeudung war. Sein Leben würde nicht lange genug mehr dauern, um die Früchte daraus zu ziehen. Leukämie. Er tat nur noch, was ihm Freude machte und womit er Geld verdiente. Die Nachhilfestunden fielen ihm schwer. Eine Demütigung. Eine Erniedrigung. Ich habe sie ihm oft genug auszureden versucht. Ich habe ihn auch unterstützt, obwohl er das nicht gern sah. Ich mußte es schon schlau anstellen, damit er das Geld überhaupt nahm. Sehen Sie, auch ein Trivialschriftsteller ist nicht nur geldgierig. – Aber ich erzähle nicht von ihm, um mich herauszustreichen. Ich erzähle von ihm, weil auch er schrieb. Er hatte, als ich ihn kennenlernte, bereits zwei Romane geschrieben. In der letzten Zeit schrieb er, weil er sich zu schwach fühlte für die Anstrengungen der großen Form, nur noch kleine Erzählungen. Er hatte alles in einem Kasten liegen und zeigte es niemandem. Ich bin der einzige gewesen, der seine Sachen gelesen hat. Es war vollkommen ausgeschlossen, daß er nur irgend etwas davon fortschickte. Ich erbot mich, es abzuschreiben, ihm behilflich zu sein bei der Suche nach einem Verleger. »Ich möchte es gerne behalten«, sagte er. »Aber du behältst es ja. Niemand wird es zerstören.« »Doch«, sagte er, »doch. Wenn es erst die anderen lesen, wenn sie darüber reden und schreiben, wenn sie sich da hineindrängen, dann gehört es mir nicht mehr. Es wird verschmutzt, entstellt, in Druckbuchstaben verzerrt. Dann habe ich gar nichts mehr. Etwas Neues kann ich mir nicht mehr machen.« Was sollte man da tun? – Als er schwächer wurde, wartete ich darauf, daß er irgendwann auf seine Manuskripte zu sprechen kommen würde. Ich erwartete, daß er mich bitten würde, sie nach seinem Tode zu edieren. Oder zu vernichten? Nein, er sprach nicht davon. Er sprach nie von seinem Tode. Er rechnete mit ihm, aber er sprach nicht davon. Ich überlegte oft, ob ich davon anfangen sollte. Vielleicht wartete er ja darauf, daß ich es tat. Ich habe mich nie überwunden. Wir redeten immer von etwas anderem. Es hätte nie gepaßt. Er starb, ohne daß wir noch je ein einziges Wort über seine Manuskripte gesprochen hätten. – Übrigens hatte er keine Anverwandten. So gut wie keine. Ein einziger Bruder hatte sich kaum um ihn gekümmert. Er war Kohlenhändler. Die Eltern schon lange tot. Dieser

Kohlenhändler hat ihn nicht einmal finanziell unterstützt. Jetzt kam er notgedrungen angereist, um zu entscheiden, was mit den paar Klamotten geschehen solle. »Rotes Kreuz! Alles zum Roten Kreuz! Davon kann ich nichts brauchen.« Er nahm die paar Mark Bargeld an sich, die noch in der Schublade lagen, liquidierte das Bankkonto, auf dem so gut wie nichts war. Eine später noch eintreffende Arztrechnung habe ich bezahlt. Der Herr Bruder rührte sich nicht mehr auf Anfragen.

(Der Autor schenkt sich ein Glas Wasser ein und trinkt es widerwillig.)

Ekelhaft! Aber die Luft ist trocken hier. Zu trocken. Ich verstehe nicht, daß noch Dichter hierherkommen. Es müßte sich längst herumgesprochen haben. In Ottenhafen ist die Luft im Vortragsraum zu trocken, daß man sich die Stimme ruiniert. *(Er räuspert sich ostentativ.)* Nachher werde ich noch einen Johannisberger trinken. Danach hält mich hier nichts mehr. *(Er schlägt wieder das Buch auf, schaut hinein.)* Es geht wieder. Ich kann wieder lesen. – Ich sollte nun doch noch etwas . . . Ich sehe es Ihren entsetzten Mienen an, daß Sie mir durchaus zutrauen, daß ich Ihnen jetzt nicht erzählen will, was mit Rudolfs Manuskripten geschehen ist. Es interessiert Sie jetzt bedeutend mehr, eine sentimentale Geschichte weiterzuhören, als aus dem preisgekrönten Werk eines Weltautors vorgelesen zu bekommen. Man fängt etwas an, und schon ist man nicht mehr Herr der Situation.

Also: ich habe die Manuskripte an mich genommen. Finden Sie, ich hätte sie dem Kohlenhändler aufdrängen sollen, der sie wahrscheinlich weggeworfen hätte, weil das Rote Kreuz für Literatur keine Verwendung hat? Ich nahm sie mit und wollte sie zum Gedächtnis meines Freundes herausgeben. Ich wollte einen Verleger suchen, ein schönes Geleitwort schreiben. Ein Unbekannter ediert einen Unbekannten. Ich schrieb, was ich immer hatte tun wollen, den ersten Roman von Rudolf mit der Maschine ab. Ich hatte den Brief an den Verleger schon fertig, den Umschlag bereits frankiert, da kamen mir Zweifel. Was hatte Rudolf eigentlich von dieser postumen Entdeckung seines Werkes und Namens? Natürlich nichts. Es hatte ihm ja schon zu Lebzeiten nichts an einer Entdeckung gelegen. Und die Welt? Und das Publikum? Sie würden sehr wahrscheinlich viel davon haben, denn ich schätzte die Qualität der Werke hoch ein. Die Welt, das Publikum, ja. Spielte aber dann der Name, der völlig unbekannte Name eine Rolle? Konnte er die Romane, die Erzählungen verbessern? Überhaupt nicht. – Da kam mir plötzlich eine ganz wahnwitzige Idee. Ich würde diesem Rudolf meinen Namen geben, einen ebenfalls gänzlich unbekannten und unverbrauchten Namen. Als Trivialautor hatte ich ja einen anderen. Ich wollte erleben, was Rudolf hätte erleben können, wenn er gesund und am Leben geblieben wäre. War das nicht eine Gelegenheit, die einzige Gelegenheit, ein Leben zu verlängern, das allzu früh geendet hatte? – Na ja, ich habe mir das sehr genau überlegt und abgewogen und dann getan. Rudolfs erster Roman erschien unter meinem Namen. Und er trug den Titel *Die Gefrorenen*.

(Der Autor putzt sich die Nase. Die Veranstalterin hält es nun nicht mehr länger auf ihrem Platz.)

DIE VERANSTALTERIN Sagen Sie, das ist ja ... Das sollen wir Ihnen glauben?

DER AUTOR Wie Sie wollen.

DIE VERANSTALTERIN Sie haben die Werke Ihres Freundes für die Ihrigen ausgegeben.

DER AUTOR Ja. Ich glaube, ich habe mich klar genug ausgedrückt.

DIE VERANSTALTERIN Das wäre doch Diebstahl gewesen.

DER AUTOR Das wäre es nicht nur gewesen, das war es. Aber nur an einem: dem Kohlenhändler. Ihm standen die Tantiemen zu. Ihn habe ich um eine Einnahme gebracht, die ich ihm niemals gegönnt hätte. Ein Diebstahl also, der meinem Gewissen wohltut. Übrigens, wenn Sie die Figuren identifizieren wollen, seien Sie nicht allzu hoffnungsfroh. Ich habe mich natürlich geschützt. Der Bruder war kein Kohlenhändler, und mein Freund hieß nicht einmal Rudolf. Außerdem ist auch der sogenannte Kohlenhändler vor zwei Jahren gestorben. Ja, aber Diebstahl war es, das gebe ich zu.

DIE VERANSTALTERIN Man könnte vielleicht eher, ja sicher sogar, von Betrug sprechen. Das war doch eine Fälschung. Wenn das überhaupt ... Ich meine, das ist ja so irrsinnig ...

DER AUTOR Betrug? Kaum. Fälschung? Wieso Fälschung? Der Roman war doch echt. Sie können doch nur ein Werk fälschen, wenn unter einem Namen schon andere, echte, vorhanden und bekannt sind. Ich habe, wenn wir das Wort schon aufnehmen wollen, nicht das Werk gefälscht, sondern mich. Die Fälschung ist meine Person. Andere haben den Paß gefälscht, ich habe meine Person gefälscht, und mein Paß blieb echt.

DIE VERANSTALTERIN Und wie ging das denn weiter? Sie konnten doch nicht ... Sie sagen, zwei Romane hat Ihr Freund, aber Sie ... Da müssen Sie doch noch andere ... oder sind die etwa von Ihnen?

DER AUTOR Meine Damen und Herren, Ihre Eiskunstläuferin will mir auf die Schliche kommen. Ich muß jetzt höllisch aufpassen, daß aus der Sache hier nicht einfach eine Sensationsgeschichte wird. Sie wird es werden, das ist gar nicht zu vermeiden. In ein paar Tagen ist sie gar nichts anderes mehr. Sie können sich schon jetzt freuen, daß Sie die ersten sind, die sie gehört haben. Aber lassen Sie sie sich jetzt noch etwas genauer erzählen, so genau, wie sie nie wieder berichtet werden wird.

Sie wissen, daß dieser Roman meinen Namen mit einem Schlage, wie man so sagt, bekannt machte. Ein scheußliches Sujet. Ich hätte nie gedacht, daß der Roman so einschlagen würde. Der einsame Wärter eines Leichenkühlhauses und seine tödlichen Reflexionen vor den vielen Schubladen mit den Gefrorenen. Ein genialer Wurf, aber scheußlich! Unendlich scheußlich. Es ließ sich sehr viel hineindenken und -deuten. Den Kritikern hat das sehr gefallen, außerordentlich gefallen. Viel lag am Zeitpunkt des Erscheinens. Kein neuer Name auf dem Markt. Die altbekannten, längst ausgeschrieben, lieferten Variationen alter Themen. Man mußte sich auf mich stürzen, wenn man endlich mal wieder eine Neuentdeckung hochloben wollte. Der Roman war gut, kein Zweifel, nicht der geringste Zweifel meinerseits, aber ein prasselnder Lobesregen solchen Ausmaßes läßt sich nicht allein mit literarischen Qualitäten erklären. Das Buch wurde ganz hübsch verkauft. Gelesen hat es kaum jemand. – Ist hier jemand, der *Die Gefrorenen* kennt? In einem literarischen Provinzverein? Na? Ist hier jemand? *(Die Veranstalterin zeigt auf.)*
Sie allein, Frau Eisberger? Na ja, einer muß es ja gelesen haben, um die Ehre zu retten.

Ich hielt mich in der ersten Zeit sehr zurück. Pressescheu. Am Telefon gab ich knurrige Antworten. Ich bestätigte das Bild, das man sich von mir bei der Lektüre machen mußte. Einsam. Nicht kommunikativ. Am Betrieb nicht interessiert. Ich gab nacheinander, in gut bemessenen Abständen, Rudolfs Werke heraus, den zweiten Roman, die Erzählungen. Dann sollte der neue Autor Franz Greif bereits wieder aufhören zu schreiben. Er hätte wahrscheinlich auch nichts mehr geschrieben, wenn ich nicht eine Freundin gehabt hätte. Eine schrecklich exzentrische Person. Sehr hübsch, aber exzentrisch. Das heißt, bis zum Durchdrehen von der fixen Idee besessen, exzentrisch sein zu müssen. Nur Unglaubliches machte sie geil, jeder Ansatz zur Normalität weckte in ihr die panische Angst zu vertrocknen. Zuerst liebte sie mich als den Autor dieser unglaublichen Bücher. Sie hatte sich mich natürlich völlig falsch vorgestellt. Sie dachte, ich sei von morgens bis abends wie meine Bücher. Als sie merkte, daß ich nicht so war, wollte sie sich von mir abwenden. Leider wollte ich sie damals gerne noch ein Weilchen im Bett behalten, und deshalb erzählte ich ihr die Geschichte mit Rudolf und meiner fingierten Autorschaft. Sofort fand sie das rasant und toll. Aber lange hielt es nicht vor. Sie begann mich sehr bald zu verachten, weil ich so etwas wie meine Bücher gewiß niemals schreiben könnte. Da wollte ich es ihr zeigen. Ich wettete mit ihr um zehntausend Mark – das war sehr viel Geld für mich damals, ich wußte überhaupt nicht, wie ich es hätte bezahlen sollen –, ich wettete mit ihr, daß ich einen Roman schreiben würde, der so gut, vielleicht noch besser sein würde als alles, was Rudolf geschrieben hatte. Vierzehn Tage später verunglückte sie bei ihrer blödsinnigen Autoraserei tödlich. Aber nun hatte mich der Gedanke gepackt. Nun wollte ich es gern selber wissen. Und ich schrieb. Es war nicht einfach. Ich wollte Rudolf weiterentwickeln, so schreiben, wie er hätte schreiben können, wenn er sich nicht einfach wiederholt hätte. Es mußte unverkennbar Rudolfs Stil sein, aber ein neuer Ton sollte hörbar werden. Mir ist das sehr gut gelungen. *Die Eule* ist bedeutend besser als *Die Gefrorenen* und *Die Gewöhnung*, die beiden echten Rudolf-Romane. Die Kritik fand das aber gar nicht. Es war nun an der Zeit, auch mal an mir herumzunörgeln. Diese ewigen Lobsprüche wurden ja schließlich langweilig. Außerdem will ein Kritiker keine neuen Töne. Es gehört zur Taktik der Vernichtung eines Autors, daß man von ihm immer dasselbe verlangt. Will er ausbrechen, es mal ganz neu und anders versuchen, wird er geprügelt. Schreibt er aber immer brav dasselbe, immer das, was man von ihm erwartet, wirft man ihm vor, daß er sich wiederholt, nichts Neues mehr zu bieten hat.

Mein nächster Roman, jetzt machte mir die Sache richtig Spaß, mein nächster Roman hieß *Nebelgesang*. Ein perfekter Rudolf. Alles war darin, was man so gepriesen hatte. Die Einsamkeitsthematik, die Wetterbeschreibungen, vor allem die seitenlangen Windschilderungen, die Gerüche. Keine Gnade vor den Kritikern. Damals verstand ich das nicht. Heute ist es mir klar. – Und ich schrieb einen dritten Roman. Schwer zu sagen, warum. Ich war ganz Rudolf geworden, aber seine Person war mir völlig abhanden gekommen. Ich konnte ihn mir kaum noch vorstellen. Ich sah mir Bilder von ihm an, schüttelte den Kopf. Unmöglich, daß Rudolf diese Bücher alle geschrieben hatte. Er war doch so vollkommen anders, während die Bücher ganz genau so waren wie ich. *Die Täuschung*, mein letzter Roman, wurde mein schlechtester. Das war nun wirklich nur noch Routine. Souverän mischte ich die altbekannten Motive, machte mich dauernd lustig über meinen manierierten Stil, den ich nun im Schlaf beherrschte, und schickte das Opus Magnum meinem Verleger mit einem unglaublich überheblichen Begleitbrief. Ja, schrieb er zurück, es sei ein Meisterwerk, die Krönung meines Schaffens, etwas noch nicht Dagewesenes. Ich hatte natürlich früher schon Preise bekommen, jetzt hagelte es Preise. Das Trommelfeuer auf den Autor wurde eröffnet. Damit hat man noch jeden schließlich umgebracht. In meinem Falle wurde auch noch das schwerste Kaliber aufgefahren: der Nobelpreis. Völlig überflüssig. Ich hätte auch so nichts mehr geschrieben. Der Fall Rudolf war abgeschlossen. Ich hatte ihn schreiben lassen, was er selber nur hätte schreiben können. Ich habe sein Leben verlängert. Vielleicht habe ich ihn sogar unsterblich gemacht. Für Rudolf hat mich der Nobelpreis wirklich gefreut. Ich habe ihm einen Teil davon abgegeben. Ich habe ihm einen neuen, ungeheuren Grabstein aufrichten lassen. Die Friedhofsverwaltung wollte ihn überhaupt nicht zulassen. Ein solches Monument für einen vollständig unbekannten Kerl? Nur weil ich es war, der ihn verlangte, wurde ein Auge zugedrückt.

(Der Autor packt seine Sachen zusammen. Er steht auf, um die Veranstaltung zu beenden.)

Mehr habe ich Ihnen nicht zu sagen. Jajaja, jetzt haben Sie natürlich tausend Fragen, aber die beantworte ich nicht. Ihr Bild vom Nobelpreisträger ist zusammengebrochen. Was schadet das! Können Sie sich vorstellen, daß man seiner Haut überdrüssig wird? Wahrscheinlich nicht. Die meisten Menschen sind froh, daß sie bis zum Lebensende nur die eine haben. Ich nicht. *(Er geht auf die Veranstalterin zu.)*

Kommen Sie, Frau Rittberger. Es ist nicht nötig, daß Sie sich bei mir bedanken, wie Sie das sonst wohl im Namen des Publikums zu tun pflegen. Trinken wir einen Johannisberger zusammen. Aber Sie müssen mir versprechen, daß Sie nicht über Literatur und nicht über mich reden.

(Er zieht die völlig verdatterte Veranstalterin mit sich fort und geht einige Schritte auf die Eingangstür zu. Plötzlich bleibt er stehen und wendet sich noch einmal an das Publikum.)

Übrigens könnte es natürlich auch ganz anders sein. Stellen Sie sich einmal vor, ich hätte Ihnen hier eine Geschichte erzählt, die ich zu schreiben gedenke, vielleicht schon geschrieben habe. – Das wär doch ein Stoff. Für mich nur leider nicht zu brauchen, nicht meine Thematik. Ein Einakter. Vielleicht ein Einakter. Ich müßte ihn unter Pseudonym veröffentlichen.

Guten Abend.

Professor Schlagbaum
interpretiert ein Gedicht

Meine Damen und Herren,
ich möchte Sie heute an ein Gedicht heranführen, das in
der bisherigen Rezeptionsgeschichte noch nie in den Be-
reichen ernstzunehmender und ernstgenommener Dich-
tung seine adäquate Würdigung erfahren hat, das Gedicht eines, so dürfen wir getrost sagen, begnadeten
Anonymus, der in des Volkes Mund, noch nicht aber in
die Schriftwerke der Wissenschaft seinen Einzug gehalten hat. Sie werden es alle kennen, es wird Ihnen vertraut
sein aus Kindertagen, aber nie wird Ihnen, dafür verbürge
ich mich, der Gedanke gekommen sein, es könnte sich
hier um mehr als stupiden Nonsens handeln. Daß es in
Wahrheit ein Juwel abendländischer Poesie darstellt, das
seinesgleichen sucht, werden Sie mit Sicherheit kopf-
schüttelnd vernehmen, wenn ich es nun vor Ihnen rezi-
tiere.

> Es war einmal ein Mann,
> der hatte keinen Kamm.
>
> Da kauft' er sich einen,
> da hat er einen.
>
> Er legt ihn auf den Tisch,
> da war's ein großer Fisch.
>
> Er legt ihn auf die Fensterbank,
> da war's ein großer Kleiderschrank.

Was soll man sich dabei denken? Schlechterdings wohl nichts. Welchen Sinn haben diese aberwitzigen Metamorphosen eines Kammes? Hier wurde doch wohl nur, geistesabwesend, das erstbeste sich einstellende Reimwort gesucht und hingesetzt. So ist der Eindruck. Nichts verlockt zur Sinnsuche. Man tut das Gebilde als kindischen Unfug ab, und damit begeht man den ersten, folgenschweren Fehler. Einen vom Autor geplanten, wohlkalkulierten Fehler, wie ich zu behaupten wage. Er hat es darauf abgesehen, das Gedicht so harmlos wie nur möglich auszustatten, damit jeder ernsthaft Forschende es mit Sicherheit übersehen wird. Wir aber nun wollen uns, diese Schalkheit durchschauend, genauer mit den scheinbar so harmlos-verblödeten Versen auseinandersetzen. Das Ergebnis dieser Reise, meine Damen und Herren, wird Sie überraschen.

> *Es war einmal ein Mann,*
> *der hatte keinen Kamm.*

Die ersten beiden Verse umreißen die Situation des Ausgangs, geben gewissermaßen die Exposition, könnte man sagen, wenn es sich um ein Drama handelte. In gewisser Hinsicht ist das nicht falsch, wie wir sehen werden. Unzähligen Dramen liegt diese primäre Konstellation zugrunde. Ein Mann also, der keinen Kamm hat. Ist das der Rede, ist das des Gedichtes wert? Die Eingangsformel des Märchens, jenes »es war einmal« belehrt uns jedoch darüber, daß es sich um etwas durch und durch Grundmenschliches handeln muß, um eine Urbefindlichkeit, eine Seinsmodalität von umfassender Bedeutung. Dieser Mann, das ahnen wir, steht stellvertretend für sehr viele Männer, wenn nicht überhaupt für die männliche Welt schlechthin. Und der »Kamm«, das muß uns klar sein nach solchem raunenden Beginn, ist nicht nur das einfache Gerät zur Haarpflege, sondern hat durch und durch symbolischen Charakter. Es verbindet sich mit diesem Kammsymbol der Gedanke an die pränuptiale Existenzform des Mannes, der in der herkömmlichen Sichtweise etwas durchaus Ungeordnetes und Chaotisches zukommt. Ein Kamm strähnt, ordnet, separiert, erlöst Verwickeltes, schafft Übersicht und Gleichlage. Unser Mann also wird vom Dichter als einer gesehen, der in verworrenen Verhältnissen lebt, da ihm eben das Mittel zur Stiftung von Ordnung und Harmonie noch fehlt: die Frau. Wir dürfen getrost das Kammsymbol auf jenes Erwartungsbild beziehen, das Männer so oft und gern auf den ersehnten weiblichen Partner projizieren: Er möge ihr Leben verschönern, ordnen und glätten. Insofern umreißen die ersten beiden Zeilen eine Ursituation, da jeder Mann, wie wir wissen, zunächst einmal ohne eine ihn begleitendpflegende Ehefrau auf dieser Welt ist. Daß diese Situation für den »Mann« des Gedichtes keine befriedigende ist – es wäre immerhin möglich, daß er sein kammloses Dasein bejahte –, ersehen wir, ohne bereits einen Blick auf den Fortgang des Gedichtes zu werfen, aus dem unreinen Reime. »Mann« wird auf »Kamm« gereimt, und dadurch erzeugt sich eine Unruhe, ein Bewußtsein der Fehlerhaftigkeit, das nach Aufhebung und Harmonisierung trachtet. Daß etwas geschehen muß, das diesen sowohl inhaltlich wie formal quälenden Zustand beendet, liegt auf der Hand. Das Gedicht strebt drängend und unaufhaltsam dem nächsten Reimpaar zu.

> *Da kauft er sich einen,*
> *da hat er einen.*

So einfach scheint das zu sein. Was im ersten Reimpaar

sich als schweres existenzielles Problem darbot, wird nun schlicht und ohne viel Aufhebens, im Vorübergehen gleichsam, erledigt. Der Kauf erlöst vom Mangel. Aber wenn wir hellhörig sind, dann spüren wir bereits bei dem identischen Reim »einen ... einen«, daß Wunsch und Erfüllung nur zwangsweise zur Deckung gebracht worden sind, daß eine befriedigende Lösung in Wahrheit nicht eingetreten ist. Daß Kauf hier als Heirat zu verstehen ist, können wir als gesichert ansehen. Der Begriff des Brautkaufes ist uns noch so völlig geläufig, daß es uns keinerlei Schwierigkeiten macht, den Kauf eines Kammes mit dem Erwerb einer Ehefrau symbolisch in Verbindung zu bringen. Hochzeit, so sagt der Dichter, ist leicht vollzogen, aber die andere Hälfte - hier in Form der zweiten Gedichthälfte - folgt hinterher und mit ihr die Probleme.

Er legt ihn auf den Tisch,
da war's ein großer Fisch.

Vordergründig betrachtet könnte man dies für ausgesprochenes Pech halten. Unser Mann erhält offenbar nicht, wonach ihn verlangt. Der Kamm verwandelt sich unversehens in einen Fisch und ist zur Haarpflege nicht mehr zu gebrauchen: ein heimtückisch foppender Zauberkamm. Bleiben wir aber dabei, daß der Kamm ein Synonym für Frau ist, der Tisch aber ein Symbol für die eheliche Gemeinschaft, die Gemeinschaft von Tisch und Bett, so gibt es keinen Zweifel mehr am tieferen Sinn dieser Aussage: Die Frau, welche Ordnung und Pflege verhieß, verwandelt sich zunächst und vor allem einmal in ein Sexualwesen, ob zur Lust oder Last des Mannes, ist hier meisterhaft offengelassen. Im Glauben und Aberglauben der Menschheit ist der Fisch seit Urzeiten ein Symbol der Fruchtbarkeit. Man denke nur an jene altindische Hochzeitssitte, der zufolge das frischvermählte Brautpaar bis zu den Knien ins Wasser steigt und mit einem neuen Kleide, dessen Saum nach Osten gerichtet ist, Fische fängt, wobei ein Brahmanenschüler fragt: »Was siehst du?« und die Antwort lautet: »Söhne und Vieh.« Oft auch wird der Fisch als Sinnbild des Phallus angesehen, und in der Provinz Posen glaubte man, daß der bald heiraten werde, der nachts von Fischen träume. Angesichts dieser Tatsachen ist es wohl nicht zu kühn, von einem Hochzeitsgedicht zu sprechen, das freilich in den letzten beiden Zeilen eine eigenartige Wendung nimmt.

Er legt ihn auf die Fensterbank,
da war's ein großer Kleiderschrank.

Warum auf die Fensterbank? Ist auch sie ein Symbol? Und wofür? Man wird sagen können, daß die Fensterbank ganz wesentlich zum Bereich des Fensters gehört, und das Fenster ist eindeutig nun ein Symbol der Sehnsucht, des Verlangens nach Weite und Fortbewegung. Man denke nur an Eichendorffs Gedicht: »Es schienen so golden die Sterne, / Am Fenster ich einsam stand«. Unser Mann ist also nun nach der Befriedigung der Geschlechtslust von höherem Streben erfüllt, und offenbar will er seine Frau bewegen, diesen Drang mit ihm zu teilen, weshalb er sie mitnimmt an jenen Ort des Ausblicks. Da aber verweigert sie sich ihm wieder. Erst wollte sie nicht Kamm, sondern Fisch sein, und nun wird sie zum Kleiderschrank. Zum großen Kleiderschrank, wie sie zuvor ein großer Fisch war, was auf die Mächtigkeit ihres Triebes schließen läßt. Wir gehen wohl nicht fehl, wenn wir den Kleiderschrank als treffendes, überwältigendes Symbol für Habsucht und Putzsucht ansehen. Während sein Sinn auf Erfüllung in der Weite und Ferne gerichtet ist, bleibt sie dem Materiellen verhaftet, wird schwer und unbeweglich. Den Fisch konnte er noch von der Stelle bewegen, ihn, auch wenn er groß war, immerhin zur Fensterbank tragen. Mit dem Kleiderschrank ist das nicht mehr möglich. Er wird vor dem Fenster stehen bleiben und alle ausschweifenden Träume zunichte machen.

So endet das Gedicht unbefriedigend. Dem Mann ist nicht geworden, was er sich erhoffte. Es ist ein Hochzeitsgedicht, das offenbar von einem Ehe- und Frauenfeind stammt, von einem abgrundtiefen Pessimisten. Es ist ein Gedicht, meine Damen und Herren, das wenig Mut zum Ehestand macht, ein Gedicht, das nicht für jedermann verständlich sagt, was es meint, ein kryptisches Gedicht, das der Entschlüsselung bedarf, aber darum eben: ein großes Gedicht, das wir hereinlassen sollten in den Tempel zeitloser Poesie.

Unsere Zeit ist um. Ich muß diese Vorlesungsstunde beenden, hoffe aber, Sie neugierig machen zu können auf die nächste, in der ich über den Autor der Verse sprechen will, dessen Anonymität ich aufzuheben vermochte: Es ist kein anderer als Arthur Schopenhauer. Doch damit genug für heute.

Die Grenzstation

Im Speisewagen des Rubin-Express wurde gerade das Mittagessen serviert, als das Tempo des Zuges sich merklich verlangsamte, obwohl die karge Landschaft, die immer zögernder an den Wagenfenstern vorbeizog, nicht den geringsten Vorboten einer näherrückenden Station mit sich führte. Keine Häuser, keine Lagerhallen, keine Gleisvermehrung. Nervös blickten einige Reisende aus dem Fenster, denn bei schnellen, pünktlichen Zügen befürchtet man immer den unvorhergesehenen Aufenthalt und die Verspätung, die nicht wieder aufzuholen ist.

»Wir kommen zur Grenze«, sagte ein schwerer, dunkler Herr, der bedächtig seine Suppe löffelte.

»Nach Prietz? Ach was! Da sind wir doch erst in einer guten Stunde.«

»Die Grenzstation ist nicht mehr in Prietz. Sie liegt seit heute nacht null Uhr direkt an der kolanisch-roupesischen Grenze.«

»Ach! Und weshalb?«

»Das hängt mit dem neuen Gesetzeswerk zur Allgemeinen Gerechtigkeit zusammen. Sie haben sicher davon gehört.«

»Gehört? Natürlich. Ich bin Roupesier. Natürlich weiß ich vom neuen Gesetzeswerk. Aber was das mit der Grenzstation zu tun hat, das verstehe ich trotzdem nicht.«

»Prietz, die erste Stadt an der Bahnlinie auf roupesischem Boden, liegt etwa hundert Kilometer landeinwärts. Die Züge fahren also immer schon längere Zeit auf roupesischem Gebiet, ehe die Paß- und Zollkontrolle, die erst beim Grenzübertritt begonnen werden darf, beendet ist.«

»Ja und? Die Zöllner steigen in Laposa ein und in Prietz wieder aus, und auf der Fahrt erledigen sie alles. Das klappte doch bisher ganz gut.«

Der gewichtige Herr wußte es besser. Er war, das zeigte sich, höchst informiert, Abgeordneter des roupesischen Parlamentes, hatte abstimmend mitgewirkt beim neuen Gesetzeswerk und mußte es also wissen. So belehrte er jetzt sein Gegenüber, einen pensionierten Lehrer, der von einem Kuraufenthalt in Kolanien zurückkehrte, und auch noch die Reisenden an den benachbarten Tischen, welche die Köpfe drehten und dem redegeschulten Parlamentarier zuhörten, dem schnell klargeworden war, daß er hier eine Lektion in Volksaufklärung zu erteilen hatte.

»Die Zöllner konnten immer nur von Abteil zu Abteil vorrücken und das Gepäck der Reisenden kontrollieren. Da blieb immer viel Zeit für unerlaubte Aktionen. Die Schmuggler, und glauben Sie mir, es gab viele auf dieser Strecke, eine erschreckend hohe Zahl, über die nie geschrieben wurde, um die Bürger nicht zu beunruhigen, die Schmuggler hatten eine volle Stunde Zeit, ihre unverzollten Waren abzuwerfen, die von Helfershelfern eingesammelt und weggeschafft wurden. Die Zöllner beugten sich über Koffer und Taschen, während die Schmuggler ihre Sachen aus Türen und Fenstern warfen. Man hat versucht, dem Einhalt zu gebieten, indem man je zwei zusätzliche Beamte dazu bestimmte, auf beiden Seiten des Zuges aus dem Fenster zu schauen, um die Schmuggler sofort zu überführen. Aber das brachte wenig. Die Schmuggler, immer wohlinformiert, warfen die Waren durch die Öffnungen der Klosetts auf die Strecke. Außerdem bekamen die Beamten die schrecklichsten Erkältungen durch den Fahrtwind, in den sie die Köpfe halten mußten, eine Stunde lang. Sie sehen, da herrschte nur wenig Gerechtigkeit. Einer einzelnen, skrupellosen Gruppe war es gestattet, ihre eigensüchtigen Geschäfte in aller Dreistigkeit auszuführen, während die anderen Bürger ihre Zollgebühren zu zahlen hatten. Unmöglich konnte ein Gesetzeswerk, das sich zum Ziel gesetzt hatte, der Gerechtigkeit auf allen Gebieten zum Siege zu verhelfen, unmöglich konnte es an diesem offenbaren Mißstand vorübergehen und die Augen schließen. So wurde die Grenzstation an die Grenze verlegt, wo sie auch hingehört. Hier hält der Zug, und hier findet die Zollkontrolle statt, und auf die dummen Gesichter der Schmuggler bin ich jetzt schon gespannt.«

»Ja aber«, meinte der Lehrer, »da gibt es doch dann einen Aufenthalt. Da wird der Zug dann doch eine Verspätung . . .«

»Allerdings. Eine kleine Verspätung wird sich nicht vermeiden lassen. In den künftigen Fahrplänen jedoch wird man den Aufenthalt berücksichtigen. Sie müssen aber doch zugeben, daß die Gerechtigkeit diesen relativ geringen Aufwand wert ist.«

Ja, das sahen wohl alle ein, und manch einer war sicher insgeheim stolz, daß er diesen historischen Augenblick miterleben durfte, daß er in dem Zuge saß, der als erster nach der umfassenden Änderung der Gesetze die Grenze passierte.

Der Zug war inzwischen in die Grenzstation eingefahren. Nein, so kann man eigentlich nicht sagen, denn es war kein Bahnsteig, keine Halle vorhanden. Es war nur etwas Erde aufgeschüttet und mit Kies bestreut worden, um einen leichteren Ein- und Ausstieg zu haben. Immerhin führte in einiger Entfernung ein Weg vorbei, an dem die neu errichtete Zollbaracke lag. Und dann gab es da noch ein Hotel. Keiner konnte sich erklären, wie es dahingekommen war. Es sah aus wie der verirrte Veteran einer Großstadtstraße. Vielleicht hatte ein Spekulant es hier an der Grenze errichtet. Es gab ein paar Berge in der Umgebung und kahle Abhänge. Vielleicht war es im Winter ein Ski-Hotel, vielleicht aber auch eine dubiose Schmuggler-Herberge, wer sollte das wissen. Bewohnt schien es immerhin zu sein. Es hingen Gardinen an den Fenstern, aber sonst lag es recht tot da.

Um so munterer aber war die Schar der Zollbeamten, die in Reih und Glied auf dem provisorischen Perron angetreten waren, um den ersten Zug zu begrüßen. Es waren nette, freundliche Leute, bis auf den Inspektor, der ihnen vorstand, junge Burschen, die offenbar alle neu eingekleidet waren. Ihre Gesichter strahlten, als sie in den Zug geklettert kamen, sie grüßten, Hand an der Mütze, und wünschten einen recht guten Tag. So sieht die Gerechtigkeit aus, so beginnt die neue Zeit. Nicht übel. Auch die Reisenden, die sich über den unerwarteten Aufenthalt ärgerten, wurden angesteckt von dieser zuversichtlichen Munterkeit und lächelten wieder ein wenig.

Das Mittagessen im Speisewagen freilich mußte vorübergehend unterbrochen werden, da jedermann zu seinem Gepäck zurück in sein Abteil gebeten wurde. Das leuchtete ein. Man werde später weiterservieren, versicherte der höfliche Zollinspektor. Auf Wunsch erhalte jeder ein neues, warmes Essen, ohne besondere Bezahlung. Es tue ihm aufrichtig leid, aber die Essenszeit sei durch ein Versehen dem veränderten Fahrplan noch nicht angepaßt worden. Das werde nie wieder vorkommen. Jeder zeigte dafür Verständnis und räumte ohne ein Widerwort den Speisewagen. Nur ein junger Mann beharrte darauf, sein soeben in Angriff genommenes Schnitzel in aller Ruhe zu verspeisen, und auch der Hinweis, daß er alsbald ein neues bekommen werde, bewog ihn nicht aufzustehen. Er wollte dieses Schnitzel und kein anderes. Dieses sei gut und zart, wie das nächste sein werde, wisse man nicht, und außerdem habe er Hunger. Der Inspektor erklärte dem jungen Mann mit freundlicher Nachsicht, daß das neue Zollgesetz nicht gestatte, daß sich während der Kontrolle Personen im Speisewagen befänden.

»Na gut, dann warten Sie eben mit der Kontrolle, bis ich fertig bin.«

Eine beispiellose Dreistigkeit. Der Inspektor wußte nicht, was er darauf antworten sollte, und so blieb er neben dem jungen Mann stehen, bis der seinen Teller geleert und sein Bier ausgetrunken hatte, und schüttelte nur den Kopf. Die anderen Reisenden ärgerten sich gewaltig und zu Recht. Wegen eines einzelnen mußten jetzt alle auf die Abfertigung warten. War das Gerechtigkeit? Nein, das war keine. Das schöne neue Gesetzeswerk, schon wurde dagegen aus Eigennutz opponiert. Damit machte er sich keine Freunde, der junge Mann, aber das schien ihm egal zu sein. Wie konnte man nur so halsstarrig sein! Und so kurzsichtig! Er mußte doch damit rechnen, daß der beleidigte Inspektor sein Gepäck ganz besonders scharf unter die Lupe nehmen würde. Und die neuen Zollbestimmungen kannte man schließlich auch noch nicht. Das konnte böse Überraschungen geben, bei denen man auf das Wohlwollen der Beamten angewiesen war. Da war es doch besser, vorsichtig zu sein und freundlich zu bleiben, zumal die Beamten ja auch freundlich waren, wirklich, das muß man sagen, ausnehmend freundlich und zuvorkommend.

Geschwind, behend, aber gründlich taten die jungen Beamten ihre Arbeit, gut geschulte Leute, die ihre Zolldiplome sicherlich erst vor kurzem und zumeist wohl mit Auszeichnung gemacht hatten. Außer dem Zollinspektor, der die Oberaufsicht leitete, waren es sechs Beamte, von denen sich immer je zwei in ein Abteil begaben, so daß die Arbeit zugleich in drei Abteilen lief. Alle Gepäckstücke wurden aus den Netzen gehoben, geöffnet und jeder einzelne Gegenstand einer besonderen Prüfung unterzogen. Mit einem kleinen, handlichen Zollstock wurde jedes Ding zunächst einmal gemessen. Der zweite Beamte trug die Werte in eine Liste ein. Den Maßangaben folgte eine lange Reihe von Chiffren, die der Prüfer nach kürzerem oder längerem Nachdenken aussprach, währenddessen er den Gegenstand hin und her wandte, ihn beklopfte und zum Schluß daran roch. »A 17, P III/4, G 12«, diktierte er, und keiner verstand, was das bedeutete. Daß bei dieser Prüfung kein einziger Gegenstand übergangen wurde, ja daß man ein vollständiges Verzeichnis aller Einzelheiten des Reisegepäcks jeder Person anlegte, begann die Fahrgäste recht bald zu beunruhigen.

Da trat nun der Inspektor auf den Plan und erklärte kurz die Prinzipien der neuen Zollbestimmungen, um die Gemüter wieder zu besänftigen. Alle, ja alle Bestimmungen waren neu. Das hatte sich nicht anders machen lassen, denn das alte System hatte den hohen Forderungen des Gesetzeswerkes zur Allgemeinen Gerechtigkeit in keiner Weise genügen können. Wie war es denn bis gestern gewesen? Da hatte man sich im großen und ganzen darauf verlassen, daß die Reisenden angaben, was sie zu verzollen hatten. In einzelnen Fällen machte man dann Stichproben, mal flüchtige, mal sehr genaue, ganz nach Willkür. Willkür und Gerechtigkeit lassen sich aber nun überhaupt nicht vereinen. Gleiches Recht für alle muß es heißen. Eine Zollabfertigung ist kein Lotteriespiel. Wer dreist zu lügen verstand und auch noch ein harmloses Gesicht dabei machte, brachte seine Schäfchen ins trokkene, aber wer ängstlich war und rechtschaffen, der wurde geschröpft. Es leuchtete wirklich allen ein, daß damit endlich Schluß gemacht werden mußte. Ja, aber mußte darum jeder Gegenstand erfaßt werden? Die meisten Teile des Gepäcks waren ja doch wohl zollfrei, oder wie? Eine berechtigte Frage, aber man brauchte nur einmal etwas nachzudenken, um zu erkennen, daß hier ein ganz schwieriges Problem lag. Alles, was man schon vor der Reise besaß, Kleider, Schuhe, Regenschirme, Schmuck und Fotoapparate, galt bisher als zollfrei. Es waren eben keine neuen, keine eben erst gekauften Sachen. Wie oft aber war die Behörde da nicht getäuscht worden. Man kaufte sich eine Seidenbluse, zog sie an, und schon brachte man sie abgabenfrei über die Grenze. Es ist doch wohl, denken Sie einmal nach, vollkommen gleichgültig, wann ein Gegenstand gekauft worden ist, gestern, vorgestern, vor einem Monat oder vor zehn Jahren. Worauf es einzig ankommt, ist die Tatsache, daß er über die Grenze gebracht wird. Nur daran kann man sich halten, wenn man Willkür und Betrug vermeiden will. Ab heute ist also alles zu verzollen, allerdings zu unterschiedlichen Sätzen. Sehr viele Dinge werden mit weniger als einem Posar berechnet. Mancher randvolle Koffer kostet nicht mehr als eine Kouleke. Da kann man nichts sagen. Die Gebühren sind human.

Immer mehr wollten die Reisenden wissen über das fabelhafte neue Zollgesetzbuch, das die Bewohner und Besucher von Rupesien einen Riesenschritt näher an die ideale Gerechtigkeit herangebracht hatte. Es gab, so erfuhren sie zu ihrer Verwunderung, kein Gebührenverzeichnis für alle Gegenstände. Man konnte also nirgends nachsehen, wieviel Zoll eine Puderdose, eine Sprungdeckeluhr oder ein weiblicher Papagei kostete. Nein, so nicht. Nicht so primitiv und grob. Die Aufstellung einer festen Gebührenliste wäre Leichtfertigkeit gewesen, Willkür und damit Ungerechtigkeit. Jeder Tag speit eine ganze Flut neuer Gegenstände über die Erde aus, da müßte man ja dauernd die Listen ändern, und bei allem Optimismus, einige Wochen würde es immer dauern, bis ein Gegenstand, der neu auf dem Markte war, den Weg bis ins Zollverzeichnis gefunden haben würde. Was sollte man in der Zwischenzeit tun? Die Sachen konfiszieren und sie später per Nachnahme dem Eigentümer schikken? Die Zollgebühr durch Analogievergleiche bestimmen? Damit wären die Beamten überfordert gewesen und die haarsträubendsten Fehleinschätzungen dabei herausgekommen. Es galt vielmehr, ein für allemal und grundsätzlich zu bestimmen, welche Gebühr zu erheben war, und da auf das einzelne Ding kein Verlaß war, mußten verläßliche allgemeine Kategorien gefunden werden. So waren alle Dinge nun auf vielfache Weise eingeteilt, in runde zum Beispiel und eckige, ovale, farbige, gemusterte, wohlriechende und stinkende, flüssige, feste oder gasförmige, in wasserlösliche, brennbare, klebende und zerreißbare, in solche, die auf dem Wasser schwimmen, hohe Temperaturen aushalten, in solche, die stoßfest sind oder leicht zerbrechen, kurz, es gab eine Fülle von allgemeinen Eigenschaften, die ein engmaschiges System bildeten. Wie in der Botanik mußte jeder Gegenstand zunächst einmal bestimmt werden, indem man ihn auf seine Eigenschaften befragte, von denen jedoch nur die zu beachten waren, die sich in den Bestimmungen verzeichnet fanden. In einem sublimen Verfahren konnte dann aus dem Zusammentreffen der verschiedenen Merkmale die Zollgebühr berechnet werden. Es leuchtete allen ein, daß bei dieser Methode so leicht kein neugeschaffener und noch nicht registrierter Gegenstand durch die Maschen des Gesetzes schlüpfen konnte.

Man mußte den Zollinspektor bewundern. Seinen Beamten vorauseilend, gab er, da sich dies als unumgänglich erwies, in jedem Zugabteil seine Erläuterungen zu den Zollbestimmungen und beantwortete mit rührender Geduld die oft recht ungehaltenen und verständnislosen Fragen der Reisenden. Die ungewohnte rednerische Anforderung meisterte der sonst recht schweigsame Mann mit bewundernswürdiger Bravour, und auch als eine leichte Heiserkeit seine Stimme zu umschleiern drohte, sprach er unermüdlich weiter und steckte nur bisweilen ein starkes Mentholbonbon in den Mund, das seine Zunge höchst geschickt umspielte wie Demosthenes die Kieselsteine. Es war ein ungewöhnlich schöner und sonniger Tag. Lokomotivführer und Heizer lagerten auf einem kleinen Grasfleckchen neben der Zollbaracke. In regelmäßigen Abständen erhob sich mal der eine, mal der andere, kletterte auf die Lokomotive und ließ Dampf ab.

Gegen fünf Uhr erlebten alle eine frohe Überraschung. Die Kellner des Speisewagens eilten mit dampfenden Kannen durch die Gänge und servierten allen Reisenden Kaffee und Gebäck, gratis, eine Aufmerksamkeit des Staates, angeordnet durch seinen Vertreter, den wackeren Zollinspektor. Die Kinder bekamen Kakao. Alle freuten sich über diese Erfrischung, nur der junge Mann verweigerte die Annahme. Er könne sich selber Kaffee kaufen, wenn er welchen haben wolle. Man solle statt dessen Schluß machen mit dieser albernen Zollkontrolle. Sein Anschluß in Prietz sei längst weg und der nächste auch bereits. Er werde in der Stadt übernachten müssen, und wer ihm das wohl bezahle ... Daß es immer wieder Menschen gibt, die so wenig Vertrauen haben! Als man abends im Speisewagen saß und an allen Tischen nur überschwengliches Lob für den Koch zu hören war, der es verstanden hatte, aus Vorräten und Resten ein hübsches, fast schwelgerisches Mahl zu zaubern, hatte der junge Mann nichts anderes im Sinn, als sich darüber zu beschweren, daß man in so vielen Schichten essen mußte, weil der Speisewagen nicht genügend Plätze hatte, um allen zugleich zu servieren. Niemanden kostete das Essen einen Posar, sogar die Getränke konnte man sich umsonst kommen lassen, und einige waren recht ausgelassen und fröhlich, als sie spät am Abend zum Hotel hinübertorkelten.

Zugegeben, die Einrichtung dieses alten Kastens ließ sehr zu wünschen übrig, die Matratzen waren durchgelegen, die eisernen Bettgestelle verrostet, und die Verteilung der Zimmer stellte auch nicht jeden zufrieden. Aber es kamen doch wenigstens alle in dem umfänglichen, verwinkelten Bau unter, keiner mußte die Nacht auf den harten Bänken des Zuges verbringen. Für jeden gab es ein Bett, eine Waschschüssel und auch einen Krug Wasser. Über den Morgenkaffee aber waren nun wirklich alle ungeteilter Meinung: Er war ausgezeichnet. Butter gab es reichlich und sogar frische Brötchen und Eier. Man konnte sich so richtig verwöhnen lassen, und das alles umsonst. Der junge Mann – na ja, um seine Meinung brauchte man sich nicht zu kümmern. Es ließ sich denn auch keiner die gute Stimmung durch seinen Hinweis verderben, daß das alles *unsere Steuergelder* seien, die *zum Fenster rausgeschmissen* würden. Eine miesmachende, einseitige Betrachtungsweise. Der Weg zur allgemeinen Gerechtigkeit ist eben ein schwerer Weg, und besonders die ersten Schritte sind mühsam. Aber es ist ja doch ein schönes Gefühl, wenn man sich als Pioniere fühlen darf, als Leute der ersten Stunde, die noch Mühen zu erdulden haben, damit es später leichter und flinker gehe. Wer dabei nur an sein eigenes Fortkommen denkt, kann das freilich nicht begreifen.

Der Zollinspektor begrüßte die Reisenden vor dem Zuge. Er war gut gelaunt und ausgeruht und empfahl den-

jenigen, deren Gepäck bereits gestern auf den Listen erfaßt worden war, einen kleinen Spaziergang in die Umgebung zu machen, und nannte ein paar lohnende Wander-
wege. Ein nächster Zug werde erst eintreffen, wenn dieser
abgefertigt sei. Man werde gegen Mittag mit der gesamten
Erhebung durch sein, woran sich dann die Errechnung
der Zollgebühren für jeden einzelnen anschlösse. Bis zum
Abend? Da könne er sich nicht festlegen. Seine Beamten
und er stellten ja zum ersten Mal derartige Berechnungen
an. Nein, da könne er sich unmöglich festlegen. Aber die
Zollbescheide würden sofort und nacheinander ausgegeben, und die Gebühren könnten zügig bezahlt werden. So
entstehe kein Stau an der Kasse, und man spare dadurch
nicht wenig Zeit. Nein, wirklich, an diesem Mann und
seinen Leuten lag es nicht, daß man warten mußte. Das
sah man ein. Und gab er sich nicht alle erdenkliche Mühe,
das Leben auf der Grenzstation so angenehm wie möglich zu machen? Es war ganz gewiß seine Idee, das Mittagessen diesmal gleichzeitig im Speisewagen und im Restaurant des Hotels servieren zu lassen, womit man sehr
zufrieden war, und als am späteren Abend der Inspektor,
der ohne Unterbrechung gearbeitet hatte, im Hotel verkündete, die Listen seien nun komplett, morgen beginne
die Gebührenberechnung, da kam Stimmung auf, und ein
Pianist, der sich auf Konzertreise befand, setzte sich an
das verstimmte Klavier und erfreute alle mit einem entzückenden Potpourri leichter Musik.

Eins muß man wirklich sagen: Die Bewirtung der Gäste geschah mit großer Liebe und Umsicht. Es kam selten
vor, daß sich eine Speise wiederholte, stets wurde Dessert
und nach einiger Zeit auch täglich schwarzer Kaffee nach
dem Essen gereicht. Man ging sogar dazu über, einen vor-
züglichen Landwein auszuschenken, und für die Kinder
gab es immer mal wieder hübsche naschbare Über-

raschungen, mal ein Tütchen mit Gummibären, mal ein Eis am Stiel, mal schokoladene Katzenzungen. Die schlechten, durchgelegenen Matratzen übrigens wurden bald durch neue ersetzt. Eines Tages kam ein ganzer Wagen voller Bettvorleger an, auch für gute, helle Nachttischlämpchen sorgte man, ein Billard wurde angeschafft und ein Musikschrank, und in der Kegelbahn gab es an zwei, später drei Tagen der Woche Filmabende, die jedem etwas boten. Besonders schön war es, daß mit der Zeit sich dieses oder jenes Naturtalent unter den Gästen hervorwagte, und nach einigen vorsichtigen Versuchen veranstaltete man ganze Jodel-, Zauber-, Flöten-, Gitarren- und Witzabende.

Wer aber annehmen will, daß das Leben der Reisenden nun zu einem einzigen vergnüglichen und sorglosen Faulenzerdasein geworden wäre, der irrt sich. Der größte Teil des Tages gehörte ernsthafter Arbeit. Schon als die ersten Gebührenberechnungen herauskamen, zeigte es sich, daß den Beamten Fehler und Widersprüche unterlaufen waren. Man hatte Muße, die Bescheide unter die Lupe zu nehmen, und einige Juristen, die sich unter den Reisenden fanden, besorgten sich Kopien der Zollverordnungen. Mancher Irrtum ließ sich so korrigieren, und vor allem wurde klar, daß nicht die sorgfältigen Beamten die Schuld trugen, sondern daß die Verordnungen eben mehrdeutig waren. Die Juristen boten allen ihre Hilfe an, die gern angenommen wurde, und so wurde kein einziger Zollbescheid widerspruchslos hingenommen. Irgendein Fehler fand sich immer oder wenigstens eine Lücke im Gesetz, die man ganz legal ausnutzen konnte. Der Inspektor hatte nichts dagegen, nein, er ermunterte sogar jeden, die Bestände seines Gepäcks selber noch einmal gründlich durchzugehen, da der Nachweis schon einer einzigen zusätzlichen Eigenschaft eines Gegenstandes oder der Fortfall einer anderen erhebliche Differenzen in der Höhe des Zolltarifs ergeben konnte. Gerechtigkeit war oberstes Gebot, nein, mit Irrtümern und Widersprüchen sollte man sich nicht abfinden.

War ein goldenes Armband zerreißbar? Wenn ja, so war es beinahe zollfrei. Mit unsäglicher Mühe wurden Dutzende von Armbändern vor Zeugen zerrissen. Als sich dann eines Tages ein neues Naturtalent präsentierte, ein Braumeister, der so unglaublich starke Daumen hatte, daß er so ziemlich alles zerreißen konnte, herrschte große Verwirrung. Lange stritten die rechtsbewanderten Experten darüber, wie groß das Aufgebot von Fingerkraft sein dürfe, damit ein Gegenstand noch als zerreißbar bezeichnet werden könne. Was legte man nicht alles aufs Wasser, um festzustellen, ob es schwamm! Vieles löste sich auf und fiel sofort in eine andere, oft ungünstigere Kategorie, manches quoll auf, erweiterte seinen Umfang, veränderte die registrierbaren Maße, anderes ging einfach kaputt, wurde unbrauchbar. Die unbrauchbar gewordenen Sachen aber waren eine sehr unbeliebte Kategorie. Sie wurden mit den höchsten Sätzen besteuert. Falls ein Gegenstand hier gelandet war, wurden Juristen und andere Experten auf den Plan gerufen, um doch noch etwas Brauchbares an ihm zu finden. Oft wurden auf diesem Wege aus einer Sache zwei oder drei, und die Listen mußten geändert, die Berechnung erneut vorgenommen werden. Das alles verursachte eine Arbeit, deren Bewältigung von Tag zu Tag staunenswerter wurde. Den Zollinspektor bekam man nur noch selten zu sehen. Er umgab sich mit einem Stab enger Mitarbeiter aus der Schar der Reisenden und fällte nur abschließende und grundsätzliche Urteile. Hohes Gras wuchs zwischen den Schienen vor der kalten Lokomotive, aber es hatte wirklich niemand Zeit, die Sichel in die Hand zu nehmen.

Alle waren tätig. Jeder hatte sich zum Spezialisten auf irgendeinem, wenn auch noch so kleinen Gebiet hinaufgebildet. Da traten so manche kleine und zuweilen auch größere Schwächen der Gesetze immer klarer zutage, und der Abgeordnete aus dem Parlament notierte sich alles mit freudigem Eifer, um dermaleinst mit einem Reformplan hervortreten zu können, der dann vielleicht sogar seinen Namen tragen würde. Der einzige, der gar nichts tat, war der junge Mann. Er hatte seinen Zollbescheid entgegengenommen und einen Lachanfall bekommen. Seither machte er nur noch boshafte Bemerkungen und dumme Witze. Was ist der Unterschied zwischen einem Zollinspektor und einer Kuh? – Eine Kuh käut einmal wieder und verdaut dann; ein Zollinspektor käut immer wieder und verdaut nie. – Keiner konnte darüber lachen. Ausgerechnet zur Weihnachtszeit, als zur täglichen Arbeit bei der Zollkontrolle auch noch die Vorbereitungen für das bevorstehende Fest kamen, von dem jeder wollte, daß es besonders schön werde, drang er in das Arbeitszimmer des Inspektors ein, als dieser die Mittagspause nutzte, um die Angebote für Christbaumschmuck zu vergleichen, die aufgrund der staatlichen Ausschreibung eingegangen waren.

»Sie wünschen?« Der Inspektor machte kein freundliches Gesicht.

»Wann fährt der Zug weiter?«

»Was?«

»Der Zug. – Wann fährt er weiter?«

»Wenn Sie mich hier mit Ihren Witzen, Ihren albernen, dummen, überflüssigen Witzen aufhalten wollen, Ihren . . .«

»Nein. Ich frage nur. Eine Anfrage, eine offizielle Anfrage. Ich möchte das Weihnachtsfest zu Hause verbringen.«

»Haben Sie Ihre Zollabgaben bezahlt?«

»Noch nicht, aber ich zahle sie jetzt. Siebenundzwanzig Kouleken. Eine Unverschämtheit für einen kleinen Koffer mit ein paar Sachen, die mir schon seit Jahren gehören. Aber hier, bitte sehr!« Er warf das Geld auf den Schreibtisch.

»Machen Sie eine Eingabe, wenn Sie sich ungerecht besteuert fühlen, wie jeder ordentliche Mensch das tut.«

»Nein, ich zahle. Ich zahle diesen Wucher, damit ich hier endlich wegkomme.«

»Wucher? Ich will Ihnen mal was sagen. Das ist ein ganz minimaler Betrag im Vergleich zu den Summen, die der Staat hier für Sie aufgewendet hat. Sie sollten froh sein, daß Sie nicht mehr bezahlen müssen. Die Einnahmen aus den Zollgebühren decken bei weitem nicht die auflaufenden Kosten. Der Staat wird um eine Erhöhung der Sätze nicht herumkommen, und er wird trotzdem noch Kredite aufnehmen müssen, um Ihren Unterhalt hier zu bezahlen. So ist das.«

»Ich habe hier nicht um Unterhalt gebeten.«

»Trotzdem erhalten Sie ihn, oder glauben Sie, wegen eines einzigen Querulanten werde die Gerechtigkeit abgeschafft werden?«

»Ich will keine Gerechtigkeit, ich will keine Wohltaten und Christbaumkugeln. Ich will machen können, was ich will.«

»So«, sagte der Inspektor, »soso«, und immer wieder nur »soso«.

»Wann geht der Zug?«

»Wenn alle Passagiere abgefertigt sind. Sie können jetzt ja gehen, zu Fuß, wenn Sie wollen.«

»Zu Fuß? Ich habe eine Fahrkarte. Ich habe einen Anspruch auf Beförderung, und sagen Sie jetzt nicht, der sei inzwischen verfallen.«

»Nein, das sage ich nicht. Aber Sie haben keinen Anspruch auf einen Sonderzug. Der Zug fährt, wenn alle fahren. Und jetzt stören Sie mich nicht länger.« Er vertiefte sich wieder in die Angebote, antwortete nicht mehr. Das einzig Richtige, was man mit einem notorischen Nörgler machen konnte.

Die Weihnachtsfeier wurde ein großer Erfolg. Das Hotel war festlich geschmückt, das kalte Büffet mit Köstlichkeiten überhäuft, Gesänge durchschwebten das Haus, und der Höhepunkt war die Bescherung durch den Weihnachtsmann. Wer war das wohl? Natürlich, der Zollinspektor! Eine tolle Maske! Zuerst erkannte ihn wirklich keiner, dann ging ein Raunen von Mund zu Mund, aber den Kindern zuliebe hielt man sich zurück, und erst am späteren Abend, als sie ins Bett gebracht worden waren und der Inspektor in seiner Festtagsuniform wieder unter ihnen saß, gab es ein brausendes Hallo. Eine gelungene Überraschung. Geschenke hatte es gegeben, Geschenke für alle. Wer hätte das erwartet. »Müssen wir die nun auch verzollen?« fragte ein ältliches Fräulein, aber da konnte sie jeder beruhigen. Neinnein, man befand sich ja diesseits der Grenze, auf roupesischem Boden, und die Geschenke waren ja nicht eingeführt worden aus dem Nachbarland. Das wäre ja auch, das wäre ja grotesk gewesen, ein Witz, wie ihn nur der sarkastische junge Mann hätte ausdenken können. Wo steckte der überhaupt? Nicht da. Typisch! Na, es war ja gut, daß er die Weihnachtsstimmung nicht verderben konnte.

Am Neujahrsmorgen gab es ein böses Erwachen. Viele hatten ja einen dicken Kopf und hielten es schon für möglich, daß sie nicht alles korrekt wahrnahmen. Man konnte es einfach nicht glauben und schaute immer wieder hin, bis es keinen Zweifel mehr gab: Die Lokomotive war weg, abgekoppelt von den Wagen, verschwunden. Da fuhr aber allen der Schreck in die Glieder. Wie oft hatte man nicht in all der Zeit während der Mittagspause auf den Trittbrettern der Wagen gesessen, geraucht und geplaudert, während die Kinder auf der erkalteten Lokomotive herumklettern durften nach Herzenslust. Ein herrlicher Tummelplatz war sie gewesen, dessen Reiz nie verblaßte. Man kann sich vorstellen, wie an jenem Morgen den Kleinen die Tränen in die Augen stiegen, als sie ihr geliebtes Spielzeug nicht mehr sahen. Man wußte sofort, was passiert war. Der junge Mann! Er hatte es gewagt, während im Hotel mit Gläserklang das Sylvesterfest gefeiert wurde, heimlich im Dunkeln die Maschine anzuheizen, und war, als um Mitternacht Raketen aufpfiffen, Sterne sprühten und Kanonenschläge krachten, unbemerkt im jubelnden Lärm davongefahren. Zunächst war man sprachlos vor Wut, aber dann wurden doch einige nachdenklich. Hätte man nicht mit dem Rebellen konspirieren und mitfahren können? Zweifel am Sinn der Zollkontrolle, immer wieder unterdrückt, aber nie ganz auszurotten, brachen offen hervor. Eine gefährliche Stimmung breitete sich aus. In den guten Neujahrskarpfen wurde lustlos herumgestochert, und der Inspektor fürchtete sich vor dem nächsten Morgen. Wie sollte die Zollkontrolle fortgesetzt werden, wenn der allgemeine Widerstand wuchs? Doch schon am Abend verkündete er eine Meldung, die er, wie er sagte, soeben erhalten habe. Kurz vor Prietz sei der junge Mann mit der Lokomotive auf einen stehenden Güterzug aufgefahren. Tot, jawohl, sofort tot. Erst waren sie alle sehr erschrocken und dann sehr froh bei dem Gedanken, daß sie wenigstens nicht mit auf den Güterzug aufgefahren waren, und dann schadenfroh, wenn sie an den jungen Mann dachten, der immer und ständig alles und jedes bemeckert hatte. Geschah ihm... neinnein, so nicht! ...aber doch... da kann man eigentlich überhaupt...

Und wer bezahlt nun den Schaden? Die Lokomotive, die Güterwagen? Der Staat, wieder einmal der Staat! Wir alle! Ja! Der Inspektor machte ein zwar ernstes, aber doch sehr erleichtertes Gesicht.

Die Arbeit ging weiter, zögernd erst und ohne den rechten Elan, und auch die vielen Festtage mochten ihren Teil dazu beigetragen haben, daß alle ein wenig faul und träge geworden waren. Allmählich aber faßte man wieder Tritt, und die Zollabfertigung nahm weiter ihren Lauf.

Es gab allerdings Stimmen, die immer wieder behaupteten, der Inspektor habe sich das Eisenbahnunglück nur ausgedacht, um die Menge wieder auf Vordermann zu bringen. Dem wurde zwar heftig widersprochen, aber ganz ließ sich das Gerücht nicht aus der Welt schaffen. Erst vor kurzem machte es wieder die Runde . . .

Ein Tod für Herrn Krotta

»Genieße deinen Tod!« sagte Herr Krotta eines Morgens und faltete die Zeitung zusammen. Als seine Frau aufblickte, fügte er noch hinzu: »Ich glaube, es ist an der Zeit, daß auch ich mich nach einem hübschen, preiswerten Tod umsehe.«

Seine Frau lächelte, wie sie immer lächelte, wenn sie mit ihm einer Meinung war. »Ich denke schon lange daran«, sagte sie, »besonders, da deine Geschäfte in letzter Zeit so gut gehen. Besser kann es nicht mehr kommen.«

»Eben, eben«, versetzte Herr Krotta, »deshalb ist es Zeit zu sterben – wenn es dir recht ist.«

»Was mich betrifft«, meinte Frau Krotta nach einem akkuraten Räuspern, »was mich betrifft, so würde ich gern noch zwei, oder sagen wir drei Jahre am Leben bleiben. Wenn du nicht mehr da bist, fällt der ganze Haushalt fort und das pünktliche Essen. Ich könnte dann täglich den Bridge-Club besuchen. Die meisten Frauen dort haben auch keine Männer mehr. Sie fühlen sich zehn Jahre jünger und haben mich schon oft bedauert.«

»Das trifft sich gut«, sprach Herr Krotta heiter. »Wir haben uns ja immer gut ergänzt. Und was ist schon ein Tod! Unsere Großeltern hatten in dieser Sache doch wirklich einen unbequemen, fast möchte ich sagen unanständigen Standpunkt. Es soll wirklich auch heute noch Leute geben, die auf ihren natürlichen Tod warten, statt sich beizeiten eine Sterbeszene auszusuchen, die ihnen zusagt. Ich kann mir nicht helfen, ich halte die Sterbe-ateliers für einen größeren Fortschritt in der Geschichte der Menschheit als die Raketen zum Mond.«

»Wo willst du dir deinen Tod bestellen?«

»In der ›Freudenburg‹«, erwiderte er und lachte wie jemand, der einen zweideutigen Witz gemacht hat.

»Das tust du mir nicht an!« sprach Frau Krotta energisch. »Der Ruf unserer Familie hat genug gelitten, als dein Bruder in diesem verrufenen Institut den ›Tod im Harem‹ starb.«

»Es war auch nur ein Witz. Selbstverständlich wähle ich einen seriösen Tod. Ich dachte an den ›Getreuen Hein‹.«

»Das ist zwar ein sehr großes Geschäft mit gemischter Kundschaft, aber man hört eigentlich nur Gutes. Ja, mit dem ›Getreuen Hein‹ wäre ich einverstanden.«

»Vor allem«, ergänzte Herr Krotta, »soll man dort wirklich genußvoll sterben, ganz ohne Angst und schlimme Vorstellungen. Man kann sich der letzten Szene mit Inbrunst hingeben und hat nichts zu bereuen.«

»Hast du schon über den Termin nachgedacht?«

»Man soll mit so etwas nicht zögern. Wer weiß, ob nicht plötzlich wieder schlechtere Zeiten kommen, und dann fehlt einem die rechte Seelenruhe zum Sterben. Ich dachte, Mitte nächster Woche.«

»Schlecht«, sagte Frau Krotta und zog die Stirn in Falten. »Es paßt mir nicht gut mit der Todesparty. Sie müßte dann ja am Montag stattfinden, damit du dich am Dienstag ausruhen kannst. Sonst stirbst du am Ende mit einem Kater, und das Geld ist zum Fenster rausgeschmissen. Am Montag aber habe ich einen Termin beim Zahnarzt, und es ist bei Meyer-Krenz so schwer, einen neuen zu bekommen. Können wir es nicht eine Woche verschieben?«

»Wie du meinst, ganz wie du meinst«, sagte Herr

Krotta, trank den letzten Schluck aus seiner Tasse und ging in sein Büro.

Am gleichen Nachmittag sprach er beim ›Getreuen Hein‹ vor. Jeder Kunde wird dort individuell, in einem intimen Raum, bei Kaffee, Likör oder Sherry bedient, und man darf sich je nach Geschlecht von einer guterzogenen Dame oder einem höflichen Herrn sagen lassen, daß es keinen Tod gebe, den man nicht sterben könne, und daß dies ein großer Vorteil gegenüber früheren Zeiten sei, in denen jeder mit dem Tode vorliebnehmen mußte, der ihm – oft sehr ungebührend – zuteil geworden sei.

Auch Herr Krotta saß im weichen Sessel und hörte sich solche Reden an, und er nickte dazu sehr verständnisvoll.

»Sehen Sie hier«, sagte der graue Herr und ergriff den in weiches Leder gebundenen Hauptkatalog, »hier haben wir die verschiedensten Möglichkeiten. Der Heldentod ist heute wieder einmal sehr gefragt – wir hatten lange keinen Krieg mehr, Gott sei Dank –, ein schlechtes Geschäft für uns, mit Verlaub.« Er lächelte. »Aber ich sehe, das ist nicht nach Ihrem Geschmack. – Der religiöse Tod wird auch gern genommen. Natürlich gibt es da gar keine Schablone … Orthodox oder liberal, gleichviel. Man stirbt oft auch indisch mit sofortigem Eingang ins Nirwana – sehr schön. Oder griechisch, mit einer stimmungsvollen Fahrt über den Styx.«

»Ach nein«, sagte Herr Krotta, »das … das dachte ich eigentlich nicht.«

»O bitte, unser Angebot ist sehr reich. Wenn Sie mir die Richtung Ihrer Wünsche andeuten würden.«

»Tja«, sagte Herr Krotta, »das ist schwer zu sagen. Ich habe keine unbedingt festen Vorstellungen.«

»Ich verstehe. – Ich darf Sie anregen. – Wir haben einen

sehr schönen Tod beim Wein, rebenbekränzt, dionysisch, oder auch spätromantisch, wie man will.«

»Ich vertrage keinen Wein. Ich bekomme starkes Sodbrennen danach.«

»Ach so«, sagte der Herr und räusperte sich, »wenn Sie das stört . . . Ich meine der Gedanke an ein Danach, das es nicht . . .«

»Ach so.«

»Eben.«

»Nein, ich möchte lieber etwas anderes.«

»Gewiß. – Es gibt natürlich auch – ich erwähne das lediglich nebenbei – viele Varianten des Todes mit der Frau, des sogenannten Liebestodes.«

»Meine Frau will noch nicht sterben.«

Der Herr lächelte. »Ich meine auch nur die Frau schlechthin, die Frau der Todesnacht, die einem einsamen Mann in der Lust die Schale des Verlöschens reicht. – Aber Sie sind verheiratet. Es kommt wohl nicht für Sie in Betracht. – Reich ist auch unsere Auswahl an historischen Sterbeszenen. Unsere Kunden wählen sich oft ein Jahrhundert, in dem sie sich besonders heimisch fühlen, und es wird uns immer wieder bestätigt, daß es sich in echten Kostümen viel schöner stirbt als in den schlichten Kleidern unseres Jahrhunderts.«

»Übrigens eine Frage«, unterbrach Herr Krotta. »Mich wundert das. Sie haben auch den . . . wie sagen Sie doch? . . . Liebestod . . . ich meine mit Frauen. Ich dachte, daß bei Ihnen . . .«

»Wir führen auch diese Todesart, aber natürlich diskret.«

»So. – Und das verkauft sich gut?«

Der Herr lächelte wieder. »Sehr gut. – Im Vertrauen darf ich Ihnen auch sagen, aber sprechen Sie nicht darüber, daß viele Kunden diesen Tod wählen und wir auf ihren Wunsch einen anderen auf das Bestätigungsschreiben setzen – der Angehörigen wegen.«

»Hm«, sagte Herr Krotta.

»Wie schön!« sagte Frau Krotta, als sie den Vertrag in der Hand hielt, den ihr Mann mit dem ›Getreuen Hein‹ geschlossen hatte. »›Tod mit Kammermusik, L 117, Sonderklasse. Die Firma garantiert ein Ableben gemäß der angegebenen Kennziffer.‹ Welche Stücke werden sie spielen?«

»Das weiß ich nicht. – Ich lasse mich überraschen.«

»Gut. – Ich werde später bei der Firma nachfragen, was sie gespielt haben, damit ich mir die Platten kaufen und mir vorspielen kann, wenn ich mich an dich erinnern will.«

»Das ist sehr lieb von dir. Und nun wollen wir mal den Nachlaß ordnen.«

Herr Krotta, der zwei Tage zuvor feuchtfröhlichen Abschied von Verwandten, Freunden und Bekannten gefeiert hatte, wurde pünktlich abgeholt. Ein livrierter Chauffeur fuhr ihn in einer schwarzen Limousine zu den Ateliers des ›Getreuen Hein‹, die weit außerhalb der Stadt lagen und von einer hohen Hecke umgeben waren. Das schwere Eisentor öffnete sich selbsttätig und lautlos und schloß sich ebenso hinter dem eingefahrenen Wagen. Über breite Parkwege rollte der Wagen tiefer in den Garten hinein, der von unermeßlicher Größe zu sein schien. Der Weg hob sich sacht zu einer Anhöhe hin und senkte sich dann wieder, während zur Linken ein weidenumstandener Teich im Licht zahlreicher Lampions aufblitzte, die zwischen den Bäumen hingen und im Winde leicht hin- und herschaukelten. Der Wagen bog ab, umfuhr den Teich und hielt vor einem flachen, länglichen Pavillon, der am Ufer stand, fast verborgen unter hängenden Zweigen. Sie stiegen aus und traten ein. Der Raum war von rosigem Dämmerlicht erfüllt. Der Fuß trat auf einen unerhört weichen und dicken Teppich, der wie ein großes Fell den ganzen Raum bedeckte. Niedrige Couches mit vielen Kissen standen an den Wänden, kleine Tischchen davor mit allerlei Konfekt und Knusperkram, Likören, Cognacs und Obstwässern. Champagner in silbernem Kühler, Vasen mit langstieligen, vollerblühten exotischen Blumen, deren süßer Duft das Atmen schwer und müde machte. Zum Teich hin war der Raum durch eine einzige große Glasscheibe begrenzt, neben der eine Tür auf eine schmale Steinterrasse führte, gegen die das Wasser sanft und träge gluckernd anrollte.

»Sie werden, wenn es beliebt, hier auf sie warten«, sagte der Chauffeur. »Ich erlaube mir nun, mich zurückzuziehen. Mit diesem Telefon können Sie sich jede gewünschte Bedienung herbeirufen. Vielleicht ist es mir ferner gestattet, Ihnen einen angenehmen Abend zu wünschen.« Er verbeugte sich und trat rückwärts ins Dunkel.

Herr Krotta seufzte und blickte auf den Teich, über dem von den Lampions ein ruheloses, verwirrendes Schlängelspiel bunter Bänder zitterte. »L 117«, sprach er leise vor sich hin, »Tod im Liebespavillon Sonderklasse.«

Da kamen Ruderschläge vom Wasser her, und zwischen dem Schilfrohr blinkte mattes Gold. Eine zart geschwungene Sichel schwebte heran, ein Boot, an dessen Heck eine dunkle Gestalt das lange Ruder bald links, bald rechts ins Wasser tauchte. In der Mitte des zerbrechlichen Kahns saß eine Frau, gehüllt in ein weich fließendes, grünes Gewand, und als sie den Rand der Terrasse erreichten, erhob sie sich. Herr Krotta bemerkte, daß ihr Kleid ein durchsichtiger Schleier war. Mit bloßen Füßen stieg sie aus und reichte ihm ihren Arm, damit er ihr behilflich sei. Fast lautlos glitt der Nachen seitwärts in die Nacht.

Sie war die Frau, die er bestellt hatte, und sah aus wie auf den Fotos. Eine Mulattin, davon hatte er sein Leben lang geträumt. Sie ließ sich betasten und küssen, schmiegte sich sofort an ihn und gurrte zart in sein linkes Ohr. Herr Krotta hatte seine liebe Not, sich zu zügeln und zu beherrschen, um nicht zu früh zum Zuge zu kommen. Also geleitete er sie erst mal zu einem der Sofas, schenkte Champagner ein, trank mit ihr und fütterte sie mit kleinen Häppchen. Jawohl! Das war die richtige Wahl gewesen! Eine solche Frau hatte er noch nie besessen. Er konnte sich hemmungslos an ihr auslassen, und ein schlechtes Gewissen brauchte er nicht mehr zu fürchten.

Sein Entzücken aber wurde, er merkte das mit der Zeit immer deutlicher, von der wachsenden Angst getrübt, sein Glück jeden Augenblick wieder verlieren zu können und in ewige Nacht sinken zu müssen. Noch hatte er die schöne Frau nicht besessen, und ein dunkles Gefühl sagte ihm, daß er sie wohl auch nie besitzen werde. Wo aber, wo lauerte der Tod auf ihn? Dort der blaue Likör - schwamm er dort in der giftfarbenen, zähen Flüssigkeit, oder klebte er vielmehr in jenem harmlosen Stückchen Nußschokolade, das er gerade zwischen die Zähne schob? Er betrachtete jeden Gegenstand mit Argwohn und wagte schließlich nichts mehr von dem zu nehmen, was sie ihm anbot. Bekümmert schaute er vor sich hin und dachte an sein Ende.

Sie fragte ihn, ob ihm unwohl sei, aber er antwortete nicht darauf. Erst als sie ihm mit zärtlicher Hand ein paar Härchen aus der Stirn strich, brach es aus ihm heraus. Er faßte sie bei den Armen und sprach hastig und zitternd nahe ihrem Gesicht:

»Ich kenne dich nicht, ich weiß nicht einmal deinen Namen. Glaub es mir oder glaub es nicht, aber du bist die erste Frau in meinem Leben, die ich liebe. Nur eins will ich wissen, nur eins. Liebst auch du mich? Wenn nicht, so will ich, daß du mir auf der Stelle den Todestrunk reichst, und ich will sterben, ohne dich besessen zu haben. Wenn aber . . .«

»Ich liebe dich«, sagte sie und küßte ihn.

Sofort war er auf den Beinen.

»Fort, fort!« schrie er. »Keinen Tod! Wo ist das Telefon? Ich bestelle alles ab. Mit dir nur leben . . . Muß ich mein Glück so spät finden? Aber noch nicht zu spät.«

»Ach was«, sagte sie, »nicht telefonieren. Das gibt unangenehme Schwierigkeiten. Mein Wagen steht hier nahe im Gebüsch. Wir fahren einfach ab. Du legst dich auf die Rücksitze, und ich decke meinen Mantel über dich, damit man dich nicht sieht. Ich tue so, als sei mein Auftrag erledigt und als führe ich nach Hause.«

Wie froh war Herr Krotta da, wie vergnügt schaute er ihr zu, als sie aus einer bisher verborgenen Wandklappe ihre Kleider hervorholte und sich vor seinen Augen Slip, BH, Bluse und Rock anzog, sich frisierte und nachschminkte. Gehorsam duckte er sich auf den Rücksitzen ihres kleinen Autos und ließ sich ihren Mantel überwerfen, der betörend nach ihr roch. Mit halbem Ohr hörte er sie mit dem Pförtner des ›Getreuen Hein‹ reden, und als sie mit rascher Beschleunigung aus dem Tor fuhren, krabbelte er wieder hervor und fragte munter: »Wohin jetzt?«

»Ich weiß ein Hotel«, sagte sie nur.

Während der Fahrt war er so aufgekratzt wie noch nie, sprach durcheinander von seiner Scheidung, einer Villa in der Schweiz und seiner guten Gesundheit, und als sie wieder in die lichterfüllten Straßen der Großstadt kamen, schaute er durch die Scheibe hinaus auf die vielen Menschen, die ihrem Vergnügen entgegeneilten, als sähe er sie heute zum ersten Mal. – Dann kamen sie durch einsame, dunkle Gassen, und als er fragte, wo das Hotel sei, antwortete sie: »Weit draußen.«

Er sank in die Polster zurück und verspann sich in Gedanken. Ab und zu kraulte er die Fahrerin zart im Nakken, und sie lachte übermütig.

Der Portier des Hotels, das an einem großen Platz zu liegen schien, öffnete die Wagentür und geleitete die Gäste in die Empfangshalle. Nicht mehr als drei Worte, und ein Page eilte voran, um ihnen das Zimmer zu zeigen.

Rasch lagen sie in den breiten Betten. Aufatmend schlang er die Arme um sie und rief mit einer vor Lust heiseren Stimme:

»Es lebe das Leben!« und dann scherzend: »Au, du Wilde!«, und dann war er tot.

Die Mulattin war katzenhaft rasch aus dem Bett und legte die winzige Spritze auf den Nachttisch. Obwohl sie ihren Beruf schon seit vier Jahren ausübte, war ihr die körperliche Nähe einer Leiche noch immer sehr unangenehm. Sie zog sich wieder an, trat dann noch einmal an das Bett und schob ein Augenlid von Herrn Krotta prüfend hoch. »In Ordnung«, sagte sie und drückte auf einen Knopf hinter der Bettstatt. Alsbald begann ein leises Summen, das Doppelbett versank langsam, und die Öffnung schloß sich wieder. – Unten zogen kräftige Arme Herrn Krotta aus den Kissen, legten ihn auf einen kleinen Wagen, der von einer roten, elektrischen Zugmaschine durch einen langen, unterirdischen Tunnel zu der zentral gelegenen Leichenhalle gefahren wurde, wo die Toten die polizeilich vorgeschriebene Zeit aufgebahrt wurden, um dann ins Krematorium weitertransportiert zu werden.

Die Dame hatte inzwischen ihren Wagen wieder erreicht, und als sie die Tür öffnete, saß ein Mann am Steuer.

»Oh, Willy!« rief sie in freudigem Schreck. »Bist du auch schon fertig?«

»So ist es«, sprach der Mann und ließ den Motor an. »Wie ging es bei dir?«

»Ach, das Übliche. Ein kleiner Dicker, der nicht sterben wollte. Wir mußten erst ins ›Hotel‹ fahren. L 117, Sonderklasse, das gibt eine Zulage.«

»Gut«, sagte der Mann. »Ich bekomm auch eine. Dann könnten wir uns ja mal ein Essen im ›Postillion‹ leisten.«

»Dafür wäre ich auch. Fahr schnell, ich habe einen gräßlichen Hunger.«

Dein Edwin

Lieber Lothar,
es hat eine Zeit gegeben, da schrieb ich Dir oft. Es ist vorgekommen, daß in einer einzigen Woche vier Briefe an Dich abgingen. Das ist lange her. In den letzten zehn Jahren habe ich Dir, so scheint es mir wenigstens, nicht mehr geschrieben. Ich bin lange krank gewesen, habe Jahre in Sanatorien verbracht, aber davon heute kein Wort. Es geht mir leidlich, aber ich verlasse das Haus nicht mehr. Ich könnte es, aber ich tue es nicht. Frische Luft, bei gutem Wetter, habe ich auf dem Balkon, und das genügt mir vollauf. Es wird Herbst, der Sommer ist dahin, und ich schreibe Dir, weil ich Dir etwas mitzuteilen habe.

Feriengäste, das weißt Du, gibt es in unserem Ort genug. Mit jedem Jahr werden es mehr. Wir beide haben sie früher vom Balkon aus gern beobachtet, wie sie einzeln oder in Scharen ausrückten, um sich in den nahen Wäldern zu verteilen, und uns beim Schärfen spitzer Bemerkungen vergnügt. In diesem Sommer nun hatte ich ein neues, einsames Vergnügen mit ihnen. Der Weg zum Sevelberg steigt, am ›Gasthof Ölmüller‹ beginnend, stetig an und erreicht gegenüber den letzten Häusern vor dem Walde etwa die Höhe unseres Balkons. Man befindet sich also, wenn man dort sitzt, auf dem gleichen Niveau wie die Hinauf- oder Herabwandernden. Man sieht und wird gesehen. Wer nun in diesem Sommer an sonnigen Tagen nachmittags zum Spaziergang aufbrach, bekam auf meinem Balkon etwas Apartes zu sehen. Da saß auf der Brüstung ein hübsches junges Mädchen in einem zweiteiligen blauen Badeanzug und blickte herüber. Und ein wenig zurückgezogen, der Hauswand und dem linken Fenster nah, saß ich in meinem Balkonstuhl, eingehüllt in meinen schwarzen Veloursmantel, und hielt ein Journal in den Händen. Dieses lebende Bild veränderte sich während zweier voller Stunden nicht, so daß auch die Zurückkehrenden das seltsame Paar noch immer in derselben Position erblickten, was sie verwundern mochte. Wer nun am nächsten Tag zur gleichen Zeit heraufkam, konnte, vorausgesetzt, es schien wiederum die Sonne, im buchstäblichen Sinn sein blaues Wunder erleben. Da saß das Paar doch schon wieder wie am Vortage. Aber nein! Es war nicht mehr dasselbe. Die Dame war ausgewechselt. Sie trug zwar auch einen zweiteiligen blauen Badeanzug, aber sie war ganz entschieden eine andere. Zum Beispiel hatte sie vielleicht schwarze Haare oder blonde oder rote, während die gestrige braun gewesen war. Sie war schlanker oder fülliger, blasser oder gebräunter. Da machte man sich Gedanken. Hatte der weißhaarige Mann, der da mit unbewegtem Gesicht saß, zwei Töchter, die sich darin abwechselten, ihm Gesellschaft zu leisten und dabei ein Sonnenbad zu nehmen? Es wurden Bemerkungen ausgetauscht. Man blieb stehen und drehte sich im Weitergehen noch öfter wieder um.

Während einer Juliwoche war das Wetter beständig und sonnig. Da gab es nun jeden Tag etwas zu staunen, denn an jedem Tag saß dort auf der Brüstung eine andere. Kannst Du Dir vorstellen, Lothar, welches Vergnügen Dein Edwin da gehabt hat? Scheinbar las ich und blätterte in Abständen die Seiten der alten Journale um, aber ich blickte über den Rand hinweg auf den Spazierweg und behielt die Sommergäste im Auge. Ich konnte gottlob nicht verstehen, was sie zueinander sagten; um so lebhafter wurde meine Phantasie angeregt, mir ihre Reden auszudenken. Noch abends im Bett verkürzte ich mir die Intervalle der Schlaflosigkeit mit dem Erfinden der tollsten Mutmaßungen. Es war eine schöne Zeit.

Nun wirst Du fragen, lieber Lothar, was Dein Edwin denn da veranstaltet hat und woher mir so plötzlich die tollsten Mädchen zuflogen, um im blauen Bikini auf meinem Balkon zu sitzen. Das ist einfach beantwortet: Sie waren allesamt Fotomodelle, die ich mir aus dem Prospekt einer Agentur ausgesucht und bestellt hatte. Sie kamen alle aus der Hauptstadt und reisten mit dem Mittagszug an, um am frühen Abend wieder zurückzufahren. Der ersten, die in der Erwartung ankam, hier fotografiert zu werden, mußte ich noch wortreich erklären, was ich von ihr wollte und daß sie von mir nichts zu befürchten habe. Die nächste schon war bereits instruiert von der Kollegin und schlüpfte, ohne viel zu fragen, in den Badeanzug. Ich hatte natürlich blaue Badeanzüge in den verschiedensten Größen angeschafft, das versteht sich. Manche der Damen waren mehrmals bei mir, manche nur ein einziges Mal. Bedeckte sich der Himmel oder regnete es gar, verdienten sie ihr Geld, ohne etwas dafür tun zu müssen.

Du schüttelst den Kopf, lieber Lothar? Nun ja, Dein Edwin hat sich sein Leben lang leisten können, seinen Neigungen zu leben, die zuweilen etwas sonderbar waren. Du mußt Dich bis heute als Lehrer mit den Rotznasen herumärgern, um Deinen Lebensunterhalt zu verdienen. Nun, ich hoffe, daß auch Du noch einmal Dein Glück machen wirst.

Das Vergnügen hat ein Ende. Jetzt ist es meistens zu kühl auf dem Balkon, und auch die Sommergäste sind abgereist. Im nächsten Sommer werde ich mich nicht wiederholen, das steht fest. Eines der Mädchen also ist die letzte gewesen, die auf der Brüstung gesessen hat. Und damit hat es folgende Bewandtnis: Ich habe jede in die Regeln meines Spielchens eingeweiht. Neun Fotomodelle waren es insgesamt, und nachdem ich sie alle durchhatte, bestimmte ich die weitere Reihenfolge durch das Los. Diejenige nun, die als letzte den Reigen dieses Sommers beschließen würde, und das hing ja vom Wetter ab, sollte mein Haus erben und das kleine Vermögen, das mir ein leidliches Auskommen sicherte.

Große Augen machten die Damen, das kannst Du Dir denken, und manche kamen auch an Tagen herüber, an denen ich sie nicht engagiert hatte, um zu sehen, ob die Konkurrentin wirklich auf dem Balkon saß oder ob etwas dazwischengekommen sei, wodurch sich die Chancen wieder veränderten. Es gab auch einige, die mich verführen wollten, indem sie mir ihre Reize zu häuslichem Gebrauch anboten. Vielleicht änderte ich ja noch mein Testament. Nein, da war nichts zu machen. Auch Anschläge machten sie aufeinander. Einem Mädchen zum Beispiel war von einem anderen ein Abführmittel verabfolgt worden, damit sie den Termin versäume. Sie kam trotzdem, mußte aber immer wieder die Brüstung für einige Minuten verlassen und war sehr besorgt, ob sie nun von der Liste gestrichen würde. Du siehst, lieber Lothar, es war schon ein aufregender Sommer.

Jawohl, die letzte steht nun fest, und sie weiß es wohl auch. Sie heißt Adrienne P. und hat mir heute mit herzlichen Grüßen ein Schächtelchen Pralinen geschickt. Ich nehme an, daß sie vergiftet sind, aber ich kann mich natürlich auch täuschen. Auf jeden Fall werde ich sie heute noch essen und die Schachtel im Kamin verbrennen, damit meine Haushälterin sie nicht findet. Solltest Du also erfahren, daß ich gestorben bin - Dein Name steht obenan auf der Liste der Personen, die nach meinem Tode sofort zu benachrichtigen sind -, so weißt Du, wie alles gekommen ist. Nein, auch wenn Du jetzt bei mir wärest und ich Dir mündlich von meinen Kapriolen berichtet hätte, würde es Dir nicht gelingen, mich umzustimmen.

Dies wird, wie immer er ausgeht, noch einmal ein spannender Tag in meinem Leben sein. Ich werde ihn mir nicht verderben lassen durch kleine Besorgnisse.

Es grüßt Dich sehr herzlich   Dein Edwin.

Vier Wochen später ließ Adrienne P., die Erbin des kürzlich verstorbenen Edwin R., ihren Besitz als Schenkung an Lothar S. übertragen, ohne dafür einen Grund anzugeben, worüber sich alle ihre Freunde vergeblich den Kopf zerbrachen.

Nachweise

Komm rüber, Leser. Erstveröffentlichung in: *Bild und Text.* Literarische Texte im Unterricht, herausgegeben von Michael und Paul Maar, Goethe-Institut München, 1988. Geschrieben als Text zu Johannes Grützkes Bild »Komm, setz dich zu uns«.

Ava Rodanna. Erstveröffentlichung in: ›Der Rabe‹ Nr. 500, 1987.

Zeitsalat. Erstveröffentlichung in: Geschäftsbericht der Hewlett Packard GmbH, Böblingen 1990.

Die Enthüllungen des Odysseus. Geschrieben 1985.

Die Sache mit dem Minotauros. Erstveröffentlichung in: ›Kowalski‹ 2/1992.

Lot und seine Töchter. Erstveröffentlichung in: ›Kowalski‹ 2/1992.

Linsen für Esau. Erstveröffentlichung in: ›Die Rübe‹ Nr. 3, 1991.

Das Leid der Verkleinerung. Erstveröffentlichung in: ›Der Rabe‹ Nr. 6, 1984.

Tischlein deck dich. Erstveröffentlichung in: ›Der Feinschmecker‹ 1/1992.

Guten Tag, Frau Holle. Erstveröffentlichung in: ›Westfalenspiegel‹ 2/1984.

Felderhoferbrücke. Geschrieben 1991.

Klosett mit Aura. Erstveröffentlichung in: ›Der Feinschmecker‹ 12/1991.

Die Dichterlesung. Erstveröffentlichung in: ›Der Rabe‹ Nr. 4, 1983.

Professor Schlagbaum interpretiert ein Gedicht. Geschrieben anläßlich der Hochzeit von Tatjana Hauptmann und Thomas Bodmer, veröffentlicht in einer privaten ›Rabe‹-Sondernummer Oktober 1987.

Die Grenzstation. Erstveröffentlichung in: ›Westfalenspiegel‹ 3/1985.

Ein Tod für Herrn Krotta. Geschrieben 1957.

Dein Edwin. Erstveröffentlichung in: *Bild und Text.* Literarische Texte im Unterricht, herausgegeben von Michael und Paul Maar, Goethe-Institut München, 1988. Geschrieben als Text zu Edward Hoppers Bild »Second Story Sunlight«.

Bildnachweise

ROBERT GERNHARDT
IM HAFFMANS VERLAG

ICH ICH ICH
Roman

KIPPFIGUR
Erzählungen

LUG UND TRUG
Drei exemplarische Erzählungen

ES GIBT KEIN RICHTIGES LEBEN IM VALSCHEN
Humoresken aus unseren Kreisen

KÖRPER IN CAFÉS
Gedichte

WÖRTERSEE
Gedichte

DIE TOSCANA-THERAPIE
Schauspiel

GEDANKEN ZUM GEDICHT
Thesen zum Thema

GLÜCK GLANZ RUHM
Erzählung Betrachtung Bericht

WAS GIBT'S DENN DA ZU LACHEN
Kritik der Komiker, Kritik der Kritiker, Kritik der Komik

LETZTE ÖLUNG
Ausgesuchte Satiren

WAS BLEIBT
Gedanken zur deutschsprachigen Literatur

HÖRT, HÖRT!
Das WimS-Vorlesebuch (zusammen mit F.W. Bernstein)

OTTO - DER FILM/DER NEUE FILM/DER HEIMATFILM
Die vollständigen Drehbücher der Autoren
(zusammen mit Bernd Eilert, Peter Knorr & Otto Waalkes)

INNEN UND AUSSEN
Bilder, Zeichnungen, Über Malerei

GERNHARDTS ERZÄHLUNGEN
Bildergeschichten

HIER SPRICHT DER DICHTER
Bildgedichte

SCHNUFFIS SÄMTLICHE ABENTEUER
Bildergeschichten

KATZENPOST
Kinderbuch mit Bildern von Almut Gernhardt

DIE FALLE
Eine Weihnachtsgeschichte

ECKHARD HENSCHEID
IM HAFFMANS VERLAG